Proletkult

Wu Ming

Proletkult

Traducción de Juan Manuel Salmerón Arjona

EDITORIAL ANAGRAMA
BARCELONA

Título de la edición original:
Proletkult
Giulio Einaudi editore
Turín, 2018

Ilustración: © Riccardo Falcinelli

Primera edición: septiembre 2020

Diseño de la colección: Julio Vivas y Estudio A

© De la traducción, Juan Manuel Salmerón Arjona, 2020

© Wu Ming, 2018
Publicada por acuerdo con la Agenzia Letteraria Santachiara

© EDITORIAL ANAGRAMA, S. A., 2020
Pedró de la Creu, 58
08034 Barcelona

ISBN: 978-84-339-8067-0
Depósito Legal: B. 6097-2020

Printed in Spain

Liberdúplex, S. L. U., ctra. BV 2249, km 7,4 - Polígono Torrentfondo
08791 Sant Llorenç d'Hortons

A Severino Cesari,
hacia las estrellas

Otra cosa vi, en esta corte milagrosa, digna de contar: un espejo grande puesto sobre un pozo, no muy hondo, y cualquiera que quiere bajar a él, oye todo cuanto se habla en nuestra tierra y si se mira en el espejo, ve todas las ciudades y gentes, como si las hubiera presentes ante los ojos. Porque yo vi en él a los míos, mi tierra, mi casa, mas si ellos me veían a mí o no, no lo afirmo por cosa cierta.

LUCIANO DE SAMÓSATA,
Historia verdadera, siglo II d. C.

PRÓLOGO

Tiflis, Georgia, Imperio ruso, 26 de junio de 1907

El vendedor de fruta se contoneaba delante de la caravana sosteniendo sobre la cabeza una bandeja con melocotones y cerezas. Los platos de la balanza que llevaba al hombro tintineaban como címbalos, sacudidos por los pasos de una danza grotesca. Cantaba con voz de contralto mezclando idiomas. A Leonid le costó reconocer las palabras rusas, mal pronunciadas.

Koba le había explicado que los vendedores ambulantes de Tiflis no solo vendían fruta. Además de improvisar canciones sobre los sucesos del día, muchos trabajaban para la policía. Observaban y daban parte. Chivaban y delataban por unas monedas.

Hoy podrás contar una historia de lo más interesante, pensó Leonid.

Siguió fingiéndose interesado en el periódico que tenía ante los ojos. Pasó una página, echó un vistazo a los arabescos de un titular en georgiano y alzó la cabeza. Abo seguía delante de la verja del parque; botella en mano, tenía la misma postura de hacía un minuto. También los polis que vigilaban la plaza estaban en su sitio: dos en la puerta del ayuntamiento, cuatro delante del cuartel. Más tranquilo, Leonid vio pasar dos camellos cargados de alfombras, observó las vestiduras de un pope armenio, miró al frutero que tenía detrás: el baile proseguía sin público.

Iba a repetir la misma serie de acciones –pasar una página, mirar de reojo– cuando Abo soltó la botella de vino. El recipiente de vidrio se hizo añicos contra los adoquines. Los gendarmes y los soldados que había en la puerta del cuartel se volvieron, pero enseguida siguieron hablando con dos muchachas, que estaban allí precisamente para entretenerlos.

Kamo, con su bonito uniforme de capitán, empezó a ir y venir por la plaza instando a los transeúntes a que se apartaran y apremiando a los reacios con los brazos abiertos. La venda que llevaba en el ojo le daba un aire torvo y marcial.

Gritó unas órdenes en ruso, como un verdadero oficial, lo que de inmediato imitó el vendedor ambulante, en lo que pareció una pantomima con gritos:

–¡Paso! ¡Abrid paso!

Leonid se dirigió a la calle por la que vendrían los coches.

«Tres minutos y se acabó», había dicho Kamo.

Oyó los cascos de los caballos y el aire se llenó de polvo. Metió la mano en el bolso que llevaba en bandolera. Palpó la *manzana,* tiró del *pedúnculo* y esperó.

«La clave del éxito está en la potencia de fuego», había dicho Krasin.

Apareció la primera pareja de cosacos; iban al trote corto y encabezaban el convoy. Envueltos en túnicas negras, decorado el pecho con vistosas cartucheras, llevaban los fusiles apoyados en la silla. Los seguía muy de cerca un bruto leonado que tiraba de un carruaje postal. Con la marcha ligera, los muelles del coche chirriaban. En el pescante iban dos soldados y en el asiento trasero dos pasajeros trajeados con un valioso equipaje de sacos. Seguía a este coche otro parecido en el que iba el resto de la escolta. A ambos lados cabalgaban dos cosacos y otros dos cerraban la marcha. La columna debía traspasar los raíles de tranvía que cruzaban la plaza y doblar por la calle Sololakskaya. Cuando el primer caballo los pasó con las patas delanteras, Leonid empuñó la granada y la lanzó.

Otros doce brazos hicieron lo mismo.

La explosión derribó a Leonid en medio de una nube de humo, gritos y disparos. Una tempestad de cascotes y cristales se abatió sobre la plaza. Leonid se levantó. Estaba cubierto por una sustancia viscosa que no sabía de dónde venía. Se palpó para comprobar que no fuera sangre. Era pegajosa, como jarabe, y olía a fruta. El vendedor ambulante yacía boca abajo, con la cabeza apoyada en la bandeja como en un cojín. Leonid se guareció tras una esquina.

Un amasijo de madera y caballos ocupaba el centro de la explosión. Una pata se agitaba en el aire, única señal de vida en el extraño monumento ecuestre. Los hombres del convoy debían de estar muertos o sepultados bajo los restos. Los guardias tenían en el pecho más plomo que aire. Según el plan, Leonid debía huir por las callejuelas del bazar, cambiarse de ropa en un baño turco y acudir a la estación. Pero los camaradas que debían apoderarse del botín no aparecían. Se preguntó qué hacer.

Le respondió un relincho. El animal que tiraba de la diligencia blindada sacudió el hocico y se puso en pie. Un disparo de M91 le hizo arrancarse como si estuviera en un hipódromo. La diligencia, aunque desvencijada y sin una rueda, lo siguió a una velocidad sorprendente, como si fuera un trineo que se deslizara por una placa de hielo.

Leonid se lanzó en su seguimiento, pero el camarada Besha optó por una solución más drástica. Siguiendo la consigna, él no había lanzado su bomba con los demás, la había reservado por si algo salía mal.

La segunda explosión embistió a Leonid con mucha más fuerza que la primera.

Algo lo golpeó en la frente. El aturdimiento lo obligó a apoyarse en la pared. Se vio rodeado por lo que parecía un enjambre de grandes mariposas verdes, rojas y azules. Quiso ahuyentarlas con el brazo y atrapó una. Era de papel. Era un ejemplar nunca visto. Era un billete de quinientos rublos. Recogió unos cuantos, se los guardó en el bolsillo y se mezcló con un grupo de personas que huían. En los oídos le retumbaba un eco que parecía producido por otras explosiones. No sabía a qué se debían aquellos truenos, pero se convenció de que el enemigo había emplazado artillería en el tejado de los edificios.

El cerebro le bailaba en el cráneo como baila un dedo de agua en una botella y con cada movimiento la vista se le nublaba. Por suerte las piernas lo dirigían sin vacilar. Brincaban cuerpos, sorteaban obstáculos, pedían a los brazos que les abriera camino, a derecha e izquierda, caer y levantarse, salir del laberinto de la ciudad vieja antes de que se hundiera bajo el peso del cielo.

Llegó al puente y se detuvo ante la multitud que lo bloqueaba. Apoyó las manos en las rodillas y escupió arena y trozos de diente. Se quedó mirando la saliva que se filtraba por entre las piedras como si en ella quisiera leer el futuro.

Tras él, mientras, iba llegando y apiñándose más gente, que chocaba con él y lo esquivaba, hasta que la corriente humana lo arrastró; en la otra corriente, la del río, nadaban un par de cisnes.

Las voces lo confundían; algunos hablaban de un atentado anarquista; otros, de cañones, avalanchas, terremotos y guerra.

En la otra orilla, la masa de gente se dispersó por la maraña de calles. Los gritos se desvanecieron como si el agua separase dos mundos.

La calma repentina desorientó al fugitivo. Se sentó en un banco de madera que había adosado a la pared de una casa. Tenía la garganta seca y quiso bajar al río a refrescarse, pero el cuerpo no lo obedeció. Se quedó quieto, con los brazos en el regazo, mirando a un gato que se lamía.

Que se lamía.

Que se lamía.

Cuando terminó de limpiarse, el animal se lanzó a perseguir una lagartija. Leonid reaccionó. Llevaba allí mucho tiempo y los toques de un reloj lo confirmaron. Tenía que darse prisa.

Observó puertas y edificios hasta que reconoció una sombrerería, o, mejor dicho, un sombrero que había en la tienda: un enorme *papaja* de lana blanco que colgaba de la pared. Había pasado por aquel cruce. Y como solo conocía de Tiflis lo que Koba le había enseñado con vistas a la acción, supuso que iba bien, camino de la estación, donde lo esperaba el tren a Bakú. La memoria no lo ayudaba, pero tenía la impresión de que la meta no estaba cerca. Temía derrumbarse antes de llegar y decidió alternar carrera y paso ligero. Dar cincuenta zancadas corriendo y treinta andando, ocupar la mente solo en contar, reducir el cuerpo a piernas y pulmones.

Llegó a la plaza de la estación con treinta y dos series de aquella marcha, sudado, sucio y dolorido como después de la batalla de Chemulpo.

El silbido del tren no le dejó recobrar el aliento. Entró corriendo en la estación, cruzó el vestíbulo y llegó a la vía al mismo tiempo que la locomotora. El chirriar de los frenos le perforó los oídos ya heridos, pero aun así creyó oír una voz que lo llamaba. Miró a un lado y otro, frenético, sin saber de dónde venía aquella voz. Lo cogieron por la muñeca y lo guiaron.

—Vamos —le ordenó un hombre, elegante y pulcro como un figurín. Era Koba, pero con un timbre distinto.

15

Leonid lo siguió al interior del vagón. Se quedaron en el pasillo, sin entrar en ningún compartimento.

—Al menos podías haberte lavado la cara —le dijo el georgiano—. ¿No tenías que cambiarte en un baño turco?

—Los japoneses... —murmuró Leonid, pero no pudo seguir. Estaba confundido. Los sucesos de aquella última hora se le habían desvanecido y afloraban nítidamente recuerdos lejanos.

El tren partió.

Koba siguió hablando, pero Leonid no entendió lo que decía, porque lo distraían visiones absurdas. Sabía perfectamente que la guerra con Japón había acabado hacía tiempo, pero no podía evitar ver a los soldados del Sol Naciente bombardeando la ciudad de Tiflis desde la cumbre del monte Mtasminda. Empezó a frotarse las sienes, quería ahuyentar el dolor de cabeza y las alucinaciones.

—Abo me ha contado lo del contratiempo —dijo Koba—. Pero parece que Kamo ha podido escapar de los cosacos.

—¡Los cosacos! —asintió Leonid, que, en medio de una migraña cada vez más fuerte, empezó a recordar detalles de lo que acababa de vivir: los coches del banco, el vendedor ambulante, los sacos de billetes, el caballo moribundo.

—Prepárate —le ordenó el compañero.

El tren empezó a reducir. Por la ventanilla vio Leonid que el convoy, que describía una amplia curva, enfilaba un túnel.

—Ahora —dijo Koba y Leonid lo siguió.

El georgiano abrió de un tirón la portezuela del vagón, se asomó y saltó.

Leonid saltó también y sus huesos maltrechos no agradecieron el aterrizaje.

Era un prado yermo, entre la orilla de un río y los primeros árboles de un bosque. Cerraban el horizonte unas montañas majestuosas y deshabitadas.

Majestuosas y deshabitadas.

Leonid quiso ponerse en pie, pero le falló la pierna y cayó de rodillas. Koba lo cogió del brazo y lo ayudó a caminar. Nunca se había sentido tan mareado. La hierba era como un líquido, las nubes eran como de mármol y en el bosque se escondían los japoneses.

En medio del prado vio una esfera transparente, de no menos de ocho metros de altura. Intuyó su forma por unos paneles negros que tenía distribuidos por la superficie.

Iban hacia ella y Leonid advirtió que no estaba vacía. En su interior se movían al menos diez individuos.

Uno de los paneles se abatió como si fuera un puente levadizo y se deslizó por la hierba para recibirlos.

Leonid se volvió desconcertado a su compañero.

Koba estaba haciendo algo con el cuello de la casaca. Se lo desabrochó, metió en él los dedos de ambas manos y, alzando la cara hacia la cúpula que ya los cubría, se quitó una máscara flexible, de color de piel, con su bigote y su pelo moreno.

Leonid vio que la máscara se balanceaba y caía como si fuera una prenda usada.

El ser que se había ocultado tras ella tenía facciones vagamente humanas.

Primera parte
Denni

1

Las tinieblas huyen ante la aurora, el cielo bulle de rosa y violeta. Contra la masa oscura de los árboles se recorta una figura humana. El individuo se recrea en el silencio, que los primeros trinos rompen, como si esperara oír algo más lejano o ver un detalle mudo en el horizonte. De pronto sale del bosque y avanza por el prado, con las piernas inseguras, la respiración fatigosa. Camina inclinado, con los brazos separados de los costados, como para mantener el equilibrio.

La casa dista menos de trescientos metros; es una construcción de troncos y tablas, con ventanucos oscuros, una pocilga y un granero.

El individuo llega a la era. Las gallinas, molestas, cacarean y lo miran de reojo. El perro gruñe, pero el intruso no se asusta; al contrario, tiende la mano como para acariciarlo. El animal enseña los dientes y tira de la cadena.

Se oye un cerrojo que gira. En la puerta aparece una mujer robusta, con un pañuelo en la cabeza, anudado al cuello. Le dice dos palabras al perro. El animal retrocede hasta la pared, pero permanece alerta, con el hocico vuelto al extraño.

La campesina observa al forastero. Es un muchacho

joven y delgado, con el pelo muy corto y tan rubio que parece blanco. Tiene los ojos grandes y claros, los pómulos altos. Lleva un traje raído, de corte sencillo.

—¿Qué quieres?

El muchacho abre la boca, pero no emite ningún sonido. Lo intenta otra vez y le sale un silbido, luego una tos. Respira con dificultad. Se lleva la mano al vientre, se inclina y se desploma.

La mujer se vuelve hacia la casa en penumbra y llama a alguien. Aparece un hombre, de bigote negro y mejillas sonrosadas. Se acerca al muchacho desvanecido.

Se agacha. Lo zarandea, le da una ligera bofetada.

—No lo dejes ahí.

El hombre duda, coge el cuerpo grácil y lo lleva a la casa.

En el interior hay poca luz, porque las ventanas son pequeñas y tienen cortinas bordadas, único lujo del austero recinto. Muebles sencillos, utensilios de uso diario, un par de fotos en las paredes. El hombre entra en el dormitorio, deja al muchacho en la cama y hace una mueca.

—Huele fatal. Se habrá cagado.

La mujer lo aparta.

—Llena el barreño.

El hombre obedece de mala gana. Vuelve al cuarto de al lado y acerca un gran cubo de madera al fogón, donde una perola echa vapor. Vierte el agua caliente moviendo la cabeza. Era para que él se lavara.

Desde el umbral del dormitorio, la mujer, con los brazos cruzados, lo mira.

—Es una chica.

El campesino oye la noticia sin inmutarse, como si la mente no la aceptase.

—¿Has visto si lleva documentos?

—Solo lleva esto.

La mujer le da a su marido un sobre abultado. El hombre ve el contenido y frunce el ceño. Demasiadas cosas extrañas. Pasa el grueso pulgar por el fajo de billetes.

–Que se vaya. Si es una ladrona, no quiero tenerla aquí.

La mujer le hace señas de que salga.

–Vete tú. Voy a lavarla.

El hombre sale y se pone a hacer lo que hace todas las mañanas: dar de comer a los animales, recoger el estiércol.

Mientras, la mujer mete a la muchacha en el agua humeante. Le apoya la cabeza en el borde del barreño, le dobla las piernas, se sienta en un taburete bajo.

Senos que apenas se notan, pezones pequeños, pubis lampiño como el de una niña, caderas estrechas. Lo que más la impresiona es la blancura de la piel. Lleva al cuello un colgante redondo, una especie de anillo de hierro, sujeto a una cuerda de cuero.

Cuando la muchacha abre los ojos, la mujer le hace señas de que se tranquilice.

–No tengas miedo.

Sonríe, como lleva ya seis años sin hacer.

La muchacha se rodea las rodillas con los brazos. Parece más curiosa que asustada. Agita el agua con los dedos.

–Me llamo Pavlina Borisovna –dice la mujer–. ¿Y tú?

–Yo me llamo Denni –contesta la muchacha, que contempla y huele el agua, admirada.

A la mujer le cuesta repetir el nombre, porque no le es familiar.

–¿Cómo te sientes..., Dania?

–Muy mareada, pero mejor.

Habla con un acento extraño, que Pavlina no reconoce.

–¿Y de dónde vienes?

La muchacha se pasa la mano mojada por el pelo color platino y por la cara.

–De muy lejos. –Sigue jugando con el agua–. ¿Tiene también para beber?

23

La mujer mete un cucharón en un cubo de cobre y la muchacha bebe saboreando cada trago.

–¿Y has venido a pie? –insiste Pavlina–. ¿Por eso estás tan débil? ¿Cuánto hace que no comes?

La muchacha agacha la cabeza.

–Me canso. El aire, el calor, las piernas... Perdone.

–No te preocupes –la tranquiliza la mujer–. Voy a lavarte la ropa y a prepararte una sopa. ¿Puedes levantarte?

Pavlina le da un paño gris para que se seque y la lleva al dormitorio, donde abre un baúl, escoge unas prendas y las deja en la cama: ropa interior, pantalones, camisa y chaqueta.

–Mi ropa te estará grande. Esto era de mi pobre Lev. Gastaréis más o menos la misma talla.

Se acerca a una fotografía enmarcada que hay en la pared y la toca. Un joven soldado posa con expresión satisfecha.

–Murió hace seis años, luchando contra los Blancos. No tenemos más hijos. –La mujer parece abrumada por el peso renovado de la pérdida–. Voy a prepararte de comer.

Cuando se queda sola, Denni se pone la ropa, que solo le queda un poco ancha. Se calza, pero le cuesta atarse los cordones. Cuando por fin se yergue, se halla frente a frente con el muchacho muerto.

Debajo de la fotografía hay un viejo arcón con asas de hierro. La muchacha lo examina para ver cómo se abre. Levanta la tapa e inspecciona lo poco que contiene. Una carta del ejército, en la que comunican que Lev Aleksiévich Koldomasov murió el 15 de agosto de 1921. Algunas fotografías. Un objeto afilado. Un collar de cuentas negras del que cuelga una cruz. Un papel que dice que Lev nació en 1902. Un cuaderno de veinticuatro páginas lleno de firmas, tablas, marcas y sellos. «Libro de trabajo», dice el rótulo que hay en medio de la portada. Y en el ángulo izquierdo, en caracteres más pequeños: «¡Quien no trabaja, no come!» Sin

24

perder tiempo, Denni se guarda estos dos documentos. Cierra la caja y sale del cuarto.

Pavlina está removiendo la sopa en la estufa y el hombre colocando troncos junto a la chimenea.

–Es mi mirado –se apresura a decir la mujer–, Alekséi Viktoróvich.

El hombre le dice hola con un gruñido.

Denni saluda y mira a todos lados. Muchas de las herramientas que cuelgan de las paredes le resultan extrañas. No sabría decir para qué sirven. Sobre un mueble de mediana altura hay un animal agazapado. Se parece al perro de fuera, pero es más pequeño y tiene el pelo rojo. La muchacha se acerca despacio, como para no asustarlo, y le acaricia el lomo con cuidado.

La zorra disecada sigue inmóvil, aunque Denni le da unos golpecitos en el morro.

–Dania...

La muchacha se vuelve bruscamente. La campesina le señala el sobre, que está encima de la mesa.

–Si es eso lo que buscas...

Denni coge el sobre, palpa los billetes con aire inquieto.

–Está todo –la tranquiliza el hombre–, pero no te servirán de mucho.

–¿Por qué no? –le pregunta Denni.

Pavlina le sirve la sopa en un cuenco y le hace señas de que se siente. Lleva años sin cuidar a un hijo y se muestra solícita con aquel ser desorientado, venido de no se sabe dónde.

–Es dinero antiguo –le explica Alekséi–, de antes de la revolución.

Denni reflexiona sobre las últimas palabras.

–¿De antes? ¿Entonces la habéis hecho?

Marido y mujer intercambian una mirada, desconcertados.

25

—¿Hecho qué?

—¡La revolución! —exclama Denni emocionada, y espera verlo confirmado en sus rostros.

—La hicimos hace diez años... —murmura la mujer.

Los labios finos de la muchacha esbozan una sonrisa. Le coge las manos a la campesina.

—Es una gran noticia.

La mujer está extrañada, pero se deja contagiar por el entusiasmo de la forastera y sonríe también.

—La sopa se enfría —le recuerda el marido.

Pavlina invita a la huésped a sentarse ante un cuenco de madera.

—¿Qué es? —pregunta la muchacha.

—Sopa de verduras.

Denni se lleva el cuenco a la boca y bebe, sin usar la cuchara.

—Muy buena. Incluso mejor que el agua.

Los dos campesinos se sientan juntos al otro lado de la mesa. Si no fueran tan viejos ni la vida los hubiera endurecido tanto, se tomarían sin duda de la mano para enfrentarse a lo absurdo.

—¿De dónde vienes, Dania? —vuelve a preguntarle la mujer.

—De Nacun —contesta la muchacha.

Los dos campesinos la observan.

Con un ademán vago, Denni señala un lugar impreciso que está más allá de las paredes y del techo.

—No lo conocen. Está muy lejos.

2

Bajo la copa verde de un abedul enorme, dos pianos de cola, de madera negra, esperan los dedos que van a tocarlos.

Los instrumentos se recortan contra un cortinón rojo levantado en el jardín con palos y cuerdas.

Bogdánov avanza por el prado. ¿Cuándo fue la última vez que estuvo allí? Aunque fue uno de los fundadores del Proletkult, ya hace tiempo que no va.

Detrás del telón se eleva la mansión de Arsenio Morozov, que parece una enorme tarta de nata y merengue, con sus torreones de estilo morisco y sus decoraciones inspiradas en la arquitectura portuguesa. El protagonista de una vieja novela de Tolstói dice que es un «edificio estúpido y vano para una persona estúpida y vana». La frase se reveló bastante verdadera. Nueve años después de publicarse esa novela, el propietario de la casa se pegó un tiro en el pie para demostrarles a los amigos que, gracias a las enseñanzas de una disciplina oriental, podía resistir el dolor. Resistió el dolor, pero murió de septicemia. La casa es idiota en el sentido etimológico del término, como lo es quien no sabe vivir con otros porque siempre quiere hacerse notar y llamar la atención, hasta resultar ridículo. Aun así, y gracias a la revolución, la casa de Morozov se ha salvado al menos de la inutilidad y es la sede del Proletkult de Moscú.

Todas las butacas que hay frente al escenario están ocupadas menos una. Antes de sentarse, Bogdánov observa a los miembros del jurado. A los que reconoce esperaba verlos. Los otros seis son músicos-obreros de las principales fábricas moscovitas, llamados a emitir un juicio «genuinamente proletario» sobre las tres obras que concursan.

Bogdánov estrecha manos, olvida nombres y se sienta, cuando ya el comisario de Educación sale al escenario y se dispone, delante de los pianos, a oficiar la ceremonia de los saludos y del discurso inaugural. Tiene la perilla y la calvicie de Lenin, la complexión de Stalin y las gafas de Trotski: cuanto más envejece, más encarna Anatoli Vasílievich Lunacharski el equilibrio entre facciones. Cuando todavía militaba en un solo bando, compartían tinta, pensamiento y batallas, además del odio a Lenin. Fueron cuñados veinte años. Ahora está casado con una actriz que escandaliza por las joyas que luce. Demasiadas para una mujer soviética. ¿Habrá ido ella? La ocasión no es lo bastante mundana.

Con el tono de quien propone un brindis en una comida familiar, el bueno de Anatoli explica lo que todo el mundo sabe. La sección musical del Proletkult de Moscú tiene que proponer una pieza para el décimo aniversario de la revolución. Dada la importancia de la ocasión, se ha decidido seleccionar al compositor mediante un gran concurso, cuya última etapa es esa matiné.

El comisario, en cuya cabeza pelada incide un rayo de sol, recuerda los logros de la organización en materia de música, teatro y cine. En ese mismo momento, Serguéi Eisenstein, viejo conocido de muchos miembros del Proletkult, está rodando un largometraje sobre la revolución de Octubre, que el gobierno financia con el mayor desembolso hecho nunca en una película. Loado sea, pues, el Proletkult, que en solo diez años ha contribuido decisivamente a la cultura soviética.

La alabanza suena a epitafio. Y, sin embargo, también Anatoli participó en la fundación del Proletkult, que quería que los obreros inventaran un arte nuevo, superaran el individualismo y sembraran la semilla de la futura colectividad humana. Decir que eso ha sido una «contribución», por decisiva que sea, a la cultura soviética, no pasa de ser un premio de consolación.

Tampoco la mención de Eisenstein es halagadora. El cineasta se ha distanciado ya del Proletkult y su caso ilustra una trayectoria ideal, que va del arte proletario al cine de propaganda. De la autonomía creativa al trabajo hecho por encargo del gobierno.

El Proletkult nació para ser independiente. El mismo Lunacharski decía que los trabajadores debían contar con cuatro organizaciones: el partido para la política, los sindicatos para el trabajo, las cooperativas para la economía y los círculos para la cultura. Esto lo escribía en tiempos del gobierno provisional. Luego él fue parte del gobierno y en tres años el Proletkult pasó a ser uno más de los muchos organismos dependientes de su ministerio.

Loada sea también, pues, Nadezhda Krúpskaya, que se sienta a la derecha de Bogdánov, al otro lado de la butaca vacía del comisario. Como directora del Comisariado Central para la Educación Política, la viuda más ilustre del país ha sabido dirigir los muchos círculos culturales, evitando las envidias y estimulando la colaboración.

El aplauso de muchas manos saluda el fin del exordio ministerial y la entrada de los dos pianistas, elegantísimos en sus chaqués grises.

Los músicos colocan los taburetes y se disponen a tocar, espalda contra espalda, como dos caballeros que se hubieran retado a pistola.

Sin hacerse ninguna señal, los dos levantan las manos de las rodillas y las posan en las teclas al mismo tiempo. Las primeras notas suenan iguales, luego cada uno desarrolla su propia melodía, con volumen y tono distintos. El de la derecha interpreta el motivo principal y el otro ejecuta un contrapunto.

¡«Dios salve al zar», el himno imperial! Una ola de frío recorre la fila del jurado y tensa las mandíbulas. Pese al arreglo inusual, todos han reconocido la odiosa marcha. Uno de los músicos-obreros se mete dos dedos en la boca y emite un silbido indignado.

De pronto salen de detrás del telón cinco hombres y cinco mujeres. Visten monos obreros y llevan una maza al hombro. Como una tormenta, rodean los pianos. Los dos virtuosos siguen tocando.

El primer mazazo se abate sobre la caja del piano de la izquierda, pero, en medio del ruido de madera destrozada, se distingue un sonido metálico. Enseguida una mujer rubia descarga otro mazazo y de nuevo oye Bogdánov como un tañido de campana, cristalino y armonioso, que resuena en medio del estrépito del armazón externo. Con los tres golpes siguientes se desvela el misterio. Bajo la capa de madera, los dos pianos esconden un núcleo de hierro. Las mazas rompen la envoltura brillante y golpean el metal, que suena como si fuera un vibráfono. Las notas componen «La Internacional».

Lunacharski le dice a Bogdánov, tapándose la boca:

—¿Te acuerdas de que me pidieron que quemara todos los pianos del país?

Bogdánov asiente. Fue en el vestíbulo de un teatro, no recuerda cuál, durante el intermedio de una función, no recuerda de quién. ¿Qué año era? ¿1921? Ha olvidado el momento y el lugar, pero no el malestar que le hizo sentir a Anatoli el autor de la propuesta. Lo que en boca de cualquier otro habría sido una broma, en la de Arseny Avraamov era una idea serísima. El hombre que, con dos linternas señalizadoras, había dirigido una sinfonía en el puerto de Bakú, con sirenas, coros de público y ametralladoras, bien podía concebir el proyecto de acabar con los pianos a fin de liberar a los rusos del yugo secular del acorde bien templado. Anatoli salió del paso alegando que también tendrían que cortar muchas orejas. Era una respuesta que abundaba en lo que ambos le habían reprochado siempre a Lenin: querer cambiar la sociedad sin cambiar al mismo tiempo la mente de las personas. Quemar los pianos no basta para acabar con trescientos años de música, como no basta entregar las fábricas a los obreros para terminar con el capitalismo. Por su parte, Lenin los acusaba a ellos de querer prescindir de la cultura burguesa para construir una nueva de la nada, en un país salvaje y medio analfabeto.

En realidad, el bueno de Anatoli no solo defendió los pianos, sino también los monumentos de la Rusia ortodoxa. En noviembre de 1917 dimitió de su cargo en el gobierno cuando supo que los bolcheviques habían destruido a cañonazos la catedral de San Basilio. «No aguanto más», escribió. «Aunque tampoco puedo detener esta locura.» Al día siguiente retiró la dimisión, porque la noticia era falsa, pero no evitó los versos de Vladímir Kirillov, poeta del Proletkult:

> En nombre de nuestro Mañana, quemaremos a Rafael, destruiremos los museos, pisotearemos las flores del arte. ¡Oh, poeta-esteta, baña las ruinas del templo con tus lágrimas, nosotros respiramos una nueva belleza!

En el escenario, los diez obreros cantan a coro el último estribillo, sin dejar de golpear la carcasa negra de los pianos. Se hunden las teclas, saltan por los aires los trozos de hueso que las recubren. Comparada con la propuesta de Avraamov de quemarlos, esta solución es más sofisticada. Las mazas destruyen, sí, pero también tocan un instrumento nuevo. Con todo, la pieza no tiene posibilidad alguna de ganar. Es demasiado violenta, demasiado nihilista. Además, esas notas del principio, del himno imperial, ejecutadas en público, en el décimo aniversario de la revolución de Octubre, podrían provocar algún disturbio antes de que las diez mazas entraran en acción.

Termina la música. Aplausos. Inclinaciones. El comisario le estrecha la mano al compositor y da paso a los siguientes concursantes.

En el lugar de los pianos, que se llevan a rastras con trabajo, aparece un músico con un fagot. Un primer sonido, grave, repercute contra la copa de los árboles.

Se hace una pausa, muy larga. Por fin sale otra nota, solitaria y más aguda.

Se hace otra pausa, muy prolongada también.

Otra nota. Bogdánov observa el instrumento, algo pasa. Lleva una sordina en la punta, con lo que el sonido sale mitigado y la ejecución es más costosa.

Aparece otro fagot, que interviene inmediatamente después del primero. Pero el volumen de la música sigue siendo bajo y las pausas más largas que la melodía, que muere y renace una y otra vez.

Sale un tercer fagot, un cuarto, un quinto. Todos llevan sordina. A los pocos minutos se ha formado un octeto. El volumen aumenta y los silencios se llenan. El trabajo colectivo ha permitido superar los obstáculos del medio. La música va de un instrumento a otro, pero tropieza con constantes disonancias. Parecen tocar cada cual por su cuenta.

Poco a poco, sin embargo, y sin solución de continuidad, la mezcla de sonidos se trueca en armonía. Los músicos se turnan, cada vez más rápido, y enseguida parecen un único instrumento, que ejecutara una única partitura, con un timbre que parece más el de un violonchelo que el de la suma de ocho fagots.

«Se llama "sistema organizado" al conjunto de actividades combinadas cuyas propiedades difieren de las de las partes que lo componen.»

Aquel extraño conjunto de ocho instrumentos iguales acaba de ilustrar con música uno de los principios de la tectología, la ciencia de la organización. Cualquier fenómeno puede describirse en términos tectológicos, ya sean células, sonidos u hormigas. Bogdánov acostumbra explicar todos los hechos con las leyes universales de la ciencia que ha inventado. «Furor tectologicus», lo llama. «Estoy organizado, luego existo», dice, parafraseando a Descartes.

Otro principio que aquella música ilustra es el siguiente: «Las actividades de un sistema se conjugan gracias a un elemento común, llamado *ingresión.*»

Tras la cacofonía inicial, los ocho fagots han conseguido encontrar una ingresión, es decir, el ritmo y el tono comunes, la secuencia de acordes y de escalas que ahora regula el intercambio y lo vuelve sistemático, es decir, armonioso. En el caso de la sociedad, la ingresión es el trabajo. Los seres humanos se unen para dominar el medio con menos esfuerzo. El mercado, en cambio, con sus intereses contrapuestos, es un factor disgregador, una *desingresión.*

Y, en efecto, el octeto traduce también esto a música y alcanza una velocidad de ejecución impresionante. El ritmo acelerado hace que el primer fagot se equivoque, luego el segundo. Son el último y el penúltimo que se han unido al grupo. Cometen otro error, se rinden y se ponen el instrumento entre las piernas. El tercero que abandona es el que entró antepenúltimo y así sucesivamente, lo que demuestra que no abandonan porque yerren realmente, sino porque siguen la partitura, que marca un orden inverso al de la entrada de los músicos.

«La estabilidad de un sistema depende de su parte más inestable.»

Una orquesta no puede ejecutar una pieza que resulte demasiado difícil para alguno de sus integrantes. Por lo mismo, la fuerza de una cadena viene dada por la resistencia de su eslabón más débil. La salud de una sociedad, por el malestar de los desheredados.

Ya solo toca un músico. Este superviviente ejecuta tres escalas solitarias, a gran velocidad, y se detiene en la última nota, que prolonga con un vibrato sostenido. Enseguida sus compañeros se llevan el instrumento a los labios y se incorporan con notas cada vez más agudas, lo que esta vez produce el efecto de un órgano que ejecutase una majestuosa polifonía. Es un nuevo sistema, con una nueva ingresión.

Aquello es un claro homenaje a sus teorías y Bogdánov se siente halagado. Pero los demás miembros del jurado, que sin duda no han entendido el sentido de la pieza, ¿la apreciarán también? El riesgo es que la juzguen vacua, un envoltorio elegante que nada contiene. Forma sin sustancia. Una distinción inútil. Son bellas las obras que cohesionan una comunidad, las historias que la refuerzan, la música que aúna emociones, el cine que hermana a los espectadores.

El vibrante conjunto de sonidos se extingue poco a poco.

A juzgar por la intensidad del aplauso, la pieza obtendrá pocos votos. Bogdánov se pone en pie, entusiasmado, pero al instante se sienta. El gesto podría influir al jurado: si gusta a Bogdánov, mejor apartarse.

La última pieza del programa es una sinfonía para *eterófono* y *kanun* armenio.

Progreso y tradición. Electricidad y madera. Futuro y pasado.

La combinación tiene todas las de ganar.

La música también. El folleto del programa la presenta

como el arreglo de un canto pastoril del Cáucaso. Muchos compositores recurren a melodías tradicionales para que no los acusen de formalismo y decadencia burguesa. Los dos instrumentos se alternan en la parte solista y de acompañamiento, en una progresión que recuerda la de las danzas de primavera. Mejor dicho, la de una danza de primavera que se ejecutara en la cabina de una nave espacial.

La gran protagonista es la máquina sonora de Lev Termen. Bogdánov ya ha tenido ocasión de verla funcionando. Un instrumento que suena sin necesidad de tocarlo es realmente mágico. Las notas salen de los dedos del músico cual naipes de las manos de un prestidigitador, como si hubiera cuerdas invisibles en el aire, un violín fantasmal suspendido entre las dos antenas metálicas.

Además, el nombre del instrumento, «eterófono», se parece al de «eteronave», la nave espacial de los marcianos de *Estrella roja*. En esta novela, que publicó hace casi veinte años, Bogdánov no hablaba de la música de los extraterrestres socialistas, pero bien podría ser ese su instrumento favorito. Según dicen, es dificilísimo de tocar, porque el tono depende de la posición exacta de las manos y no hay teclas, mangos ni orificios.

La muchacha que opera con las dos antenas da la impresión de haberse criado en Marte jugando con un *eterófono,* por lo experimentado de sus ademanes.

La sinfonía, por lo demás, despliega sus cuatro movimientos sin grandes sorpresas. Grata a esos oídos que Anatoli no quiso extirpar.

El jurado saluda a los músicos, se levanta y se dirige a la sala de deliberaciones.

Por el sendero de grava que discurre entre parterres, Bogdánov se junta con Lunacharski y Krúpskaya, que debaten animadamente.

–La variedad está muy bien –argumenta la mujer–, pero

lo que no puede ser es que la música del décimo aniversario sea un popurrí. La Asociación de Música Contemporánea quiere que se toque *Octubre,* de Roslavets, o la segunda sinfonía de Shostakóvich. Los Músicos Proletarios quieren interpretar *La chimenea,* que no tiene nada que ver con las otras. Los Compositores Revolucionarios han compuesto una pieza con la que quieren distanciarse de los Compositores Proletarios, y el Prokoll del conservatorio, que quiere ser conciliador, seguro que acaba proponiendo algo raro que tampoco contentará a nadie.

—¿Y tú qué prefieres, Nadia? —tercia Bogdánov.

La viuda se ajusta las gafas.

—No es cuestión de preferencias, Bogdánov. En un Estado socialista, el arte no debe ser fruto de intereses contrapuestos. Tiene que fundarse en la conciencia de las masas y por eso las obras han de ser coherentes, no pueden ser tan distintas.

—Se necesita tiempo —dice Lunacharski—. Es natural que en estos diez años hayan nacido tantos círculos. La cultura rusa tenía que liberarse de influencias anteriores. Quizá la música soviética no esté todavía madura para expresarse con una voz unánime.

Bogdánov cruza las manos a la espalda. ¿Qué deseos se esconden detrás de la teoría estética?

Le responde Nadia Krúpskaya:

—Yo pienso lo mismo. En este décimo aniversario, lo mejor es que cada grupo organice su propio concierto. No tiene sentido juntarlos. Pero el año que viene hay que superar la fragmentación. En la Unión Soviética solo debe haber una asociación de músicos. Y lo mismo con los escritores, los directores de teatro, los pintores. Porque, si no, podríamos volver a la creación individualista, que es un fin en sí misma y solo quiere distinguirse.

—Estoy totalmente de acuerdo —dice Bogdánov—. La

única asociación que debe haber en la Unión Soviética es la Unión Soviética misma. El partido comunista también tendría que disolverse. ¿Qué sentido tiene que exista un partido cuando el Estado ya vela por el pueblo? Es una duplicación inútil, un desecho de la historia.

La aparente seriedad con que lo dice desconcierta a Nadia Krúpskaya, que no responde. Uno de los músicos-obreros pasa por su lado y la mujer aprovecha para cambiar de interlocutor.

Bogdánov nota que lo cogen del codo y lo retienen.

Es Anatoli.

—¡Qué ganas de dar la nota! —le reprocha el excuñado.

—Entre viejos camaradas... —se defiende Bogdánov.

Escucha el crujir de los pasos en la grava. Es un ruido agradable, concreto.

—Eres demasiado narcisista para disfrutar de un concierto —replica Lunacharski.

—No entiendo la idea burguesa del arte como placer puro —protesta Bogdánov haciéndose el ingenuo.

Lunacharski conoce esa actitud y no comete el error de irritarse; al contrario, se muestra indiferente.

—Lástima que entre las muchas ciencias que dominas no estén la política y la diplomacia.

Bogdánov encaja el golpe.

—Tranquilo, no te recriminarán haber invitado al testarudo de Bogdánov.

—Eres demasiado inteligente para hacerte la víctima, Sasha —contesta el otro en tono paternal—. Y además no suenas creíble.

—Lo dice el ministro de Educación... —protesta Bogdánov—. Cuando alguien ha adoptado mis ideas, han denunciado un complot y me han metido en la cárcel. ¿O lo has olvidado?

—Sabes perfectamente que fue un malentendido...

–... que duró cinco semanas y me costó un infarto –concluye Bogdánov.

La discusión empieza a aburrirle. Y aún no le ha dicho Anatoli qué quiere.

Han llegado ya a la puerta de la casa. Lunacharski parece querer entrar y dejar en aquel punto la conversación, pero al final coge otra vez a Bogdánov del codo.

–Oye una cosa, Sasha. Lenin me trató mejor que a ti, de acuerdo. Pero ahora está muerto y creo que no puedes quejarte. Diriges una institución médica importante y eres seguramente el único de toda la Unión Soviética que tiene un cargo así sin militar en el partido. No eres ningún marginado, querido, aunque te guste considerarte así; eres un privilegiado. Y tendrías que preguntarte cuánto tiempo más podrás gozar de ese privilegio.

Ahora habla en voz baja, con susurros llenos de rabia. Es el rencor de quien se ha buscado la vida y quiere aconsejar a los que decidieron otra cosa para convencerse de que no hay alternativas.

–O sea, que tendría que darle las gracias al viejo camarada Koba –dice Bogdánov, aunque sin resentimiento–. Tendría que estarle agradecido y ponerme de su parte. Porque si Bogdánov lo apoya, la oposición parece menos compacta. ¿Para decirme esto me has invitado?

Lunacharski lo mira a través de las pequeñas lentes ovales, que emiten reflejos violáceos.

–Es buen consejo. Tú haz lo que quieras.

Y diciendo esto, el comisario entra en la casa y se une al resto del jurado.

Bogdánov lo sigue con cansancio, pero con curiosidad, porque quiere saber con cuántos votos va a ganar la pieza para *eterófono* y *kanun* el concurso de la sección musical del Proletkult de Moscú.

3

En el billete destaca el busto de un hombre con sombrero y expresión adusta, vuelto de tres cuartos. «Pedro el Grande», dice debajo.

El comerciante examina a contraluz el papel moneda. Es tan grande que le tapa la cara.

—Tienes suerte de haber venido aquí. —El hombre dobla la reliquia con cuidado—. Esto no te lo cambia ningún banco. Primero, porque lleva fuera de curso mucho tiempo y, segundo, porque, si lo calculáramos, quinientos rublos del zar valdrían la millonésima parte de un cópec de hoy.

Denni no dice nada. Alekséi, el campesino, le ha aconsejado que se dirija al vendedor de telas, pero se ha negado a acompañarla a la tienda. Solo por insistencia de su mujer ha aceptado llevarla en carro hasta la entrada del pueblo.

«¡Pero no paso de la capilla de San Teodoro!», ha protestado. «No quiero que me vean con una que a lo mejor es una ladrona.»

Al llegar, la ha ayudado a bajar y, sin dejar de gruñir, le ha dado un hatillo. En el hatillo, un mendrugo de pan de centeno, un huevo y tres patatas hervidas. Con ademanes expeditivos y pocas palabras, le ha señalado la calle y rápidamente se ha vuelto a casa.

–Que quede claro –sigue diciendo el tendero– que no soy de los que guardan el dinero antiguo esperando que vuelvan los Romanov. Al contrario. Empecé a guardarlo cuando algunos listillos se resignaron y pensaron que podían quemarlo. Entonces me dije: ¿a que ahora se vuelve una rareza?

Denni no parece entender, pero el hombre sigue hablando igualmente, cada vez más entusiasmado:

–¡Aunque a lo mejor lo es dentro de cien años! Por eso no puedo darte mucho. –Esparce por el mostrador los antiguos billetes de rublo–. A ver, ¿qué quieres por estos papelotes?

Denni espera a que el hombre siga hablando como ha hecho antes, pero el tendero calla y aguarda su respuesta.

–Rublos legales –contesta ella.

–Eso seguro –contesta el hombre, riendo–. Yo dinero falso no doy. –Y coge un puñado de monedas de un cajón–. Toma. –Deja cuatro–. Esto puedo darte.

La muchacha coge una moneda. En una cara se ven dos hombres que se abrazan; uno lleva unas herramientas y el otro señala, con la mano libre, un sol naciente. En la otra cara también se ve un amanecer, entre dos manojos de espigas y una estrella de cinco puntas. Sobre los rayos matinales hay un globo terráqueo y, sobre este, una hoz y un martillo cruzados. En torno a este escudo se lee: «Proletarios del mundo, uníos.»

–¿Te parece bien? –le pregunta el hombre, entre rollos de lino.

Denni señala el viejo billete de quinientos rublos.

–¿Puedo quedármelo?

–¿Y para qué lo quieres? ¿Por si volviera el zar? ¡Si todos los Romanov están muertos!

El hombre ríe con ganas.

–De recuerdo –dice Denni.

–Pues entonces llévate este. Está más gastado, pero si no te importa...

El billete de quinientos cambia de mano. Ya empieza a romperse por las dobleces. Denni se lo guarda, coge el dinero y pregunta por la estación.

Le da pocas, simples indicaciones. El pueblo consiste en unas cuantas casas, con un campanario en medio, y el tren pasa por allí porque tiene que pasar, no porque sea un lugar importante.

Diez minutos después, Denni llega a su destino. Es una casucha con marquesina y poco más. Dentro hay dos bancos de madera y el cartel del horario pegado a la pared. Hay tres ventanas y una puerta roja, que da a la única vía. Por el andén va y viene una mujer que lleva lo que parece una gorra militar, a juzgar por el escudo de la visera.

Denni se dirige a ella:

–Perdone, ¿dónde puedo comprar un billete para San Petersburgo?

–¡Se dice Leningrado! –la regaña la mujer–. Puedes pagarme a mí cuando vayas a subir. El tren llegará dentro de dos horas... o de tres.

La muchacha le muestra sus caudales en la palma de la mano. La mujer coge las monedas y le devuelve una de cobre. Cinco cópecs. En una de las caras, se lee el consabido lema.

Denni se sienta en uno de los bancos. Pasa la primera hora examinando los documentos de Lev Koldomasov, aunque no hay mucho que leer y sí un montón de siglas y abreviaturas misteriosas. «R.S.F.S.R.», «g.», «n.», «st.». El lugar empieza a animarse y Denni observa a las personas que van llegando: ropa, calzado, sombreros y maletas varios, objetos que sobresalen de las cestas. A ella nadie le presta la atención y como mucho la miran un momento.

De pronto se oye un ruido de engranajes y metal que

41

aumenta más y más de volumen. La gente corre fuera y Denni hace lo mismo. Indiferente al estrépito, se acerca al borde del andén para ver mejor la larga bestia metálica. Aspira su aliento ferroso y contempla admirada el penacho de humo, los grandes faros y las ruedas. Decenas de cabezas asoman por las ventanillas y los pasajeros se arraciman en las escalerillas. La locomotora reduce, se detiene, sigue resoplando. Del estribo que queda delante de Denni se apean dos hombres que van vestidos igual.

La muchacha se dispone a subir, pero la jefa de estación la detiene con un grito:

—¡A ese no! —La mujer se acerca ligera—. ¡Es el vagón reservado!

—¿Reservado para quién?

—Para los oficiales del ejército, los invitados extranjeros y los funcionarios del partido —contesta la mujer. Le señala el vagón siguiente y le ordena que monte en ese.

Denni se sube a la escalerilla y se asoma. Un pasillo estrecho al que dan los compartimentos. Ocupan el primero cuatro personas y una jaula en la que hay otras tantas aves que tienen una extraña corona roja en la cabeza. Un hombre con bigote contamina el ambiente echando humo por la boca.

Denni camina insegura, con el hatillo de la comida sujeto al seno, apoyándose en las paredes con la mano libre, y nota que el piso se mueve bajo sus pies. El tren se ha puesto en marcha.

A mitad de vagón ve un compartimento vacío. Se sienta junto a la ventanilla y se deja hipnotizar por los abetos y los lagos que ve desfilar. El tren va más lento de lo que esperaba. En dos ocasiones se detiene en medio del bosque y grupos de pasajeros cargan pilas de leña.

—¡Necesitamos más, más! —grita un hombre con la cara negra.

Es por la mañana, pero Denni siente que los párpados se le cierran. Tendría que haberse sentado en un compartimento con gente para pedir que la avisaran cuando llegaran a San... a Leningrado.

Mata el tiempo jugando con el colgante que lleva al cuello.

Y al poco se duerme soñando con su casa.

4

El salón de los Igumnov no está ya amueblado como en otro tiempo. Camillas de hospital y grandes armarios han reemplazado mesas y sillas acolchadas. También el espacio ha cambiado y ahora está dividido en tres habitaciones, si bien las paredes pintadas al fresco y los ajimeces falsos delatan el mal gusto del antiguo propietario. Korsak, la enfermera jefe, moja un poco de algodón en éter y frota el brazo de un joven de veinte años. Al lado de este acaba de tumbarse un hombre de unos sesenta.

Acude el director del instituto. Aleksandr Aleksándrovich Malinovsky, más conocido por el sobrenombre de Bogdánov, repasa los síntomas de la enfermedad que ha llevado al paciente a Moscú. Tez pálida, rostro contraído, ojos hundidos en medio de una maraña de arrugas. Mala cara, la verdad. Lo llaman «agotamiento soviético». Neurastenia. Golpea en toda Europa, pero allí con particular virulencia. Sobre todo a jóvenes, pero también a ancianos. Cada vez hay más suicidios en la Unión. Hombres que sufren impotencia, poluciones nocturnas, eyaculaciones precoces, onanofobia. Las mujeres se quejan menos, pero eso no significa que estén mejor. Les da vergüenza confiarse a un médico varón. Están acostumbradas a padecer en silencio. De París a Moscú, las causas de la epidemia son la guerra, el hambre y los conflictos sociales. Aquí ha habido cuatro años más de muertes, batallas, el país convertido en un inmenso cuartel. Con la victoria sobre los Blancos, se pensaba que la historia daría una tregua. No ha sido así. Cambiar de vida cuesta, incluso cuando es a mejor. La revolución crispa los nervios. Desencadena crisis de identidad. A los obreros se les pide que estudien. A las mujeres, que trabajen como los hombres. A los subordinados, que asuman responsabilidades. A los rebeldes, que gobiernen. El poder agota a los mandamases del partido. Se toman vacaciones que no reparan las fuerzas. Padecen una fatiga crónica. Necesitan sangre fresca. Le ocurre incluso a Krasin, ese hombre tan brillante, explosivo como las bombas que fabricaba soñando con un artefacto letal que fuera del tamaño de una nuez. Si hace dos años hubiera existido este lugar, se habría curado. Un ciclo completo de transfusiones, no una sola hecha en un laboratorio doméstico. Donantes, aparatos, una sala para recuperarse. Apenas ha ganado unos meses de vida, pero no ha sido en vano. Nada lo es realmente. Todos los cambios modifican el equilibrio que existe entre un sistema y el medio. La importancia de un cambio depende de la escala con la que lo midamos. Sin la recuperación momentánea de Krasin, Stalin no se habría interesado. «Curioso. ¿Conque se cura uno? ¿Y qué has hecho?» Sin el interés de Stalin, el instituto no se habría creado. Sin el instituto, no irían a buscar alivio los funcionarios exhaustos, como este Filippenko. Y sin pacientes como Filippenko, no habría fondos para estudiar el colectivismo fisiológico, el comunismo de la sangre, que algún día, como dice el *Pravda,* «permitirá curar las enfermedades gracias a la vitalidad de todo el cuerpo social».

Bogdánov se inclina sobre el enfermo y le pide que abra la boca. La lengua parece una chuleta podrida.

—¿Ha dormido bien, camarada Filippenko?

–No mejor que ayer –contesta el otro, resoplando–. Insomnio, como siempre.

El médico le toma el pulso.

–Esta noche dormirá mejor, ya lo verá. ¿Le ha presentado ya mi mujer a Igor Vasílevich?

Filippenko mira a su vecino y a los médicos que lo rodean.

–¿Es el donante? –le pregunta a Bogdánov–. No me habían dicho que nos conoceríamos. Cuanta menos gente sepa de mi enfermedad, mejor.

El director lo tranquiliza, la información sobre su salud no saldrá del instituto.

–Aunque la transfusión no será directa –dice–, me parece saludable que las personas se conozcan antes de compartir su sangre.

–Será saludable –protesta el paciente–, pero ¿no le parece peligroso? El donante podría echarme en cara algún día que me curé por su sangre y...

–Dudo que lo haga –lo interrumpe Bogdánov–, porque él también se beneficiará de la de usted.

Filippenko frunce el ceño. Es evidente que no lo entiende.

–¿Cómo es eso?

Bogdánov hace como que desenreda unos tubos que sobresalen de un cajón. Siempre es lo mismo. Dirigentes que se quejan y preguntan por qué les sacan a ellos sangre y la transfunden a otro cuerpo. El colectivismo fisiológico no es cosa de vampiros. Hay que aclararlo en el coloquio preliminar. Sin reciprocidad, la transfusión no es realmente terapéutica. La sangre joven no basta. Influye también el placer del intercambio, el don recíproco. Pues no: los pacientes se molestan. No les gusta que una parte de ellos viva en otra persona. Es como si fuera una porción de cerebro o de líquido seminal.

—No me ha contestado —insiste Filippenko.

Natalia Korsak deja el frasco de éter en su sitio y acude en ayuda de su marido.

—Igor Vasílevich —dice, señalando al donante— es uno de los estudiantes más brillantes de la facultad de medicina. Se ha ofrecido voluntario para esta transfusión después de estudiar a fondo la teoría en la que se basa. Igor, por favor, ¿quieres explicarle al camarada Filippenko cómo será el intercambio?

El muchacho se atusa un mechón rubio, se coloca la almohada a la espalda y se dispone a hablar. Los médicos se vuelven. Bogdánov, que sigue desenredando tubos, escucha.

—La cura —empieza a decir el estudiante— consiste en transfundirle a usted un litro de mi sangre.

—Eso ya lo sé —replica Filippenko.

—Por tanto, hay que... hacerle sitio, es decir, sacarle a usted la misma cantidad de sangre. Y como el donante, o sea, yo, necesitará un litro de sangre, se me transfundirá la que a usted se le saque.

—Pero será un litro de sangre vieja y enferma —objeta el paciente—. Usted, doctor Bogdánov —interpela a este—, me ha dicho que la sangre joven del donante curará mi debilidad, pero ¿no lo dañará a él mi sangre débil?

El director se resigna a tener que hablar. Se precisan palabras sencillas. Siempre palabras sencillas.

—La sangre del joven presta energía al cuerpo del anciano; la sangre del anciano transmite experiencia al joven. Lo bueno está en compartir.

Filippenko no parece convencido. Vasílevich aprovecha para volver a lucirse. Le parece que Bogdánov lo invita a seguir.

—Piense en la tuberculosis —dice, usando el ejemplo preferido del director—. Es una infección muy extendida que a menudo se contrae de joven. Es muy probable que usted

47

mismo haya entrado en contacto con la enfermedad y la haya vencido.

Un destello de comprensión en el rostro de Filippenko. Buena señal.

—Intercambiando su sangre con la mía, usted me transmite esa inmunidad, sin por ello perderla, y a cambio gana vigor. El resultado es saludable para ambos. Porque la vitalidad de un sistema, sea un ser humano o un motor, no depende solo de la energía de que dispone, sino también del modo como está organizado. Es lo que el doctor Bogdánov llama «tectología».

El director parece contento. Oír las teorías de uno explicadas por un joven entusiasta levanta mucho el ánimo. Hace que uno recupere el gusto de la investigación, que tan a menudo se pierde por culpa de los deberes del instituto.

—Cuando la práctica de la transfusión se extienda –dice solemnemente– y todos intercambiemos nuestra sangre, la salud colectiva aumentará. Es como cuando muchos cerebros discurren sobre el mismo problema.

—A veces muchos cerebros crean confusión –objeta Filippenko, que sigue sin fiarse–. ¿Qué pruebas tiene de su teoría?

El rostro de Bogdánov se contrae, pero es solo un instante. No hay que dejarse llevar por la decepción.

—Este instituto es el primero en su género que hay en la Unión Soviética –dice orgulloso–. En un año de trabajo, hemos hecho más de doscientas transfusiones, pero pruebas de mi teoría hay muchas más. Las hay en todo lo que ocurre. La unión es vida, la disgregación es muerte. Vale tanto para los protozoos como para el *Homo sapiens.* ¿Empezamos?

Un gruñido de asentimiento es mejor que nada.

El director pide a los médicos que están de prácticas

que se retiren: comienza la sesión y el paciente tiene que relajarse. Se quedan Natalia, dos ayudantes y el doctor Vlados, un joven de unos treinta años, de pelo moreno peinado hacia atrás, nariz puntiaguda y labios carnosos. A primera vista, y a juzgar por el apellido, parece más balcánico que ruso.

Bogdánov va a preguntarle qué necesita, cuando el camarada Filippenko se incorpora y se sienta en la cama.

—Lo dejamos para otro día. Esto de intercambiar la sangre... Quiero pensármelo. Quiero consultar con mi médico.

Nunca hay que cantar victoria antes de tiempo.

—Como quiera —concede Bogdánov, aunque por la dilatación de las narices comprende Natalia que está a punto de explotar.

—Sasha —le dice ella—, creo que el doctor Vlados quiere decirte algo. ¿Por qué no esperamos un poco? Así, mientras tanto, le enseño al paciente los utensilios y le explico cómo se hace la transfusión. Es tan sencillo que seguro que se convence.

El director asiente, da las gracias con la cabeza e indica a Vlados que lo siga a un rincón de la sala, que está decorado con un asfixiante motivo floral.

—Conviene tratarlo bien —dice el joven médico—. El camarada Filippenko es muy estimado en la sección de Smolensk.

Bogdánov recibe la noticia con un resoplido. Jarlampy Vlados es un hematólogo brillante. Ha hecho bien en darle trabajo en el instituto. Es un excelente puesto para alguien de su edad. Lástima que esté comprometido con el partido y sea como los colaboradores que Semashko le ha impuesto.

—¿Es eso lo que querías decirme?

—No —contesta Vlados—. He examinado los análisis. Convendría repetir la prueba de la sífilis.

Con el dedo señala el valor anómalo en la hoja.

Es una persona escrupulosa. Se fija en los detalles por no decir que duda de todo el sistema, de una cura basada más en la filosofía que en la ciencia. Como si las dos disciplinas pudieran separarse. Un instituto transfusional dirigido por un escritor de novelas fantásticas más que por un médico de profesión, cuyo currículo académico no está a la altura del cargo. Dos años de ciencias naturales en la universidad. Luego medicina. Pero antes de hacer un solo examen, lo detienen. Por participar en una manifestación contra el profesor Kliuchevsky, que hizo un elogio fúnebre del zar. Lo destierran de Moscú y lo obligan a no salir de la ciudad donde resida. ¿Qué sabrá Vlados de la vida que llevaban otros cuando él era un recién nacido y el partido socialdemócrata aún no existía? Se licencia en psiquiatría, en Járkov, el último año del siglo XIX. Lo celebra en la cárcel, donde pasa cinco meses por hacer propaganda política entre los trabajadores. Mientras estudia, escribe un manual de economía política y traduce el *El capital* de Marx. ¿De dónde saca tiempo para las prácticas? El padre de su viejo amigo Bazárov tenía una consulta en Tula. Pasa unos meses trabajando con él y luego otros nueve en el manicomio de Kuvshinovo. Es un periodo breve, pero lo bastante largo para que corra el riesgo de contagiarse. De locura. Transcurren doce años y estalla la guerra. El frente es una herida abierta que rebosa de cuerpos mutilados. En el hospital de sangre no exigen credenciales, experiencia. No importa que solo haya visto vísceras humanas en clase de anatomía. ¡Rápido, cose ese vientre! Comparado con eso, el manicomio es como una velada de teatro. Pasa un año en el frente y otros dos en la retaguardia, en Moscú. Esa es toda su experiencia.

Bogdánov se concentra en los datos. Reacción de Wassermann. Ausencia de reagina en el suero del paciente. Posible error técnico.

—Vale —dice al fin—, repitamos la prueba. ¿Cuánto tardarán los resultados?

—Veinticuatro horas —contesta Vlados.

Bogdánov asiente.

—Mande a casa al voluntario y busque una habitación para ingresar a Filippenko. —Antes de irse, le devuelve los análisis al joven médico—. Y recuerde: tratémoslo bien.

5

*Al ritmo actual de explotación de nuestros recursos, solo
disponemos, según las estadísticas, de unos diez años antes de
sufrir una grave carestía. La producción de proteína sintética
a partir de materia inorgánica no ha resuelto el problema,
porque el proceso requiere una enorme cantidad de energía,
mucha más de la que disponemos. La colonización se hace, pues,
necesaria. Podemos llevarla a cabo por la fuerza o mediante la
amistad con otros pueblos...*

Un estrépito metálico despierta a Denni. El tren entra
en la estación. Del portaequipajes cae una maleta y hace un
ruido que parece un disparo. Un pasajero maldice. Todos
los viajeros se apresuran a coger bolsas, maletas, macutos,
paquetes, jaulas, alfombras enrolladas, y forman una fila
ordenada y al mismo tiempo caótica en el pasillo, como si
se aguantaran las ganas de salir porque saben que aquella es
la manera más rápida de hacerlo.

Denni permanece sentada admirando tanta disciplina
y al final se pone a la cola.

Cuando pisa el estribo, el aire de la estación le llena las
narices. Tose, siente que la cabeza le da vueltas. Alguien la
coge del brazo y la ayuda a bajar la escalerilla. Es un hombre

alto y calvo, que lleva un abrigo oscuro con puños de pelo blanco.

–Gracias.

–De nada, camarada.

La muchacha echa a caminar en medio del ir y venir del andén, pasa rápidamente por entre personas que suben y bajan de los trenes, saludan, se abrazan, se entregan comida y bultos por las ventanillas.

En el vestíbulo hay unos hombres trabajando en la base de un andamio, en lo alto del cual hay un letrero indescifrable. Denni sale por unas grandes puertas de cristales y se halla en la ciudad, en medio de un laberinto de automóviles y coches aparcados. Pasa, echando humo negro, un camión cargado de obreros que se apretujan de pie en la caja. El olor acre se mezcla con otro dulzón, que desprenden las boñigas de los caballos. Llevada por otro olor que la brisa trae, la recién llegada se dirige a una calle de edificios altos, amarillos y marrones, por la que la gente camina rápidamente. Sigue el olor hasta que la ciudad se abre y por fin aparece el agua.

Una escalinata desciende hasta la plataforma que bordea el río. Ancha y levemente encrespada por la brisa, la corriente arrastra barcas, troncos y pensamientos. Denni coge una piedra, la arroja al agua y la ve hundirse. Hace lo mismo con una brizna de hierba, que ve alejarse.

«Sigue el río a contracorriente», le ha dicho el revisor del tren, la persona de mayor autoridad que ha encontrado.

¿Adónde iría uno si buscara a alguien del que solo sabe que hizo la revolución en San Petersburgo?

La respuesta del revisor, un hombre jovial y rubicundo, no se ha hecho esperar.

Él empezaría yendo a la sede del partido.

«Allí tienen una lista de todos los militantes. Y hasta de los no militantes», ha añadido con una carcajada.

Denni camina por la orilla del río hasta que llega al primer puente. Continúa por él y, cuando va por la mitad, se para a mirar las barcazas que van y vienen por el río. De nuevo huele a combustible fósil. Unas aves blancas grandes sobrevuelan las embarcaciones y parece que llamen a los marineros con chillidos. Fascinada por el guirigay, Denni no ve otro objeto volador hasta que pasa por encima de su cabeza, con unas alas enormes desplegadas. Vuela propulsado por una hélice muy ruidosa y a mucha más velocidad que los barcos del río, y se pierde entre nubes blancas.

La muchacha llega a la otra orilla y continúa en sentido contrario a la corriente. Recorrido un meandro que forma el río, ve, sobre una masa de árboles, tres cruces doradas en lo alto de sendas agujas blanquiazules. Como le ha dicho el revisor. Sigue. Al otro lado de la calle corre una larga verja, interrumpida por dos garitas.

De espaldas al río, Denni observa el edificio que se entrevé en el parque. Un hombre de mediana edad pasa por su lado con una carretilla cargada de ollas.

—Buenos días, ¿sabría decirme si ese es el Instituto Smolny? —le pregunta señalando el edificio.

El hombre la mira extrañado.

—Forastero, ¿eh? Claro que es. Pero por aquí no se entra. Tienes que dar la vuelta.

El hombre quiere seguir su camino, pero Denni lo interpela de nuevo:

—Perdone... —El otro se levanta la visera de la gorra de paño azul y se seca el sudor, resignado a la pausa inesperada, pero no muy molesto.

—¿Es ahí donde está el partido?

El hombre ríe.

—¿Me tomas el pelo? —Pero se da cuenta de que Denni lo pregunta en serio—. ¡Pues claro, la sede del partido! Lenin vivió ahí durante la revolución.

Denni da las gracias y prosigue a buen paso. Rodea el parque y llega a la entrada principal.

El edificio salta a la vista, con sus dos alas proyectadas hacia delante. La fachada consta de dos órdenes de ocho columnas. Las de abajo, robustas y cuadradas, sustentan las de arriba, blancas y esbeltas, sobre las que a su vez descansa un enorme triángulo. Toda la estructura permite que una bandera roja, puesta en el vértice superior, ondee más alta que los edificios circundantes.

La muchacha se dirige a una de las garitas, ante la cual espera una fila de personas.

La cola avanza lenta y, cuando le llega el turno, ve que tras ella se ha formado otra cola.

El soldado de guardia le pide los documentos.

Denni le muestra la cartilla de trabajo y la partida de nacimiento de Lev.

—¿A qué vienes, camarada Koldomasov?

—Busco a una persona. Me han dicho que aquí pueden ayudarme.

El soldado le indica que pase.

—Si no pueden aquí, no pueden en ningún sitio.

Denni sortea la garita y camina por el paseo, oyendo crujir la grava bajo las suelas. Van y vienen personas, solas o en grupo, andando más o menos rápido. En un parterre que hay frente al edificio se eleva un pilar grueso. Parece un pedestal, pero sin estatua.

La fachada parece que fuera a cobrar vida, un enorme animal capaz de aplastar a los transeúntes.

Denni entra y se halla en una vasta sala, con una serie de mostradores tras los cuales los funcionarios, casi todos mujeres, atienden al público. Sobre sus cabezas penden grandes lámparas de cristal, aunque solo hay una encendida que no basta para iluminar el recinto. En la pared del fondo cuelgan dos banderas rojas cruzadas.

Denni espera su turno. Ve pasar el tiempo en un reloj enmarcado. La manecilla larga da un paso, dos. Dará muchos más, sin duda. Aprovecha para mordisquear el pan que le ha sobrado de la comida. En la sala hay gente de todo tipo. Denni se fija en las diferencias. Hay ojos redondos y ojos alargados, piel clara y piel olivácea, pelo liso y pelo rizado, barbas pobladas y caras lampiñas. Una anciana recorre las colas ofreciendo tacitas que llena del grifo de un gran recipiente con ruedas. Denni acepta la que le da, prueba el contenido. La bebida sabe fuerte y, aunque caliente, refresca la boca. Muy rica.

Por fin llega a uno de los mostradores, donde la atiende una joven de aire cansado, de pelo corto y ondulado. Lleva un camisa blanca floreada con un broche rojo en el que se ve una hoz y un martillo y los números «1917-1927».

–¿Puede ayudarme a encontrar a una persona?

La empleada conserva su expresión neutra.

–¿Está esa persona afiliada al partido en Leningrado?

–No lo sé, vivía aquí. Sé que era revolucionario... Un delegado del sóviet.

–¿Cuándo?

Denni duda, insegura.

–No entiendo.

–¿Cuándo desarrolló su actividad política? –pregunta la mujer, y coge una estilográfica.

–Hará unos veinte años.

La empleada suspira desconsolada.

–Vaya al archivo –dice y señala el fondo de la sala–. Por el pasillo, tercera puerta a la izquierda. Llame pero no entre. Ya abren ellos.

Denni atraviesa la sala, temerosa de las enormes lámparas que gravitan sobre su cabeza. Sigue por el pasillo contando las puertas. Se detiene delante de la tercera, llama y se sienta en una de las pocas sillas que hay arrimadas a la pared. Sentada junto a otra puerta hay una anciana con un pañolón en la cabeza que la observa con ojos porcinos. Más allá, una mujer joven mece a un niño, que duerme en su regazo, con la cabeza reclinada y la boca abierta. De pronto se oye una voz masculina:

–Adelante.

Denni entra tímidamente en un cuartito vacío. El hombre debe de haber desaparecido por otra puerta, que se abre en una pared lateral y por la que se oye un tableteo mecánico.

Denni se acerca y espera parada a unos centímetros de la superficie lisa de madera oscura. Llama y al primer toque la puerta se abre.

Hay un hombre sentado a un escritorio que teclea en una máquina de metal oscuro. Cara redonda, gafas y cejas pobladas.

–¿Quién le ha dicho que entre?

–He oído que decían «Adelante».

–Claro, que pasara a la antesala –replica el funcionario–. Esto es el despacho.

Denni señala tras ella con el pulgar.

–Solo estoy yo...

El funcionario alarga el cuello y mira al otro cuarto.

–Bien, bien...

Le indica una silla y Denni se sienta en el borde, con la espalda recta.

–¿Qué quiere? –pregunta el funcionario.

–Estoy buscando a una persona.

–¿Nombre y apellido de esa persona?

–Leonid Voloch. Con *ch* al final.

El hombre apunta el nombre.

–¿Patronímico? –pregunta.

Denni no contesta.

El funcionario resopla.

–¿Está afiliado al Partido Comunista Ruso o desempeña algún cargo en él?

Denni reflexiona.

–Sé que era delegado del sóviet de San Petersburgo.

–¿Motivo de la petición? –pregunta el empleado.

–Es pariente mío.

–¿Desde cuándo no tiene noticias de este... –consulta la hoja– Voloch?

Denni decide ser sincera.

–Desde hace veinte años.

El funcionario observa detenidamente a la muchacha y se pregunta cuántos años tendrá.

–Espera ahí –dice, señalando el otro cuarto.

La muchacha obedece. El funcionario sale al pasillo. Denni se asoma y lo ve recorrer la alfombra roja hasta el final, pasando por delante de la anciana, que sigue sentada, y de la mujer con el niño. El hombre se pierde en los recovecos del edificio y reaparece a los diez minutos. Entra en el despacho sin decir palabra y Denni espera en la pequeña antesala a que la llame.

A los pocos minutos oye otra vez la voz del funcionario por la puerta entornada.

Denni entra.

–La persona a la que busca fue delegado del sóviet de San Petersburgo en 1905. Se afilió al Partido Obrero Socialdemócrata de Rusia en 1911. –El hombre desliza una hoja de una punta a otra de la mesa–. Esta es la última dirección que consta en el archivo. No sé si te sirve, pero es lo que hay. Que tengas un buen día.

El hombre vuelve a concentrarse en la máquina que tiene delante, pero la muchacha no hace amago de irse.

–¿Pasa algo? –le pregunta, sin dejar de teclear.

–Esta calle y este número... –Denni mira la dirección–, ¿sabe dónde están?

—Desde luego no en mi despacho.

La respuesta desabrida no echa a la intrusa. El hombre se quita las gafas y le indica:

—Salga a la calle, llame a un coche y pida al cochero que le lleve. O espere a que pase un tranvía y le pregunta al conductor si va en esa dirección. No sé qué más decirle.

Denni le da las gracias como si fuera una información valiosísima y por fin se va.

Ni coche ni tranvía la llevarán a su destino, porque en ambos casos hay que pagar y las monedas que le quedan no bastan ni para una carrera corta.

En cuanto a que le indiquen, ni conductores ni cocheros le son de gran ayuda. No porque no sepan o no quieran guiarla, sino porque, por mucho que lo intentan, no acaban de indicarle todo el camino, le dicen que tuerza por aquí y por allí y enseguida se lían y tienen que preguntar a su vez.

Al final Denni recurre a un librero, porque supone que un hombre culto sabrá, con todos sus conocimientos, guiar a un forastero. En la puerta de la librería hay, clavada a un tablero, una estampa de Rusia vista desde el espacio, pero sola, sin otros países, y con circulitos negros que indican las ciudades. «¡La Unión Soviética, sexta parte del mundo!», se lee encima de la imagen y, aunque no entiende muy bien la frase, la vista del mapa tranquiliza a Denni. El hombre que vende eso debe de conocerse el país al dedillo y, si sabe dónde están ciudades tan lejanas como Vladivostok, mejor se sabrá las calles de su ciudad. En efecto, no bien le enseña el papel con la dirección, el hombre le hace un plano. Desgraciadamente, el plano deja mucho que desear. En lugar de reproducir calles, casas, puertas y señales, representa la ciudad como vista desde lo alto, con círculos y líneas en lugar de plazas y calles. Orientarse en aquel embrollo resulta muy difícil, y eso que el librero se lo explica con toda la paciencia del mundo.

El trayecto es así mucho más largo de lo previsto.

«Tardarás una media hora», le han dicho al salir del Instituto Smolny, pero ha pasado ese tiempo y aún se halla a mitad de camino.

Además, mil detalles la entretienen y le llaman la atención. A la puerta de algunas tiendas se forman colas de clientes y otras no tienen ni uno. Hay vendedores callejeros que venden cupones de la lotería del Estado, un extraño juego en el que se gana sin jugar. También se retrasa mucho en las paradas del tranvía, porque se para a descifrar los rótulos de los manifiestos que hay pegados en los cristales o a escuchar atentamente lo que dicen quienes los leen.

Está tratando de ver en el plano del librero el cruce al que ha llegado cuando por delante pasa un automóvil a toda velocidad y sueltan por la ventanilla un montón de hojas volantes. Denni imita a los transeúntes y coge una.

«La camarilla de Stalin», se lee, «engaña al país con un éxito que solo es aparente.» Quiere seguir leyendo, pero un hombre le arrebata el papel.

–¡Devuélvemelo! –protesta ella, pero enseguida desiste. El sujeto no va solo y él y sus compañeros rompen todas las hojas volantes que pueden. Y a las quejas de quienes quieren guardárselas reaccionan con gritos y empujones.

Denni observa un momento la escena asustada y luego sigue su camino.

A media tarde, en una placa que hay en la esquina de dos calles de las afueras, encuentra el nombre que lleva anotado. Es una zona en la que hay menos edificios y las casas son de madera o de ladrillo.

El portal del número 25 está abierto. Denni entra y se halla en un patio lleno de gatos, charcos, bicicletas y ropa tendida. Va a su encuentro una mujer con una palangana.

—Buenos días. Me llamo Denni y busco a Leonid Voloch.

La mujer se sorprende.

—¿Voloch? ¡Claro, Voloch! ¿No se habrá muerto?

—No lo sé. Me han dicho que vivía aquí.

La mujer deja la palangana en el suelo, como si la carga le impidiera pensar.

—Sí, hace veinte años. Lo recuerdo, yo era una chiquilla. Después se fue, su apartamento estuvo vacío un tiempo y luego lo ocupó otra familia.

La decepción y el desconcierto de Denni mueven a la mujer a compasión.

—Sígueme, anda —le dice.

Suben tres pisos por una escalera desvencijada en la que huele a comida y tabaco.

Pasan por una puerta gris y se hallan en un pasillo corto y en penumbra. Un niño viene corriendo y se agarra a las faldas de la madre.

—¿Qué hay de cena?

—Calla —le ordena ella—, que aún no es la hora.

En medio de la sala, entre cuatro sillas, hay un baúl que hace de mesa. La mujer lo señala.

—Eso lo enviaron a su nombre hará unos diez años. Lo recuerdo porque estaba embarazada de mi segundo hijo. Yo ya era presidenta de la comunidad. Fui con mi marido al puerto, a recogerlo a la aduana. Lo tuve un tiempo en el sótano. Pensaba que vendrían por él. Luego, para que no criara moho, me lo subí. Hemos usado lo que había dentro. Ropa, una manta vieja. Tuve tres hijos, imagina... Ah, también había libros. Ahí están en la estantería.

Denni va a la estantería y mira los libros.

Algunos están encuadernados en tapa dura, otros son poco más que hojas cosidas. Hay unos diez. Los toma uno a uno y pasa rápidamente las primeras páginas.

La madre, de M. Gorki.

Los primeros hombres en la luna, de H.G. Wells.
Estrella roja, de A. Bogdánov.

Algo escrito a mano, en la primera página del último libro, le llama la atención. «Para Leonid», dice, pero no entiende los arabescos que siguen.

–Ese lo he leído –dice la mujer con cierto orgullo–. Es divertido. Habla de un hombre que va a Marte y se encuentra con el socialismo.

Denni pasa la página con cuidado, como si de repente fuera un libro más valioso.

Ve el título y el nombre del autor, compara este con la firma que hay después de la dedicatoria y se convence de que son el mismo. En el margen inferior de la página figura un número: «1908.»

Pasa la página y lee las primeras palabras:

Prólogo:
Carta del Dr. Werner a Mirsky

Querido camarada Mirsky:
Te mando los apuntes de Leonid. Quiere publicarlos y tú, como hombre de letras que eres, puedes ocuparte mejor que yo.

En medio de la página siguiente, en mayúsculas, solo hay una línea:

EL MANUSCRITO DE LEONID

Abre el libro al azar varias veces. Lee y relee algunas frases:

La pérdida de peso era ahora más evidente y la sensación de ligereza, acompañada de una vaga inestabilidad, había dejado de ser agradable.

Nos sentamos delante de la ventana. La Tierra se veía lejos, como una gigantesca hoz. Todo el Atlántico y el Viejo Mundo estaban envueltos en la oscuridad. Lo único que me decía que estaban allí era que la parte invisible del planeta tapaba las estrellas, formando un vacío de cielo negro.

La voz de la mujer interrumpe la lectura:

—Quédatelo si quieres.

Denni cierra el libro y acaricia la portada. La ilustración representa a un hombre con sombrero y de espaldas que lleva una maza al hombro. Arriba, frente a él, hay una estrella roja cuyos rayos caen sobre el perfil de una ciudad industrial, y en las esquinas, a derecha e izquierda, se lee, en dos filacterias, el consabido lema: «¡Proletarios del mundo, uníos!»

—¿Sabes dónde podría encontrar al autor de este libro?

—Bogdánov... —La mujer aprieta los labios, los abre–. Creo que hace poco leí en el *Pravda* que dirige un centro médico en Moscú, en el que curan enfermedades de la sangre.

Por la ventana se ve que el sol ha traspuesto los edificios.

—Gracias, me lo quedo —dice Denni con el libro bajo el brazo–. Has dicho que había también una manta...

La mujer la mira de arriba abajo.

—¿Tienes donde dormir?

No hay respuesta. La mujer suspira, entra en el cuarto de al lado y vuelve con la manta. El paño de lana apelmazada cambia de manos.

—Esta noche puedes dormir en el trastero, pero mañana temprano tienes que irte.

En la calle, Denni ha visto a muchas personas tumbadas o sentadas en mantas como aquella. Unos duermen en ellas, otros las usan para extender hortalizas, fruta, galletas que venden. Es gente que no parece tener casa ni trabajo. ¿Cómo es posible, si han hecho la revolución? Se guarda la pregunta con las muchas que deberá hacerle a Leonid, si es que lo encuentra.

De momento, también ella pasará su primera noche en Leningrado acostada en un trozo de tela. Después, tendrá que arreglárselas para ir a Moscú.

6

Los análisis de Filippenko se retrasan y el hombre está ya deseando volver a Smolensk, al duro trabajo que lo espera.

Bogdánov recorre el pasillo con paso nervioso, mirando un historial clínico. Como si nosotros nos durmiéramos.

Nota un gran bulto que se acerca. Es Ramonov, el administrador del instituto. Se finge tan absorto en los papeles que no lo ve, aunque al final le concede un saludo distraído.

Buenos días, camarada. El otro le responde con frialdad. Si supiera lo que dice la carta que le ha enviado al comisario Semashko. «El camarada Ramonov se entromete en las cuestiones clínicas, no se atiene a las decisiones colectivas y gestiona los fondos como le da la gana.» Y existe la vehemente sospecha de que se embolsa parte de esos fondos. Tarde o temprano habrá pruebas. Como ocurrió con su predecesor, aquel astuto azerbaiyano que quería llenar el instituto de amigos suyos del Caspio e iba por ahí diciendo: «¡Bogdánov es un contrarrevolucionario, un antibolchevique!» ¡Menuda novedad! Llevan veinte años acusándolo de lo mismo.

El director sigue leyendo el historial y llega a la puerta del despacho.

Delante de la puerta va y viene con impaciencia un

muchacho de pelo rubísimo y aspecto efébico, vestido con ropa holgada. Es evidente que lo espera.

–¿Puedo ayudarte en algo?

–Sí, si eres Aleksandr Bogdánov.

Tiene los ojos tan claros que parecen transparentes.

–El mismo que viste y calza.

–¿Y eres el autor de este libro?

Un tomo delgado. Bogdánov observa la portada. *Estrella roja,* primera edición.

–Es un relato que escribí hace tiempo, sí.

Debe de ser un admirador, una de esas personas a las que les gusta hablar de viajes espaciales y química de los cometas. Desde que el instituto abrió sus puertas, lo visita gente muy rara. Eteronautas, marxistas heterodoxos y sobre todo lectores apasionados. Será que sus novelas pueden leerse como ensayos y sus ensayos están llenos de ideas novelescas.

–¿Qué puedo hacer por ti?

–Soy hija de Leonid Voloch, el hombre que te inspiró este libro. Estoy buscándolo.

Bogdánov estrecha una mano tibia y fina. Es como coger un gorrión al que se teme asfixiar. Un rostro aflora a la memoria, de rasgos difusos, medio borrados por el tiempo. Una dacha en Finlandia, los arrecifes de Capri. Leonid el marciano.

–Siéntate, haz el favor.

Ante la mesa de caoba hay una silla acolchada con patas de garra de león que ha sobrevivido a los cambios de propietario y a las mudanzas. Como la mesa misma y el sillón en el que se sienta el director. Los plúteos de una librería que llega al techo ocupan tres testeros. Detrás de Bogdánov hay una ventana que da al jardín.

Curiosa muchacha que parece un muchacho. Dientes blanquísimos y perfectos. Orejas pequeñas, bien perfiladas. Pálida, quizá demasiado. Debe de ser anémica.

—No sabía que Leonid Voloch tuviera una hija.

—Tampoco él lo supo, o eso creo.

Bogdánov alinea el canto de unas hojas. Los porteros deberían avisar de estas visitas. Dejan entrar a la gente como si aquello fuera una oficina de correos.

—Entonces supongo que fue tu madre quien te habló de Leonid...

—Sí. Pero mi madre murió cuando yo tenía seis años.

Vale. Una rápida incursión en el pasado, que baste para despachar a la muchacha, que, desde luego, no tiene la culpa de ser huérfana y querer saber algo de su padre.

—No sé qué te contaría tu madre. Eran tiempos difíciles. Vivíamos en la clandestinidad, exiliados. En una acción en Georgia, Leonid fue herido por una bomba y quedó muy afectado. Durante varios meses estuvo... cómo lo diría... enajenado. Sufría alucinaciones y creía que había estado en otro planeta. Un planeta socialista. Cuando se recuperó, me contó aquel viaje.

Denni no parece sorprendida.

—En tus novelas dices que ese planeta es Marte. ¿Te lo dijo Leonid?

—No, eso no. Se me ocurrió a mí. Por el juego de palabras con lo de planeta rojo. Hay muchas cosas mías en ese libro. Como en el siguiente, *El ingeniero Menni.* Cuando lo escribí, llevaba tiempo sin saber nada de Leonid.

Denni no aparta los ojos de él.

—¿Y sabes dónde está ahora?

El director cabecea decididamente.

—La última vez que nos vimos fue en Italia, creo... Hará casi veinte años. Luego vino la guerra, la revolución, otra vez la guerra... Siento no poder serte de más ayuda.

Se levanta, es hora de dar por concluida la conversación. La historia es conmovedora, pero él dirige una clínica y a sus cincuenta y cuatro años el tiempo es oro. Se dispone a acompañarla a la puerta cuando la muchacha dice:

—Tengo que encontrarlo.

Tono agitado y respiración jadeante.

—Jovencita —le responde él—, este país es muy grande y grandes son también los acontecimientos que lo han sacudido. Buscar a un hombre en medio de una revolución es como buscar una aguja en un pajar.

Llaman a la puerta. La salvación.

Natalia y Vlados.

La muchacha se levanta bruscamente. Se ha puesto aún más pálida, tiene los ojos desorbitados, la frente perlada de sudor.

—¿Te encuentras bien?

La joven coge el libro y lo oprime contra el pecho.

—Ayúdame a encontrarlo, por favor. Es muy importante... No solo para mí, para todos. Tenéis trenes, aviones, animales muertos que parecen vivos... Pero no sabéis lo que puede ocurrir. No sabéis...

El gallardo Vlados entra en acción justo antes de que la muchacha se desplome. Natalia lo ayuda a sostenerla.

—Tendedla —ordena Bogdánov— y ponedle un cojín debajo de la cabeza.

—Aleksandr Aleksándrovich —le dice Natalia—, trae un poco de agua en lugar de decirnos lo que tenemos que hacer.

Bogdánov llena un vaso de la jarra que hay junto al samovar y se lo da a su mujer, que se inclina sobre la muchacha. Natalia moja un pañuelo y enjuga la frente de Denni.

—Voy por una camilla.

Muy bien, Vlados.

—¿Quién es? —pregunta Natalia en cuanto se quedan solos.

Del cuello de la muchacha pende un colgante, que ha

quedado por fuera de la camisa. Es una tuerca de seis caras. En el borde hay una frase grabada: «¡Proletarios del mundo, uníos!» Es un objeto conocido.

¿Por qué hemos fracasado? La voz nasal de Leonid Voloch entre las paredes de una celda de la cárcel de las Cruces de San Petersburgo. Es la pregunta que atormenta a toda una generación...

¿Qué preguntaba Natalia? Ah, sí...

—Es la hija de un viejo camarada. Ese colgante era suyo. ¿Qué edad tendrá?

Natalia pasa de nuevo el pañuelo por la frente y las mejillas de la muchacha.

—No más de veinte años. Me había parecido un chico. ¿Por qué lleva ropa de hombre?

Cualquiera sabe. Entra Vlados con la camilla. Levantar el cuerpo no cuesta nada, es como una muñeca de papel.

—Busquémosle una cama. Y hagámosle un análisis de sangre. Sospecho que tiene anemia.

—Primero hay que darle un plato caliente —interviene Natalia—. Es lo que más necesita la pobre.

Bogdánov observa de nuevo el rostro de la joven. Ha pasado demasiado tiempo para que vea algún parecido con Voloch. Sus rasgos son como tinta que se moja. Cuanto más los mira, más se desdibujan.

—¿Qué quería?

—Que le diera noticias de su padre. No sé qué ha sido de él.

Una caricia maternal en la cara blanca.

—Pobrecita. La llevo a la cuatro, hay una cama libre.

Vlados saca la camilla del despacho.

Bien. Es hora de volver al trabajo. Bogdánov recoge el libro del suelo, lo deja en la mesa, coge uno de los papeles mecanografiados que la cubren y lee las primeras líneas. «Nuestra época aún está marcada por la cultura individualista, que no permite apreciar debidamente nuestros métodos...»

¿Por qué hemos fracasado?

«... ni el punto de vista en los que se basan.»

Era la época de la primera revolución, la de 1905.

«Los principios del trabajo colectivo solo han empezado a afirmarse. Cuando triunfen...»

La primera vez que todo pareció posible. El nacimiento del sóviet de San Petersburgo. La huelga indefinida. Los obreros que recortan la jornada laboral. El cierre patronal, los despidos. El ejército que rodea el Instituto Tecnológico de la universidad, la sede del sóviet. Las detenciones en masa.

Era otoño, era otra época, en la que las palabras de Trotski inflamaban a los delegados obreros.

Somos libres para reunirnos, pero cuando nos reunimos nos rodea el ejército.

Entonces Trotski era menchevique, miembro de la minoría del partido. Como ahora, también en minoría, la oposición unida contra Stalin. Se acerca la hora de rendir cuentas. Y son muchas cuentas. Todo empezó hace al menos veinte años.

Somos libres para expresarnos, pero sigue habiendo censura.

Es mejor no entrar en el juego. ¿A quién le importa el poder? Para organizar una sociedad, más importante es la cultura. La tectología enseña que los sistemas autoritarios están destinados a caer por sus propias contradicciones. Cadenas de mando demasiado largas, despotismo, luchas intestinas, dispersión de energía. Un motivo más para no tolerar la autoridad.

Somos libres para educarnos, pero los soldados ocupan las universidades.

Nieve salpicada de rojo, cuerpos inmóviles en las calles, tras las descargas de fusilería. Los soldados irrumpen en el sóviet un día de diciembre de 1905. Rendición. Manos arriba.

Nuestra condición de personas es inviolable, pero las cárceles están llenas.

Encerrados en una celda oscura, que parece salida de una pesadilla medieval.

Tenemos una Constitución, pero vivimos en una autocracia.

Un agujero fétido, en el que él y Leonid apenas caben. Hombre taciturno, con corazón de obrero, espíritu luchador, veterano de la guerra de Japón. El camarada delegado Voloch, de manos fuertes y ásperas. Le enseña el anillo que se hizo en la fábrica, «para golpear más fuerte». El mismo que lleva al cuello esa extraña muchacha. Más elocuente que un carné de identidad.

Lo tenemos todo... y no tenemos nada.

Larga espera del juicio, dándoles vueltas a aquellos meses convulsos. Natalia le hizo llegar sus cuadernos por conducto de un carcelero anarquista. Escribir como poseído, incluso en la oscuridad, hasta concluir el tercer volumen de *Empiriomonismo*.

«¿Y eso qué es?»

«Una nueva filosofía. El marxismo visto a la luz de los últimos descubrimientos científicos.»

«¿Cómo es eso?»

Gran reto. Como en tiempos de la universidad, noches enteras pasadas dando clase en escuelas para obreros, esforzándose por explicar los conceptos más difíciles.

«¿Ves esta hoja? Tócala, huélela, oye el ruido que hace. A todas esas sensaciones juntas y organizadas las llamas "hoja".»

«No solo yo. Todos la llamamos así.»

«Exacto. Porque además de tu organización, existe otra colectiva, que nos permite actuar conjuntamente y a la que llamamos "realidad".»

«¿Y eso qué tiene que ver con el marxismo?»

«Tiene que ver porque la realidad está hecha de nuestras

71

sensaciones y del modo como las juntamos. La materia en estado puro no existe. Si somos marxistas, si queremos cambiar la realidad, tenemos que cambiar las sensaciones y el modo de organizarlas.»

«¿Y eso cómo se hace?»

«Cambiando la cabeza de las personas, o sea, la conciencia colectiva, la cultura.»

Un pisotón, dado adrede.

«¿Te ha dolido, Bogdánov? Pues cambia tu modo de organizar las sensaciones.»

Una cálida carcajada. Oscuridad. Y una pregunta más difícil, que queda suspendida en el aire cargado de la celda como un enigma insoluble o una roca que fuera a aplastarlos:

«¿Por qué hemos fracasado?»

La pregunta de los años venideros.

La respuesta de Lenin: el partido debe dirigir a los trabajadores con más decisión.

¡Error! Son los trabajadores quienes deben dirigir a los trabajadores, merced a una nueva visión del mundo. El partido debe ayudarlos a construir esa visión.

Lo tenemos todo... y no tenemos nada.

Salieron en libertad bajo fianza y al mes obtuvieron el permiso de expatriarse. El gran ducado de Finlandia, aunque gobernado por el zar, estaba menos vigilado por la policía. Escogieron la dacha de Gavril Leiteisen, un médico bolchevique. En Kuókkala, a una hora de tren de San Petersburgo.

Estaban vivos. Estaban con sus mujeres y sus parejas.

Habían sobrevivido al fracaso de una revolución.

Estaban dispuestos a intentarlo otra vez.

Lo tenían todo y no tenían nada.

Necesitaban organización, armas y dinero.

Dinero enseguida, para conseguir lo demás.

«Camaradas, busquémoslo donde lo hay.»

7

Su cultura se basa en la propiedad, que la violencia orga-
nizada les garantiza. ¿Cómo van a darnos una porción de tie-
rra importante? Al contrario, están poseídos por un deseo
insaciable de conquista. Para ellos, la colonización es un acto
de violencia y terror, no de acuerdo pacífico, y eso nos obligaría
a adoptar la misma actitud...

Denni abre los ojos y ve la cara de una mujer.

—Bienvenida.

Korsak, la enfermera jefe, le toca la frente con un ademán maternal, que es a la vez decidido y tierno.

—No tienes fiebre, solo es debilidad. ¿Puedes incorpo-
rarte?

Denni lo hace y la mujer le da otra almohada para que
se recueste. La muchacha nota un olor que le abre el apetito.
La sensación se intensifica cuando la enfermera destapa un
tazón del que sale un vapor apetitoso. Denni está boquia-
bierta. La mujer deja el tazón en una bandeja de cama y
coloca la bandeja en las piernas de la paciente.

—¿Qué es? —pregunta Denni.

—Caldo de gallina con patata.

—No como animales —rebate Denni.

–Tienes que recuperar fuerzas –insiste Natalia–. Cómete al menos la patata.

Denni coge el tubérculo con los dedos y lo muerde. Come despacio, con gusto, observando a la mujer que se mueve por la habitación a pasitos, arrastrando los pies, que lleva calzados con pantuflas.

–¿Te duelen?

–Es la gota –contesta la enfermera, que va a una mesa que hay junto a la ventana–. Hay días que me fastidia mucho. –Manipula una jeringa y unas probetas–. Me llamo Natalia Bogdanova –añade–. Soy la mujer del doctor Bogdánov y la enfermera jefe de la clínica.

Ojos castaños, profundos. Cabello del mismo color, entrecano, recogido en una trenza. Pómulos surcados por arrugas finas y pliegues marcados a ambos lados de la boca. Denni la encuentra bella. Bella como un árbol o el gran río que ha visto en Leningrado, o cierta tarde de finales de verano. No es una belleza evidente, producto de la armonía de las formas, sino una belleza más compleja, fruto de la combinación del tiempo y de la vida.

La enfermera jefe nota que Denni la observa y posa como para un retrato.

–Sí, querida, tengo muchos más años que tú. Podría ser tu madre.

La muchacha se queda atónita.

–¿Es que lees el pensamiento?

–El pensamiento, no. Pero tu cara es como un libro abierto. Me pregunto dónde te has criado, porque me llamas de tú como si yo fuera eso, tu madre. Te comportas de una manera curiosa. Pero como quieras, ya ves que yo también te llamo de tú.

Denni sigue comiendo.

Cuando termina, la enfermera jefe retira la bandeja y la observa con los brazos cruzados.

—En el bolsillo del abrigo llevabas documentos de un tal Lev Aleksiévich Koldomasov. Me parece evidente que no eres tú. ¿Cómo te llamas?

Denni se mira las manos, que tiene extendidas, y mueve los dedos finos, como si quisiera escribir la respuesta en las sábanas.

—Denni —contesta, pero, por la cara que pone la enfermera, comprende que espera una respuesta más completa—. Esos documentos me han servido para llegar aquí —añade—. Son de una persona que ya no los necesita. Una persona muerta.

—¿Y tus documentos? ¿Dónde están?

—En el lugar donde me crié... —No encuentra la palabra y Natalia espera con paciencia—. El orfanato —concluye la muchacha.

—¿Y dónde está ese orfanato?

—En Georgia, cerca de Bakú.

Natalia Korsak observa de nuevo a ese ser infantil, de piel blanca, de pelo rubio platino.

—¿Te has escapado?

—Iban a mandarme a trabajar a una fábrica —responde Denni sin dudar—. Pero yo quería encontrar a Leonid. Por eso me fui. Me acogieron unos campesinos. Me ayudaron. En su casa encontré esos documentos. No quería robarles. Eran muy amables... —Duda, como si un pensamiento triste la distrajera, pero enseguida prosigue—: Aunque tenían un animal muerto, un zorro, creo, no sé por qué.

La enfermera tuerce el gesto, poco convencida.

—¿Querías encontrar a tu padre con documentos robados y sin tener idea de dónde estaba?

Lo dice en un tono entre incrédulo y condescendiente, como de adulta que regaña a una niña atolondrada, aunque más por deber que por convicción.

Denni mueve de nuevo los dedos por la sábana, describiendo ochos.

75

—No quería quedarme allí. Sabía que Leonid era de San Petersburgo y fui a buscarlo. Encontré su casa, pero ahora vive otra gente. Ellos me buscaron quien me trajera a Moscú y vine en camión.

La enfermera jefe suspira y esteriliza la aguja de una jeringuilla en la llama.

—¿Y tu madre? —pregunta sin volverse.

—Murió cuando yo era pequeña. Estaba muy enferma.

La mujer se vuelve y le enseña un algodón.

—Voy a sacarte un poco de sangre para hacerte la prueba de la tuberculosis. Mi marido cree que podrías tener anemia. Y ya que estamos en un centro de transfusiones, mejor averiguarlo.

Denni deja que la mujer le frote el brazo y le clave dos agujas.

—Ahora descansa.

Se dispone a salir, pero la muchacha le dice:

—Tenéis que ayudarme.

No es el tono de quien ruega, sino de quien aconseja o exige. Como si el favor no se lo hicieran a ella, sino a sí mismos.

—Mira —le dice la enfermera—, he conocido a muchos georgianos y no me parece que tengas acento georgiano. Hace una hora delirabas y hablabas en una lengua extraña, que no era georgiano. —En la puerta, antes de salir, se vuelve—. Y otra cosa: Bakú no está en Georgia.

8

–¿Qué hacemos con la chica?

La pregunta viene de detrás, mientras Bogdánov se arregla el cuello de la chaqueta y se mira al espejo. Hombre austero, apuesto todavía, con bigote y perilla entrecanos. Los que saben su edad dicen que aparenta diez años menos. Es la demostración de que las transfusiones rejuvenecen realmente.

–No podemos tenerla así en el instituto –insiste Natalia–, sin documentos, sin saber nada de ella.

El reflejo de su mujer aparece junto al suyo. Es ocho años mayor que él, bien llevados también. Intercambiar sangre funciona incluso contra la gota.

–Una cosa sí sabemos –replica él–. La prueba de la tuberculina ha dado positiva. Esta mañana llegan los frotis y los cultivos. Si la enfermedad está activa, habrá que ingresarla en el sanatorio.

Natalia le da la corbata y él se la pone.

–Ahora a trabajar.

Se dan un beso, de ancianos cónyuges, capaces todavía de comunicarse la complicidad de una vida. Una vida clandestina, recluida, contradictoria y sufrida. Y por momentos incluso feliz. Sigue siendo amor, ¿no? Y seguirá siéndolo treinta años más. Un amor distinto, seguro, de viejos que han aprendido a complementarse. Dos viejos revolucionarios. Eso son y eso serán. Con los inevitables cambios, porque solo lo que cambia se conserva.

–¿Aún no te han invitado a los actos?

Natalia está preocupada, es evidente, por el clima que reina en el país. Días tristes, una oposición que se impacienta: el décimo aniversario no será una fiesta.

Bogdánov se vuelve y le pasa los dedos por la cara.

–De todas maneras no sabría qué ponerme.

Ríen, en eso también se parecen. Es una de las muchas afinidades que se han creado en treinta años. La forma de los ojos, las arrugas de la frente, las manchas de las manos. Dos esposos acaban teniendo el mismo aspecto, como un hermano y una hermana. No es extraño. Según la tectología, vivir juntos es una forma de unión y cuando dos sistemas se unen, si no difieren demasiado, tienden a fundirse. Y como el ser humano es cuerpo y mente a la vez, la unión de experiencias produce efectos físicos. Son señales particulares de pareja.

Bogdánov atraviesa el cuarto y baja por la escalera a los laboratorios de la planta baja.

No lo invitarán a los actos de conmemoración del décimo aniversario de la revolución. Para algunos de la vieja guardia, no es marxista desde hace más de veinte años. Desde la disputa con los mencheviques, más que con Lenin, y la gran ruptura del Partido Obrero Socialdemócrata de Rusia. ¿Qué hacer? ¿Exigir a los afiliados que militen o conformarse con que sean partidarios? ¿Tomar las armas o renunciar a ellas? ¿Forzar la historia o esperar acontecimientos, convencidos de que son invencibles?

Los mencheviques eran minoría, pero contaban con Gueorgui Plejánov, el padre del marxismo ruso, el hombre que aprendió la doctrina de labios de Engels, como no se cansaba de repetir. En ese terreno se sentían invencibles y no tardaron en lanzar un desafío. Un largo artículo de filosofía, firmado «Ortodoks». Un nombre, un programa. Ese Bogdánov vuestro, amigos bolcheviques, es un apóstata. Su empiriomonismo traiciona las enseñanzas de Marx. Cinco de noviembre de 1904, la primera de una larga serie de excomuniones. Desde ese día, Plejánov empezó a llamarlo *señor* Bogdánov, para dejar claro que ya no lo consideraba un *camarada*.

Todo era importante entonces, incluso un apelativo. Todo sigue siéndolo. ¿Cuán largos pueden ser veinte años? Muchas cosas han cambiado desde los tiempos del exilio, en los que el grupo estaba unido. Una pandilla de subversivos, hombres ya curtidos, que no esperaban de la vida más que persecuciones, cárcel, penalidades. El precio que había que pagar por poner a la historia en el buen camino.

En el laboratorio aún no hay nadie. Ocupan la sala dos mesas cubiertas de aparatos y probetas. El archivo llena todo un testero. Flota un olor a alcohol etílico y a formalina. Bogdánov se sienta delante del microscopio, pero, en vez de mirar por el objetivo, se vuelve a la ventana, en busca de un retazo de cielo.

Por la torrecilla de Villa Vasa se veían los tejados de Kuókkala, prados y bosques, y los días claros, un poco de mar. Compartían la vista con una familia de abejas. El panal estaba debajo del canalón, pero a nadie se le ocurría quitarlo. «Por solidaridad con las obreras», decía Leiteisen, el dueño de la casa. En realidad, era más por miedo a las picaduras, en verano, y en invierno se olvidaban porque las abejas no molestaban.

Los detalles afloran a la memoria más vívidos que el motivo por el que los recuerda. Algunos surgen espontáneamente, sin que vayan asociados a nada concreto. El color de los tablones de detrás de la estufa, las manivelas de las puertas, incluso el motivo floral de la vajilla. Y el gran alerce, a cuyo pie tantos debates mantuvieron y tantas partidas de ajedrez disputaron.

Entonces nadie imaginaba que, en diez años, la guerra y la revolución derrocarían el imperio. Aquel imperio que los había desterrado allí, al gran ducado de Finlandia. No estaban exactamente en el extranjero, pero casi; estaban en la tierra «de los lagos y los barrancos de granito», como se ve Finlandia desde la eteronave que viaja a Marte, en *Estrella roja*. San Petersburgo estaba allí, al fondo del golfo, a apenas cincuenta kilómetros. Los Leiteisen vivían en la ciudad e iban a la dacha los fines de semana, y entonces había que apretarse un poco más. Tenían un hijo de diez años, Moris, y con él era más difícil vivir tranquilos. Sus carreras arriba y abajo por la escalera eran una razón más para decirse: «Menos mal que no he tenido hijos.» Aunque por la noche, después de cenar, daba gusto contarle cuentos y contestar a las preguntas que hacía sobre dragones y viajes espaciales.

Durante la semana, la camarada Krúpskaya iba y venía todos los días a la capital para traerle al marido noticias, prensa y cartas de camaradas. Lenin se encerraba en un cuarto, en la parte más aislada de la casa, y escribía. A veces recibía a camaradas del partido que iban a hablar de cuestiones importantes. En el piso superior, una especie de nevera con corrientes y ventanas defectuosas, Natalia había habilitado dos habitaciones: una para dormir, en la que apenas cabía un colchón, y otra para leer y estudiar. Todo lo demás era común: cocinar, comer, pelearse. Muchas veces, las dos mujeres obligaban a los maridos a aparcar los papeles y hacer un poco de revolución con la escoba. La amistad que tenían nació entonces, cuando pilotaban la balsa de los náufragos para alejarla de los escollos del desengaño. Aún se ven de cuando en cuando, pero la clave de su entendimiento era la cercanía física, y ahora la distancia pone de manifiesto las diferencias.

Natalia Bogdánova Korsak no pudo matricularse en la facultad de medicina. Entonces no aceptaban mujeres. Había entrado a trabajar de enfermera en la clínica del padre de Bazárov. Fueron los años de Tula y de las veladas pasadas en el círculo cultural obrero, en la gran fábrica de armas. Era ocho años mayor que él y se enamoró, dice, sin darse cuenta. Celebraron la boda fuera de la ciudad, para no llamar la atención, pero seguro que asistió algún agente de incógnito. Ella se convirtió en la señora Malinovskaya y el señor Malinovsky se convirtió en Bogdánov. Usó el patronímico de la esposa como nombre de guerra, en homenaje a la igualdad en la pareja.

En cambio, «Nadia» Konstantinovna Krúpskaya sí pudo ir a la universidad. Estudió pedagogía y dio clases en escuelas nocturnas mientras por el día escribía *La mujer trabajadora*. Toda una generación de marxistas rusas se formó con ese libro. También es mayor que su marido, aunque solo un año. Y también se casaron por la iglesia, la única manera que había de estar juntos. Tampoco tuvieron hijos. La mayor diferencia está en lo que han llegado a ser. Natalia no ha pasado de enfermera, Nadia es miembro de Comité Central y presidenta del Glavpolitprosvet.

«Tenemos suerte. Si hubiéramos nacido hace cincuenta años, no seríamos lo que somos.»

Eso dijo Natalia una noche, al acostarse, después de largos debates.

«Tienen suerte las mujeres que vengan, porque habéis existido vosotras.»

Nadia y Natalia siguieron siendo muy amigas cuando sus maridos se distanciaron. Lenin leyó los tres tomos de *Empiriomonismo* y un día, al pie del alerce, dio claramente su opinión. Tenía razón Plejánov: aquella interpretación de

81

Marx apestaba a idealismo. Era la vieja mentira de que la realidad está en nuestra cabeza, es una creación de nuestra mente. Con todo, concedió una tregua. «Dejemos aparte la filosofía y centrémonos en la acción política.» Era fácil decirlo, pero entre una cosa y otra solo hay un paso y es más corto de lo que puede imaginarse.

Junio de 1907. El primer ministro del zar disuelve la Duma y convoca elecciones con una ley amañada. Reunión de urgencia. ¿Qué hacer? El camarada Bogdánov propone boicotear los comicios. ¿Cuántos están de acuerdo? Todos los bolcheviques, menos Lenin. Para él, el Parlamento es un arma burguesa que hay que usar contra la burguesía. Tras un largo debate, se sale con la suya. Su moción es aprobada con el voto de todos los bolcheviques. El Partido Obrero Socialdemócrata concurrirá a las elecciones.

Pero había pasado algo inaudito. Por unas horas, Vladímir Ilich, alias Lenin, estuvo en minoría por culpa de Aleksandr Aleksándrovich, alias Bogdánov, el empiriomonista.

«Te declarará la guerra», le dijo Natalia, que estaba sentada en una butaca y tenía el periódico en las rodillas, en aquella fría dacha finlandesa. «En cuanto pueda, te destruirá.»

«Me respeta.»

«O quizá te teme.»

«Estamos en el mismo bando.»

«Por eso precisamente.»

La puerta del laboratorio se abre. Entra un enfermero con una bandeja.

—Los cultivos de Lev Koldomasov —dice.

Los deja en la mesa, firma una hoja y le hace a Bogdánov una seña de inteligencia, pero el director apenas se da cuenta, absorto como está en sus recuerdos.

En el congreso de Londres, aquella primavera, los bolcheviques aún tenían una postura común. Se necesitaban armas y militantes dispuestos a usarlas. En la revolución fallida de dos años antes, los obreros de San Petersburgo habían sufrido la violencia del ejército. Nunca más los pillarían desprevenidos. No bastaban las bombas artesanales de Leonid Krasin, ni el dinero que Gorki, el gran escritor, recaudaba aprovechando su fama internacional: incluso en Estados Unidos tenía partidarios dispuestos a aportar fondos. No era suficiente. Había que sacar más dinero de donde fuera. En Londres la propuesta fue rechazada. Los mencheviques no querían más confiscaciones. Ni bombas. Ni insurrección armada. Eso era de anarquistas. Lo que había que hacer era aliarse con los sindicatos. En aquella tétrica iglesieta de Hackney, las tornas se trocaron. Los bolcheviques se vieron en minoría. Trotski quiso mediar. ¡Cómo cambian las personas!

En el barco de vuelta, en medio del canal de la Mancha, bajo un cielo cargado de nubarrones, Koba, contemplando la estela de las olas, hizo una pregunta:

«¿Qué le decimos a Kamo?»

Los camaradas georgianos llevaban meses vigilando un coche blindado que pasaba regularmente por Tiflis con una escolta no muy numerosa. Kamo y su banda estaban dispuestos a asaltarlo con dinamita y robar el dinero.

«¿Cuánto dinero?», preguntó Krasin.

Medio millón de rublos.

«Pues adelante», dijo Lenin, en el tren que los llevaba de nuevo a Finlandia.

Todos levantaron la mano. Aprobado por unanimidad.

A Koba correspondió el cometido de comunicar la buena nueva a Kamo.

Koba y Kamo, los georgianos. Eran amigos de infancia, los expulsaron a la vez del seminario. De sacerdote frustrado a revolucionario hay un paso. De sacerdote a bandido, menos de un paso. Robaban armas para los bolcheviques, lo hacían por los medios que fuera menester. Kamo no era un bandolero como los de las novelas de Dumas. No tenía que revestir sus gestas de romanticismo. Cuando lo detenían, se resistía. Cuando lo encerraban, se evadía. Y cuando, fracasada la revolución, los cosacos lo torturaron para que diera nombres y direcciones, no le sacaron ni una palabra.

Era el hombre ideal para el mayor robo que habían cometido nunca.

Pero necesitaban a un camarada que sirviera de enlace, alguien al que las autoridades del Cáucaso no conocieran.

Leonid Voloch había luchado en la Marina, sabía de armas. Era un militante acérrimo. Llevaba un anillo en el que ponía: «Para golpear más fuerte.» Lo tenía todo y no tenía nada. Era perfecto.

Leonid aceptó, entusiasmado, y salió para Georgia con el camarada Koba.

«No te dejes engañar por las apariencias. Estará cojo y lisiado de un brazo, pero es más listo que el hambre. Estás en buenas manos. No lo pierdas de vista.»

Era un buen consejo.

En cambio, Lenin se dio cuenta tarde de que había que vigilar al georgiano. Para entonces, Koba se había cambiado de nombre. «Hombre de acero.» Stalin.

Pero esto es historia reciente, no la de antes. No es la historia del gran asalto de Tiflis y del botín de trescientos cuarenta mil rublos. Un asalto que costó varias muertes y la neurastenia de Leonid.

Según la leyenda, Kamo escapó en el carro en el que sus hombres cargaron el botín. Se dirigió a la policía, que en ese momento llegaba, y, poniéndose de pie, para que se viera su flamante uniforme de oficial de caballería, no dudó en exclamar:

«¡Yo salvo el dinero! ¡Vosotros corred a la plaza!»

Los policías obedecieron y Kamo hizo lo que dijo: salvó el dinero.

Llevándoselo a Finlandia.

9

Tenemos que sentar las bases de una alianza con ellos. No podemos acelerar su tránsito a una sociedad más libre, pero debemos contribuir en lo posible a que esa sociedad se desarrolle. Nuestro mayor objetivo es la unidad de la Vida...

–Buenos días. ¿Cómo te encuentras esta mañana?

Denni bosteza. Natalia Korsak abre las ventanas de par en par para que la habitación se ventile. Lleva un trozo de tela en la boca atado a la nuca con dos cordones. En lugar de contestar a su pregunta, la muchacha le pregunta por qué lleva eso.

–Por precaución –responde la enfermera jefe–. ¿Recuerdas la muestra de sangre que te saqué? Según los primeros análisis, podrías padecer una enfermedad que se transmite por el aire. Hoy lo sabremos. Entretanto mejor no arriesgar.

Luce el sol y sopla una brisa de fin de verano que levanta el ánimo.

–Estoy bien –dice Denni y se levanta para ir al baño, que está en el pasillo. Camina erguida, con las piernas firmes.

Cuando vuelve, la enfermera jefe ya le ha cambiado las sábanas.

–No tenías por qué. Puedo hacerlo yo.

–Podía haberme ayudado una enfermera, pero aún no estoy tan vieja que no pueda hacer una cama.

Denni va a la ventana, respira y contempla el tráfico, los árboles que flanquean la avenida, los pájaros que picotean en el patio.

–¡Qué bonito!

–¿Qué?

–Todo –contesta Denni–. Todo este... espacio. Lástima que haya motores. Queman sustancias fósiles, ¿verdad?

Natalia la mira sorprendida y no dice nada.

–¿Tienes hijos? –le pregunta Denni.

–No.

La muchacha se vuelve.

–Tú no tienes hijos y yo soy huérfana. Es una extraña... –busca la palabra– coincidencia.

La mujer parece incómoda y señala el anillo-colgante que Denni lleva al cuello.

–Mi marido me ha dicho que ese anillo era de tu padre.

–Eso me dijo mi madre –contesta Denni.

–¿La recuerdas también?

Denni mueve la cabeza.

–Por desgracia no. Pero me dejó dinero. Billetes antiguos, que ya no valen. Se los vendí a un... *coleccionador,* eso. Para pagarme el tren.

Denni busca en el bolsillo interior del abrigo que cuelga de un pomo de la pared, saca un sobre y del sobre un billete medio roto.

–Me he quedado con este.

La enfermera jefe va y coge el billete de quinientos rublos.

–Es el retrato de un rey de la antigüedad, ¿verdad? –pregunta Denni.

–Es el zar Pedro el Grande –contesta Natalia Korsak, mirando el billete–. ¿Y dices que tenías más?

–Sí. Nueve como este –contesta Denni ingenuamente.

–¿Me lo prestas un momento?

Denni duda, asiente.

–Gracias. Te lo devuelvo ahora mismo.

Natalia entra sin llamar y deja el billete en la mesa.

–¿Qué es? –pregunta Bogdánov.

–Un fantasma –contesta su mujer y consigue así que la mire con una expresión interrogativa–. No solo tiene el anillo. Tiene también esto. Y dice que tenía más.

Bogdánov coge el billete.

–¿Crees que es uno de aquellos? –pregunta–. Voloch no tocó el dinero.

–¿Cómo lo sabes? –replica Natalia–. Tú no estabas en Tiflis.

Bogdánov se lleva las manos a la frente, como si quisiera sujetar los pensamientos, dirigirlos al billete, y mira por debajo de la visera de dedos.

–Voloch quedó trastornado, tardó meses en recuperarse. ¿Cómo iba...? –La voz se apaga ante la expresión ceñuda de Natalia. Bogdánov suspira–. Supongamos que cogiera unos billetes y se los diera a la madre de la chica...

–Con el anillo –añade ella.

Bogdánov se reclina en la butaca.

–El caso es que no sé dónde está Voloch. Ha habido una revolución, una guerra civil. ¿Cómo voy saberlo?

–Preguntar no cuesta nada –dice Natalia.

Bogdánov hace un gesto de impaciencia.

–¿Preguntar a quién? Casi todos los de Kuókkala están muertos.

–No es verdad. Hace poco viste a Nadia –insiste su mujer–. Entiendo que no quieras preguntarle a ella, pero podrías intentarlo con Maksim Maksímovich.

–¿Litvínov? Eso faltaría, que molestara al viceministro de Exteriores para preguntarle por un viejo camarada.

–Pues pregúntales a los profesores de la escuela –lo apremia Natalia–. Leonid era alumno, ¿no?

–Sí. Pero hace mucho que no los trato. Desde 1911.

–No es verdad. Bazárov sigue siendo tu amigo y con Liádov te llevas bien...

Bogdánov no parece convencido y Natalia lo fulmina con una mirada autoritaria, de quien no quiere excusas.

–Le he dicho que se lo devolvería enseguida –dice cogiendo el billete.

Y se va tan deprisa como ha venido.

Él la mira, pero los ojos lo engañan, ven la silueta de Kamo recortada en la puerta, con sendas maletas en las manos y un guiño en la cara.

Es como si estuviera allí mismo, con su expresión torva, su venda en el ojo, y la puerta del despacho fuera la de Villa Vasa.

Simon Arshaki Ter-Petrosian, alias Kamo. Kamo el bandido, Kamo el loco, Kamo el héroe. Murió hace cinco años, en Tiflis, atropellado por un camión cuando iba en bici, enterrado e inmortalizado en una estatua que se erigió en la misma plaza donde asaltó el coche blindado.

¡Cómo cambia la historia la opinión que se tiene de un hombre! Al menos a él no lo embalsamaron como a Lenin, como a los faraones del antiguo Egipto.

Ahí está en el umbral, después de recorrer tres mil kilómetros, de una punta a otra del imperio. Tras los besos y abrazos, Krasin quiso saber si sus granadas habían cumplido. Desde luego, contestó Kamo. Los tuvo pendientes de sus labios toda la velada, contando la historia del robo y del dinero.

El dinero. Durante semanas, meses, años, todo iba a girar en torno a ese dinero. Trescientos cuarenta mil rublos.

Esa cantidad había encontrado Kamo en el carro cuando llegó a una casa segura de Tiflis, donde habían quedado. Metió el dinero en un colchón. El colchón viajó de cama en cama. Koba huyó a Bakú, donde esperó a que las aguas se calmaran. Lo mismo hicieron los camaradas georgianos. Dejaron a la policía con un palmo de narices.

«¿Y Leonid?», preguntaron. Se sentían responsables porque lo habían propuesto para la misión.

Kamo se puso triste.

Leonid Voloch había desaparecido. Los últimos que lo vieron decían que había subido a un tren con destino a Bakú, pero nunca llegó a la capital azerbaiyana. Era probable que la policía lo hubiera detenido en el tren.

Gajes del oficio de revolucionario. Kamo casi había perdido un ojo. Preparando el robo, explotó una bomba y una esquirla lo alcanzó. Habría podido perder la vida, también estaba previsto. La hora había de llegarle quince años después y de la manera más absurda: atropellado cuando iba en bicicleta.

Lenin preguntó si las autoridades zaristas sospechaban de alguien.

Kamo rió, con el ojo vendado.

«Sospechan de todos. Anarquistas, socialistas revolucionarios, patriotas polacos...»

Esto los animó. El hecho de que el partido hubiera descartado financiarse con robos los ponía fuera de sospecha.

El problema era otro, explicó Kamo.

En el salón de Villa Vasa, con las cortinas corridas, abrió las maletas y mostró el botín.

Noventa mil rublos estaban en billetes de poco valor. Esos se podían gastar en cualquier sitio. Pero los restantes doscientos cincuenta mil estaban en billetes de quinientos rublos. El Banco del Estado conocía los números de serie y sin duda los había comunicado ya a la policía y a todas las sucursales. En aquel momento no había un solo banco, desde Varsovia a Petropavlovsk, que no tuviera la lista y estuviera obligado a denunciar a quien fuera a cambiar billetes de aquellos.

–Conozco a una pintora que podría falsificar los números de serie –dijo Krasin.

Lenin aprobó la idea. Ignatiev se encargaría de alquilar una dacha, comprar un microscopio y disponer el laboratorio donde se falsificarían los billetes.

«Mientras», dijo, «cambiaremos billetes en los grandes bancos de Europa.»

La policía zarista no podía imaginar que el botín se hallara tan lejos del Cáucaso. Y, como decía Kamo, de ellos no sospechaban.

«¿Cómo viajamos con el dinero?», preguntó Litvínov.

Era tarde y dejaron la decisión para el día siguiente.

Por la mañana, Natalia y Nadia propusieron la solución.

Tendieron el abrigo de Litvínov sobre la mesa, como si fuera un cadáver.

«Descosemos el forro, metemos los billetes y volvemos a coser», dijo Natalia.

Una hora después, Litvínov se ponía su viejo abrigo, que en aquel momento valía diez mil rublos.

Podía funcionar.

Rellenaron también los abrigos de Kamo, Liádov y Krasin.

«No es suficiente, necesitaremos más voluntarios», dijo Lenin.

«Y voluntarias», añadió Nadia Krúpskaya. «Las mujeres despiertan menos sospechas.»

Bogdánov se levanta, sale del laboratorio, los recuerdos lo abruman.

En el pasillo se cruza con Vlados, que camina en sentido contrario, abotonándose la bata.

–Han llegado los cultivos de la muchacha –lo informa el director, que entra en su despacho.

En la mesa hay una carta dirigida a él. La abre con el abrecartas y lee rápidamente las pocas líneas de que consta. El partido le pide que ingrese a un funcionario que padece agotamiento nervioso. Deja la carta a un lado, junto al ejemplar de *Estrella roja*. Pasa los dedos por la cubierta del libro y en la primera página lee la dedicatoria que él mismo le escribió a Leonid, hace veinte años, para agradecerle que le hubiera inspirado la novela con las extravagantes historias de viajes interestelares que le contó cuando salió del pozo de la neurastenia. El tercer indicio, después de los del anillo y los rublos, constituye una prueba. ¿Es posible que Leonid se quedara con aquellos billetes? ¿Por qué no?

En su convalecencia, aquellos largos meses de 1907, no podía saber que los tenían controlados y se los dio a una mujer, una mujer que estaba embarazada de su hija y a la que abandonó sin dejarle más que la promesa de un mundo mejor.

Mientras, los camaradas trataban de convertir el botín en algo tan tangible como la culata de un revólver.

Kamo fue a París y consiguió cambiar parte del dinero. Luego se trasladó a Bélgica, donde compró armas, y a Bulgaria, donde adquirió doscientos detonadores.

«Cuando vuelvas, pásate por Berlín», le había dicho Lenin. «Ve a que te vea el ojo el camarada Zhitómirski. Es un gran médico y conoce a las eminencias de la universidad. Entrégale esta carta mía.»

No podían saber que a Zhitómirski lo había reclutado la policía zarista ya en 1902, cuando aún estudiaba en la Universidad de Berlín. Nombre en clave: «Andre.»

Kamo concertó una cita con él y le entregó la carta de Lenin. Zhitómirski lo delató a sus superiores, que enseguida pidieron a la policía alemana que lo detuviera. Los agentes irrumpieron en su habitación de hotel y lo sorprendieron con un pasaporte austriaco (obra de la pintora amiga de Krasin), una maleta con detonadores y veinte billetes de quinientos rublos.

Cuando, por conducto de la embajada, el subjefe de la policía rusa recibió el parte, enseguida supo de dónde venían aquellos billetes y qué planeaban los ladrones. Y telegrafió a los departamentos de policía de toda Europa occidental:

«Deténgase a todo el que intente cambiar billetes de quinientos rublos. Stop. Ladrones peligrosos. Stop. Máxima alerta. Stop.»

Cuando la noticia de la detención de Kamo llegó a Kuókkala, a finales de 1907, ya era demasiado tarde para suspender la operación. Los camaradas y las camaradas ya habían partido, cada cual a su destino, sendos bancos de países occidentales. Pero la policía rusa sabía ya quiénes habían dado el golpe. Y lo sabían también los mencheviques, los camaradas del partido que se oponían a los robos. Nadie los ayudaría. Había que ponerse a salvo como fuera, antes de que la policía de San Petersburgo fuera a detenerlos.

Natalia y Nadia limpiaron a fondo la casa: documentos, apuntes, libros, ropa. Todo rastro de su paso fue borrado, los objetos fueron quemados en la chimenea del comedor o dados a los camaradas finlandeses para que los hicieran desaparecer. Lenin fue a Helsinki, donde quería coger un barco con destino a Estocolmo. La policía vigilaba los puertos principales. Tuvo que caminar casi cinco kilómetros por un trecho de mar congelado hasta una isla en la que el barco hacía escala. En cierto momento el hielo se rompió y a punto estuvo de morir ahogado.

«¡Qué muerte más estúpida habría sido!», comentó Lenin tres semanas después, cuando se reencontraron en Ginebra, sanos y salvos.

Antes habían pasado por Berlín, habían conocido a Rosa Luxemburgo. ¡Qué pérdida para el movimiento obrero fue su asesinato! Una frase suya parecía escrita adrede para refutar a Lenin:

«El marxismo debe luchar siempre por las nuevas verdades.»

Aquella huida invernal hacia el mismo sitio los llevaba, en realidad, al enfrentamiento. La tregua filosófica daba fin y los acontecimientos precipitaron el choque.

Cuando en Ginebra empezaron a reconstituir la redacción de *Proletary*, ya habían roto.

Por si fuera poco, el año 1908 empezó de una manera terrible. Les llegaban noticias que eran como paletadas de tierra que echaran sobre su ataúd.

Litvínov fue detenido en París, en la Gare du Nord, cuando se dirigía a Londres, con doce billetes de quinientos rublos cosidos en el abrigo. Por suerte para él, el gobierno francés no concedió la extradición a Rusia y se limitó a expulsarlo del territorio nacional. Lo enviaron a Irlanda del Norte, a Belfast, donde se ganó la vida como profesor de idiomas. Años después se mudó a Londres y se enamoró de Inglaterra. Volvió a Rusia, hizo la revolución y regresó después a Gran Bretaña como diplomático de una república socialista.

A Lett, del grupo de Zúrich, lo apresaron en un banco de Estocolmo.

A Olga Ravich, del grupo de Ginebra, la detuvieron en un banco de Múnich. Cuando vio a los policías, intentó tragarse un papel, con riesgo de asfixiarse, pero hicieron que lo escupiera. En el papel figuraba la hora de llegada de un tren procedente de París. Agentes de la policía alemana y el delegado de la embajada rusa se presentaron en la estación y recibieron con esposas a los camaradas caucásicos Bogdassarian y Khoyamiriam, de la banda de Kamo.

De los ginebrinos detuvieron también a Semashko. Llegaron a él por una postal que Olga le envió desde la cárcel. Cuando fue al banco, los policías estaban esperándolo. Desde la cárcel pidió ayuda a su tío, que era nada menos que Gueorgui Plejánov, el maestro de los mencheviques. Plejánov vivía en Suiza hacía muchos años y tenía contactos en la policía. Pero el padre del marxismo ruso contestó que, si era tan estúpido que se se ponía a robar con los bolcheviques, merecía la cárcel.

Krasin, uno de los que consiguieron escapar, le buscó a Kamo un abogado, que le aconsejó que se fingiera loco. El georgiano no lo dudó. Empezó a rechazar la comida, a mesarse los cabellos, a comerse sus propias heces. Incluso simuló un intento de suicidio. En 1909 lo extraditaron a Rusia, donde lo juzgaron por el robo y lo sometieron al examen de un comité médico, que lo torturó para que confesara que fingía. Al final lo declararon mentalmente enfermo y lo internaron en la unidad psiquiátrica de la cárcel de Tiflis. Allí, Kamo, el actor, el mejor alumno de Stanislavski que ha conocido el mundo, tras tres años sin salirse del papel de loco, segó los barrotes de la ventana y se descolgó por ella con una cuerda hecha de sábanas atadas. Volvería a la misma cárcel unos años después, por otro robo. Hay quien dice que lo cometió porque enloqueció de verdad, como una mariposa nocturna que se quema en la llama. Otros afirman que actuó por nostalgia, porque esperaba que otro golpe devolviera al grupo la armonía perdida.

Bolcheviques de izquierdas. Así los había definido Lenin en Finlandia. Pero Finlandia quedaba ya lejos. Como la posibilidad de seguir unidos, aunque fueran diferentes.

Alguien llama a la puerta. Bogdánov tarda unos segundos en reaccionar.

—Adelante.

Vlados entra en el despacho, con aire alterado, con la cara perlada de una fina capa de sudor.

—Director, venga al laboratorio.

—¿Pasa algo?

—Es la tuberculosis de la muchacha. Tiene que verlo.

10

Tienen formas extrañas y no se parecen a los clásicos bastoncillos: herraduras, saetas, pequeñas espirales. Son como caracteres color fucsia de un alfabeto desconocido que se extienden sobre un fondo azul claro.

Bogdánov se retira del microscopio.

–¿Está seguro de que es *mycobacterium tuberculosis?*

Vlados señala las platinas que ha preparado, puestas en fila en una caja.

–La coloración de Ziehl-Neelsen da positiva –contesta–, pero para asegurarnos tenemos que analizar los cultivos. Si fueran bacilos de Koch normales, tardaríamos semanas, pero estos se multiplican mucho más rápido y ya tenemos los primeros resultados.

Bogdánov se gira en el taburete en el que está sentado y aguarda a que el otro prosiga.

Además de su forma y de que se reproducen rápidamente, las bacterias tienen otra característica extraña: son muy poco virulentas. Los ratones inoculados no desarrollan focos de enfermedad. Tampoco la muchacha, aparte de la evidente astenia, presenta síntomas de tuberculosis. Es una portadora sana de micobacterias nunca vistas.

–¿Y qué dicen las radiografías? –pregunta el director.

–No tiene lesiones pulmonares. En algunas cosas parece una tuberculosis latente; en otras, activa, y en otras no parece ni una cosa ni otra.

Bogdánov permanece en silencio. Es un desafío que lo fascina. Un factor desconocido viene a poner en cuestión sus certidumbres. Los esperan días excitantes, llenos de desórdenes y divergencias, de contradicciones y ajustes, hasta que el sistema vuelva a estabilizarse. Crisis, diferenciación, equilibrio. Es la dialéctica en versión tectológica, que hace que todo progrese.

–¿Había visto algo parecido? –le pregunta el joven médico.

–No –contesta él al cabo de un instante–. Podría ser una nueva clase de tuberculosis.

–Podría ser –admite Vlados–. Pero entre las cepas que se conocen no hay tanta diferencia. El mismo Koch creía que el mismo bacilo causaba la enfermedad en el hombre, en las aves y en los bovinos. Nuestro caso, en cambio... –El joven médico se interrumpe, se lleva las manos a los labios, como para contener el entusiasmo–. Piense en la vacuna de Calmette. Tardaron trece años en obtener una micobacteria tan debilitada. Necesitaron doscientos treinta cultivos. Y, al final, se reveló menos eficaz de lo previsto. –Vlados señala otra vez su pequeño ejército de platinas–. En cambio, aquí tenemos ya un bacilo debilitado, que no causa la enfermedad, pero podría estimular una respuesta inmunitaria.

Bogdánov levanta las manos, no se sabe si porque entiende la emoción del colega o porque quiere refrenarla. Una anomalía como esa es una suerte para un joven hematólogo. Es la oportunidad de toda una carrera. Para él, en cambio, es un enigma. Un maravilloso misterio.

–Le espera una larga investigación. Anales de revistas médicas, archivos de hospital, al menos de los hospitales de Moscú.

—Pero mi trabajo aquí... –finge protestar el otro.

—Ya lo hará otro –lo corta Bogdánov–. Si usted no...

—Yo estoy a su disposición –se apresura a decir Vlados. –Y calla, se le nota cohibido. Pero es un joven brillante, saldrá del apuro–. Director, yo creo que, dadas las circunstancias... –vacila, prosigue–: Se precisa la máxima reserva.

—Desde luego –concede Bogdánov–. No hay ninguna prisa por difundir la noticia.

El otro parece aliviado.

Ironía del caso: Vlados lo considera poco menos que un curandero, director del instituto por chiripa y persona reacia a la disciplina del partido. ¡Qué tormento debe de ser para él buscar su complicidad!

—Ya tenemos un buen motivo para ingresar a la muchacha –dice Bogdánov– y habrá que hacerle un historial. Aunque ¿con qué datos?

Espera la respuesta riendo por lo bajo.

—¿No lleva documentos? –pregunta Vlados, alarmado.

—Lleva una cartilla de trabajo y una partida de nacimiento de un tal Lev Koldomasov –lo informa Bogdánov–. De un muerto, según dice. Las ha robado.

—Pues es un buen problema –comenta Vlados–. Necesitamos tiempo. Tiene que quedarse aquí, a nuestro cargo. En realidad... –Tarda unos segundos en armarse de valor y añade–: Con la ropa que llevaba no parecía *precisamente* una muchacha. Podríamos esperar a poner la denuncia, no creo que pase nada.

Bogdánov está de acuerdo. ¡Pero, amigo, lo que te ha costado decirlo! Hay que preservar la identidad falsa de Denni, al menos hasta que hagan los debidos exámenes. El director deja que el silencio sancione la alianza que acaban de hacer. En la carrera por el poder que ocupa la vida de tantos camaradas, Vlados ha apostado por dos caballos: el del conocimiento de la sangre humana y el de la obediencia al partido. Como no puede conseguir una cosa sin perder la otra, escoge la primera. La ciencia, en lugar de la fe. Bogdánov no puede menos de congratularse.

—Pues no perdamos tiempo —dice y se levanta del taburete—. Usted a investigar. Yo me ocupo del ingreso de la joven. Tuberculosis latente, por lo que sabemos de momento. Manos a la obra.

Se dirige a la puerta, pero nota que Vlados no ha acabado. Se vuelve y lo escucha.

—¿No cree que deberíamos buscar a su familia? —pregunta el colega—. Para comparar análisis. El bacilo podría tener un origen geográfico o medioambiental concreto.

Sí, claro. Nada más correcto.

—Dice que se crió en un orfanato, en Bakú. La madre murió de una enfermedad cuando ella era pequeña.

—Podría ser la misma enfermedad —conjetura Vlados—. Quizá tiene una incubación larga o una fase latente. La madre podría haberla transmitido a otras personas. —Mira a Bogdánov, cada vez más decidido a no dejar pasar la ocasión—. ¿No tiene parientes vivos? ¿Hermanos, hermanas?...

La ironía del destino se le presenta a Bogdánov en toda su evidencia. Es como darse cuenta de pronto de que ha estado observando un detalle de un cuadro más grande.

—Quizá el padre —reconoce—. No sabemos si está vivo, pero yo lo conocí hace muchos años. Era un viejo camarada al que perdí la pista.

Vlados no se mueve, sigue plantado en el sitio como si fuera un centinela del futuro inmediato.

—Pues propongo que lo busquemos —dice con una firmeza que hasta ese momento no había tenido.

Los papeles se han trocado. Vlados acaba de asignarle una tarea al director del instituto. Una tarea que solo él puede hacer.

11

–Déjame hablar a mí –le dice Natalia, y Bogdánov, sentado al escritorio, calla y ve a Denni entrar en el despacho, sentarse enfrente y esperar tranquila a que le pregunten.

–Los análisis que te hemos hecho –le dice Natalia, que está de pie junto a la mesa– indican que padeces una enfermedad rara, quizá una nueva forma de tuberculosis. –El tono es firme, nada condescendiente; el que se espera de una enfermera jefe que está acostumbrada a tratar las enfermedades con el máximo sentido práctico. La muchacha no pestañea–. La buena noticia –prosigue Natalia– es que no parece contagiosa. Pero no sabemos cómo evolucionará ni los riesgos que supone para tu salud. –Otra pausa, sin reacción–. Queremos ayudarte, pero para eso tienes que contárnoslo todo, sin miedo. –Denni frunce el ceño como si fuera una niña indefensa–. Queremos saber si te desmayas con frecuencia –continúa Natalia– o tienes otros síntomas. Tienes que decirnos cómo se llamaba tu madre, dónde te criaste exactamente, en qué orfanato, en qué ciudad. Tenemos que hacer averiguaciones, saber si en el lugar del que vienes hay más personas con tu enfermedad. –La voz se dulcifica–. Y te ayudaremos a encontrar a tu padre. Si está vivo, podría estar contagiado. Normalmente estas bacterias se transmiten en familia. —Espera a que las palabras surtan efecto y añade—: No no has contado casi nada. Pero cualquier dato podría ser muy valioso. ¿Lo entiendes?

Natalia ha concluido.

Bogdánov ha prometido no decir nada.

Denni se mira las manos, que tiene en el regazo, y dice:

—Sois vosotros los que no entendéis nada. No podéis.

Bogdánov quiere llamar la atención de su mujer, pero Natalia no le hace caso.

—Pues entonces explícanoslo —le dice a la muchacha.

Denni entrelaza los dedos con ademán nervioso, los desenlaza y los enlaza otra vez, como para relajarse.

—Sería bonito no mentir nunca. No tener que hacerlo —dice con aire ensoñado—. Vosotros sois muy amables, pero sé que todos no sois así. No existe un mundo en el que todos sean amables, porque la cabeza de las personas no cambia del mismo modo. Cómo conviven, cómo piensan en sí mismas, en los demás, en lo que las rodea. Empiezan y siempre hay obstáculos, dificultades que hacen que vuelvan al pasado, a la violencia, al... —busca la palabra— *hermanicidio*. Con una revolución no basta. Se necesitan cien. —Natalia quiere decir algo, pero Bogdánov le impone silencio con la mano. Lo sepa o no, Denni está hablando de él—. He venido a saber. —Deja quietos los dedos—. Pero la misión ha fracasado y ahora estoy sola.

Las lágrimas le resbalan por las mejillas blancas. No las contiene, deja que goteen sobre la bata. No solloza ni jadea. Llora con calma, como resignada.

Bogdánov le ofrece un pañuelo, que ella acepta, pero solo para tenerlo en el puño.

—No estás sola —le dice—. Nosotros queremos ayudarte. Cuéntanos, por favor.

Ella da un hondo suspiro, como para armarse de valor.

—Soy hija de Leonid y de Netti. Él te contó su historia. La has escrito en tu libro.

Natalia va a decir algo, pero el marido, con un gesto, le ruega que calle.

Bogdánov se inclina sobre la mesa.

—¿Quieres decir que Leonid estuvo realmente en Marte? ¿Que sus historias son verdad?

—No en Marte —lo corrige Denni—. Eso te lo has inventado tú. Se llama Nacun.

El rostro de Bogdánov parece de pronto tallado en el respaldo de la silla. Nadie, aparte de Voloch, sabía el nombre del planeta. En la trilogía de *Estrella roja* se habla siempre de Marte. Es la prueba definitiva de que la muchacha tiene algún vínculo con el verdadero Leonid.

—Sigue, por favor —la invita, cuando puede hablar.

—Leonid regresó a la Tierra sin saber que Netti estaba embarazada. Ella murió cuando yo tenía seis años. Es verdad que crecí en un centro infantil. No es exactamente un orfanato, es un lugar en el que los niños viven juntos. La enfermedad que decís no la habéis visto nunca porque procede de otro planeta. Pero no estoy mal por eso. La tengo desde niña. Me desmayo por la gravedad que existe aquí, que es muy pesada, y porque el aire es muy húmedo y no estoy acostumbrada.

Bogdánov toma instintivamente la estilográfica y acerca una hoja en blanco. Esa ficción suena tan real que merece que la escriba. Es la historia de sus novelas, pero revisada, ampliada e interpretada por una admiradora, en vivo y en directo. ¿Qué más puede desear un escritor?

—Ese mundo tuyo... Nacun... —pregunta con miedo de romper el hechizo—, ¿es como lo describo en mis novelas?

—No exactamente, pero se le parece —contesta la muchacha.

—¿Y has venido a buscar a Leonid?

–Tengo que encontrarlo. De él se fiarían. Conoce mi mundo y el vuestro y puede decir si vais por buen camino.

–¿Y por qué es tan importante que lo sepan en Nacun? –pregunta Bogdánov.

Denni duda, como si pensara que no van a creerla, como si hablar fuera inútil.

–Lo dices tú en tu libro. Algunos piensan que la sociedad nacuniana debe imponer su modelo a los mundos más retrasados.

–¿Es lo que estáis haciendo? –le pregunta Bogdánov.

La muchacha se enjuga las mejillas y contesta:

–La verdad es que somos muchos, vivimos mucho tiempo, somos muy viejos y casi hemos agotado nuestros recursos. Estamos valorando la mejor estrategia para expandirnos por vuestra galaxia, porque el socialismo no puede realizarse en un solo planeta y el que tenemos ya no es suficiente.

Natalia se lleva la mano a la cara. La locura de Denni le inspira una compasión profunda y el interrogatorio de su marido le parece humillante.

Bogdánov, en cambio, quiere seguir preguntando, no por maldad, sino por el puro gusto de ver hasta dónde llega la imaginación de Denni, hasta qué punto resulta coherente su mundo. Su mitomanía es un descubrimiento fascinante. Quizá es realmente una admiradora de su trilogía marciana, la mayor que ha conocido. No busca un autógrafo, prefiere vivir en las páginas de sus novelas.

–Continúa –insiste.

Denni no se hace rogar esta vez. Ha decidido fiarse.

–No todos creen que es justo imponer nuestro modelo. Algunos piensan que es mejor *hermanizar* con las sociedades avanzadas de los demás mundos y ayudarnos mutuamente. Lo llamamos interplanetarismo.

–¿Tú lo piensas?

Denni asiente.

—Yo soy la prueba viviente de que es posible establecer nexos entre los mundos. Soy hija de un terrícola y de una nacuniana. Incluso mi aspecto lo dice. Me parezco mucho más a vosotros que a los nacunianos. He querido participar en la misión. Había que venir y ver si habéis hecho la revolución, si vais por buen camino. Si fuera así, llevaríamos a Nacun la buena noticia y cerraríamos la boca a quienes quieren invadiros. Yo quería encontrar a Leonid. Si él viniera a Nacun... A él lo creerían, porque conoce los dos planetas. Pero la misión ha fracasado. Al entrar en la atmósfera terrestre, hemos tenido una avería y la eteronave se ha estrellado. Soy la única superviviente. No puedo ponerme en contacto con Nacun. Solo puedo esperar a que vengan por mí.

Bogdánov se levanta y va a la librería. Coge un libro y lo deja en la mesa, delante de Denni, abierto por cierta página.

Natalia mira el título que recorre el espacio en blanco. *Un marciano abandonado en la Tierra*. Es el tercer episodio de la trilogía, un poema de 1924 que se publicó como apéndice a la segunda edición de *Estrella roja*. Cuenta la historia de un extraterrestre que sobrevive al choque de su nave espacial en la Tierra.

—¿Has leído también esto? —pregunta Bogdánov.

La muchacha lee el título, repasa los versos hasta el final.

—¿No vuelven por él?

—No —contesta Bogdánov—. Se queda con los terrícolas para ayudarles a construir el socialismo.

Segunda parte
Nacun

12

Eran los primeros días de la primavera de 1908. La misma primavera que en Moscú aún cubría de hielo las calles, en Capri invitaba a desabrocharse la camisa y aspirar la brisa del mar.

Comenzaba en el muelle de Marina Grande el ir y venir de carreteros, mozos de cuerda y posaderos que esperaban la llegada del barco de Nápoles; era el único momento de actividad del día. El resto del tiempo, la ensenada vivía al ritmo de los pescadores, que salían al alba a buscar coral y de noche a pescar voladores con lámparas.

Bogdánov se abrió paso por entre la pequeña multitud y llegó al embarcadero.

Llevaba en la isla una semana, alojado en casa de Gorki, en la segunda planta de Villa Blaesus. Vivienda señorial, con cinco dormitorios, cocinero y servidumbre. Al clima excepcional se había acostumbrado enseguida, pero cuando salía a desayunar a la terraza y admiraba la vista de los farallones blancos, seguía asombrándose de que aquella tierra minúscula, retiro de aristócratas y gente mundana, se hubiera convertido en una encrucijada de revolucionarios. Y de espías.

Las autoridades italianas se limitaban a vigilar los movimientos de los exiliados rusos y sus encuentros con socialistas

. Tarea sencilla, en una isla pequeña. Lo importante ..o perjudicar el turismo y, en este sentido, la presencia un escritor famoso era otra atracción. La prensa europea publicaba entrevistas y crónicas. A los ricos empresarios del continente los excitaba la idea de visitar la Tortuga de los rebeldes.

Bogdánov no tardó mucho en ver a los tres hombres a los que esperaba, mezclados con damas de la alta sociedad y jóvenes en mangas de camisa. El de delante y el de detrás eran «los gemelos», dos camaradas armenios a los que llamaban así porque se parecían y siempre iban juntos. Pocos sabían que, en realidad, no eran ni parientes. Los unían los mismos gustos en materia de barba, bigote, peinado vaporoso y nudo de la corbata. En cambio, tenían caracteres diametralmente opuestos, lo que los hacía muy aptos para ciertas misiones.

Entre los gemelos reconoció a Leonid, que le pareció más joven de como lo recordaba, pese al trastorno que había padecido y a la barba larga que llevaba.

Bogdánov fue a recibirlos. Se saludaron formalmente. En el funicular que subía del puerto a la plaza, los cuatro permanecieron en silencio. Un caballero alegre y bien vestido les dirigió alguna pregunta en italiano:

—¿De dónde son? ¿Cuánto se quedan? ¿Es la primera vez que...?

Bogdánov lamentó no conocer el idioma. Hablar con un desconocido habría servido de distracción.

Llegaron al hotel, los gemelos entregaron las maletas al portero y, sin retirarse siquiera a una habitación, le pidieron a Bogdánov que les diera cierta información confidencial. Él propuso que fueran a casa de Gorki y, para gran sorpresa suya, los gemelos decidieron separarse: el de las orejas de elefante, que se llamaba Arad, lo acompañó y el otro fue con Leonid, que ya estaba subiendo la escalera.

La entrada de Villa Blaesus arrancó al recién llegado comentario de asombro, pese a que tenía fama de ser el dur de la pareja.

Bogdánov lo invitó a tomar asiento en una silla acolchada, pero el gemelo se quedó de pie y sacó un sobre del bolsillo interior de la chaqueta.

—De parte del camarada Krasin —dijo.

Bogdánov leyó con calma. Krasin lo informaba de que Leonid Voloch había reaparecido en Bakú después de siete meses sin dar señales de vida. Decía que había huido de la plaza Erivan aturdido por una explosión y que, en la estación, había cogido un tren con Koba, pero que luego había saltado y se había perdido en la montaña. Se había refugiado en casa de una mujer, con la que se había quedado todo aquel tiempo, hasta su vuelta a Bakú. Koba buscó a la mujer, una joven circasiana de veinticinco años que había enviudado hacía poco. Su versión de los hechos coincidía con la de Leonid, pero juraba que solo lo había alojado unas semanas. Según Koba, la mujer no quería reconocer que había vivido con un extraño tantos meses. Otros estaban convencidos de que Voloch ocultaba algo. Los amigos afirmaban que su comportamiento anormal avalaba la hipótesis del trastorno provocado por la explosión. Los escépticos creían que se fingía loco, como había hecho Kamo para librarse de la cárcel. Se temía que la Ojrana lo hubiera capturado y le hubiera obligado a confesar los detalles del robo, para después devolverlo a los bolcheviques convertido en espía.

Krasin le pedía que lo observara y averiguara la verdad.

—¿Por qué yo? —preguntó Bogdánov.

Arad contestó, contando con los dedos:

—Porque es usted miembro del Centro Bolchevique, porque es usted un médico especializado en enfermedades mentales y porque el mismo Voloch ha querido verlo a usted.

ogdánov encontró justa la dolorosa misión que le encomendaban. Era responsable de lo que le había ocurrido a Voloch. Pero temía lo que pudiera descubrir. Un buen bolchevique conoce su deber. Y Krasin se lo recordaba en la carta.

—¿Cuándo tiene pensado hablar con él? —preguntó el armenio.

—Lo antes posible —contestó Bogdánov.

Quedaron a las siete de la mañana siguiente.

Cuando se quedó solo, Bogdánov releyó la carta de Krasin. Si descubría que Voloch mentía, no tendría elección. Como miembro del Centro Bolchevique y del Comité Central, su deber era conjurar en el acto toda amenaza de infiltración. Después de lo que le había ocurrido a Kamo en Berlín, no podían fiarse de nadie. Por un momento estuvo tentado de rechazar la misión. ¿Sería justo dejar que decidieran otros? Alguien lo haría en cualquier caso y una sentencia colectiva atenuaría la sensación de responsabilidad, no la responsabilidad misma.

Lo absurdo de la situación era que tenía varias tareas pendientes, que en aquel momento, comparadas con el destino de un hombre, parecían tonterías.

En la mesa, junto a la ventana, lo esperaba un artículo de Gorki. Se titulaba «La destrucción de la personalidad» y el escritor llevaba meses trabajando en él. Todo el invierno había agobiado a Bogdánov —y a Lunacharski y a Bazárov y cualquiera sabe a quién más— pidiéndole mil consejos. En cierto momento, hasta Maria Andreyeva había tomado cartas en el asunto y pedido que no le endosaran a su marido más artículos filosóficos, que lo distraían de su verdadero oficio, que era escribir novelas. El artículo debía publicarse en *Proletary,* pero Lenin se negaba. En una reunión agotadora de los miembros de la redacción, había dicho que publicar aquel artículo, plagado de las «empirionecedades» que tanto gustaban a la secta de los «constructores de Dios», sería violar la neutralidad filosófica del periódico. Bogdánov se había opuesto: neutralidad no significaba que no hubiera contraste de ideas, sino, al contrario, que las ideas pudieran debatirse, siempre que no fueran contrarias a las enseñanzas de Marx. Alguien había observado que *Proletary* entraba en Rusia gracias a los contactos que tenía Gorki. No podían rechazarle un artículo. No hubo nada que hacer. Por suerte, el escritor no se lo tomó a mal. «Pues se lo ofreceré a la editorial Znanie», había dicho, y se había puesto a reescribir el texto por enésima vez. Trabajo que habría podido ahorrarse, porque el director de aquella editorial era él.

El caso es que el artículo no estaba acabado y Bogdánov se había dejado arrancar la promesa de que le echaría un «último vistazo». La cosa era difícil, porque había que cortar y pegar sin herir el amor propio del autor, cuyas parrafadas altisonantes le resultaban indigestas incluso a él. Una cosa era decir que el hombre tiene una irreprimible necesidad de espiritualidad. En esto podía estar de acuerdo. Y lo estaba evidentemente también en denunciar como engaños los cuentos de dioses y seres sobrenaturales. Pero sostener que había que sustituir esos dioses por la sociedad futura y la comunidad universal y fundar una religión laica, ya era demasiado para el cuerpo. Eso lo habían intentado los jacobinos, con resultados catastróficos.

«Una religión, no», decía Gorki. «Una fe en la Humanidad sin curas ni papas.»

«El individuo», replicaba Bogdánov, «debe ser parte de la colectividad. Si pone esta en un altar, empieza a separarse de ella.»

Cuanto más lo trataba, más se daba cuenta de que el problema de Gorki no era su poca aptitud para la filosofía. Su verdadero problema era que no se decidía entre dos amo-

…es: el amor a sí mismo y el amor a la sociedad. Cuando la voz interior le susurraba «yo, yo, YO», enseguida se sentía culpable por no pensar en «nosotros, nosotros, NOSOTROS». Y entonces, para demostrar que estaba a la altura de su papel de intelectual, escribía un himno a la Humanidad, único y verdadero Dios que debíamos construir y adorar todos, disolviendo nuestra identidad en un alma cósmica. Pero ya al día siguiente la idea lo inquietaba, porque esa fusión lo privaría de la admiración ajena, y entonces se lanzaba a buscar aduladores y triunfos personales, hasta que el sentimiento de culpa lo llevaba de nuevo a condenar el individualismo. Subido a su alto pedestal, decía «nosotros» con todas sus fuerzas, pero era solo un plural mayestático.

También la correspondencia que mantenían, cada vez más frecuente, había enfriado la estima que Bogdánov le profesaba. ¿Cómo se puede hablar de la destrucción de la personalidad cuando se colma al interlocutor de lisonjas descaradas? «Su inteligencia de usted es una de las cosas más valiosas de nuestro tiempo», le escribía Gorki. Sus libros de usted son geniales, su filosofía de usted es superior a la de Kant, los obreros rusos serán todos empiriomonistas. «Me lo dice mi intuición», se congratulaba, «que me atrevo a juzgar infalible.» Aunque por lo que decía se veía que no había leído ni tres páginas de los tres tomos de *Empiriomonismo,* citaba la obra constantemente y hasta se había empeñado en enseñarle a su loro a decir la palabra. Venga, Pepito, repite con papá: «¡Empiriomonismo, empiriomonismo!»

Al final, el objeto de tanta alabanza se hartó. Gorki le insistía en que se reuniera con él en Italia y se dedicara a la filosofía, en que no perdiera el tiempo con naderías de partido ni se «rebajara» a pelear con gente mezquina. Pero lo peor era tener que contestar a sus cartas. Lo hacía de mala gana, sabiendo que el favor de un escritor tan popular era precioso. Con todo, si al final dejó Ginebra y se fue a Capri, no fue solo por conveniencia. Tampoco para «cocinar» el artículo «de Gorki» que se le indigestaría a Lenin. Lo que de verdad quería era fundar una escuela para obreros rusos. En la batalla que libraba consigo mismo, Gorki había comprendido que el individualismo estaba demasiado arraigado en la cultura burguesa. En cambio, los obreros, por su experiencia en las fábricas, estaban más predispuestos al colectivismo. Eso sí, primero tenían que estudiar, crear una cultura nueva y difundirla para que fuera patrimonio de todos. La escuela sería su trampolín; Capri, su ciudad universitaria. Gorki encontraría la sede y se financiaría con el dinero de Tiflis. El único obstáculo, una vez más, era Lenin. Gorki le había expuesto la idea, con su entusiasmo de siempre. Lenin la había rechazado, diciendo que, para escuela, sobraba el partido, y que quien propusiera otra quería en realidad fundar otro partido. Respuesta previsible, viniendo de él, pero que entristeció a Gorki, que esperaba su aprobación. Bogdánov fue entonces a Capri a animarlo: muchas veces se convence más por la acción que por la palabra. Tenían que crear aquella escuela obrera para que Lenin se persuadiera de su utilidad. Y tenían que terminar aquel maldito artículo si querían publicarlo y que se le atragantara.

Bogdánov se sentó a la mesa, encendió la luz y se puso manos a la obra.

A la mañana siguiente, cuando bajó la escalinata de Villa Blaesus, Bogdánov encontró a Leonid y a sus ángeles de la guarda esperándolo en el vestíbulo. Los dos armenios se levantaron al instante y lo saludaron.

–Vamos al mar –dijo Bogdánov y añadió–: Solos.

Los gemelos le entregaron al camarada Voloch y se retiraron sin rechistar.

El día era claro, el sol acababa de salir y la línea del horizonte, entre cielo y agua, parecía más alta de lo habitual, como si el mar fuera a desbordarse y anegar el mundo.

Voloch y Bogdánov tomaron la calle Krupp, que había construido el magnate del acero para llegar antes a su yate, que tenía amarrado en Marina Piccola. Las revueltas eran tan cerradas que, vistas desde arriba, parecía que se superponían. Bogdánov le contó que el empresario no llegó a disfrutar de aquella calle. Al poco de inaugurarla, un periódico napolitano lo acusó de pervertir a los niños de la isla y haber transformado Capri en la nueva Sodoma. Expulsado de Italia, Krupp murió unos meses después, cuando también los socialistas alemanes lo acusaban de pederastia y homosexualidad.

–Curioso modo de hacer la lucha de clases –comentó Voloch–, con los calzoncillos de los patronos.

Fue la única frase que pronunció en todo el trayecto.

Llegaron a la playa. Bogdánov buscó a un pescador que ya los había llevado muchas veces a él y a Gorki en una barca de remos. El hombre no tardó en comprender lo que el extranjero le explicaba por señas: querían alquilarle la barca y le preguntaban el precio frotando el pulgar y el índice. El trato se cerró enseguida.

Subieron a la barca y Voloch se ofreció a remar. Bogdánov aceptó.

Diez minutos después, la barca se hallaba a trescientos metros de la orilla y el horizonte iba desde los escollos blancos cercanos hasta Punta Licosa, en el extremo meridional del golfo de Salerno.

Bogdánov le dijo a Voloch que dejara de remar. Voloch se enjugó la frente con el dorso de la mano. Soplaba un viento ligero que encrespaba levemente el mar. Decidieron no echar el ancla y dejar que la corriente los arrastrase hacia el este. Mecidos por el suave oleaje, no irían muy lejos.

114

–¿Sabes a qué hemos venido? –le preguntó Bogdánov.

Lo llamaba directamente de tú, como hacía en la celda donde se conocieron. No se olvida la intimidad obscena de la cárcel ni ante el espectáculo de la costa amalfitana.

–Quieres saber si estoy loco o soy un traidor –contestó Voloch con un guiño.

Bogdánov vio que no llevaba el anillo que se había hecho con una tuerca.

–¿Por qué querías verme? –preguntó.

Voloch se quedó mirando el perfil borroso de Punta Licosa y respiró hondo.

–En cuanto oigas mi historia lo sabrás –contestó.

–Pues cuéntamela toda –lo instó Bogdánov.

–Para contártela toda necesitaría una semana –contestó Voloch–. Porque no es que haya un vacío en mi memoria, es que está llena. Recuerdo, pero son cosas tan extrañas que no doy crédito. Son alucinaciones, me digo, provocadas por la bomba que explotó a mi lado. –Se golpeó la sien con los nudillos–. En la guerra ya me había pasado. –Volvió a mirar a lo lejos, unas gaviotas que volaban o el puerto que blanqueaba en la masa oscura de la isla–. Lo de Tiflis fue como en la guerra, pero sabía que no era eso, porque el mundo era el mismo. En cambio, cuando salté del tren con Koba...

–Koba no iba en el tren –lo interrumpió Bogdánov, que había leído por tercera vez la carta de Krasin mientras desayunaba–. Llegó a Bakú solo, al día siguiente.

–Eso me dijo cuando volvimos a vernos –asintió Leonid, quitándose la chaqueta: empezaba a hacer calor–. Pero en mi alucinación, saltamos del tren y entramos en una esfera de cristal, que estaba esperándonos. La esfera echó a volar. Koba se quitó una máscara y vi que era un ser que parecía humano, pero no lo era. Y fuimos a otro planeta.

Bogdánov siguió escuchando. Krasin, en la carta, hablaba de los delirios de Voloch, pero nada decía de viajes espaciales.

—El planeta se llama Nacun —continuó Leonid—. Estuve allí hasta que me trajeron de vuelta a la Tierra. Me dejaron en un bosque en las mismas montañas donde me recogieron. Lo atravesé, llegué a una casa. Me acogió una mujer, me dio de comer, me dejó dormir. Cuando me desperté, me sentía mal. Tenía náuseas, escalofríos, mareos. Guardé cama muchos días y, cuando me recuperé, pensé que lo de Nacun había sido un largo sueño. Me convencí de que venía de Tiflis y de que me había bajado del tren de Bakú. No sé, quizá deambulé unos días por las montañas, quizá estuve en otras casas. No es que no lo recuerde. Lo recuerdo todo, incluso con detalles. Es que... —Leonid abre los brazos— estaba en Nacun.

Bogdánov no se imaginó un planeta lejano, sino que se acordó del hospital psiquiátrico de Kuvshinovo. Solo habían pasado cinco años desde la última vez que cruzó sus puertas. Dentro de aquellas paredes había conocido a mentirosos compulsivos, esquizofrénicos, mitómanos y farsantes. Unos se creían sus propias mentiras, otros mentían por el placer de mentir y otros procuraban no mentir pero al final se dejaban llevar por la fuerza de sus quimeras. Leonid podía pertenecer a esta última categoría. Cuando hablaba de su planeta inexistente, contaba una experiencia real. Pero a continuación se corregía, decía que eran alucinaciones, se esforzaba por distinguir entre sus sensaciones y la realidad objetiva. Un traidor habría inventado un mentira simple y la habría defendido como única verdad. Aquella historia era demasiado estrafalaria y fantasiosa para ser una tapadera. O quizá, precisamente porque parecía eso, era la tapadera perfecta.

—Krasin no me dice nada de tu viaje imaginario.

—Porque no se lo he contado a nadie —replicó Voloch—. Tú eres el primero.

—¿No crees que callártelo te hace más sospechoso? —preguntó Bogdánov.

—Sí. Pero tú eres el único que puede entenderlo.

—¿Entender qué?

—Nacun es un planeta socialista —prosiguió Voloch—. No hay patronos, no hay propiedad privada, la única riqueza es el bienestar común. Antes también había reyes, terratenientes y capitalistas. Luego consiguieron lo que nosotros, los rusos, intentamos hace tres años. Un partido de trabajadores que toma el poder, obreros que dirigen las fábricas. Solo que, allí, la revolución la hicieron con el saber. —Leonid hizo una pausa y pidió a Bogdánov que le pasara la cantimplora. Llenó el tapón como si fuera un vaso, un par de veces, y bebió dos largos tragos—. Los nacunianos no tienen tantas ciencias como nosotros. Antes las tenían, pero solo las entendían los especialistas. Todos los demás debían limitarse a *creer*. Por eso buscaron una superciencia que comprendiera todas las demás y permitiera a los trabajadores conocer por sí mismos. ¿Y sabes lo que descubrieron? Que la ley universal es la organización, como dices tú en tus libros. Yo he intentado leerlos, pero son demasiado difíciles. En cambio, allí, en Nacun, todo está clarísimo. Las fábricas, las bibliotecas, los hospitales, los parques públicos funcionan con los mismos principios. Es la superciencia aplicada a diferentes ámbitos.

—Sigo sin entender por qué no les has contado todo esto a los camaradas —objetó Bogdánov—. ¿Por qué solo a mí?

—Porque tú conoces lo que he visto —contestó Voloch—. He visto tus ideas realizadas.

Esta vez la pausa fue larga y solo se oyó el rumor del agua y el salto de un pez.

—¿Conoces *Las mil y una noches*? —le preguntó al fin Bogdánov, pero no esperó a que le respondiera—. Es la historia de una mujer, Sherezade, que todas las noches le cuenta una historia a su señor para aplazar su ejecución.

117

Voloch asintió, serio.

—Si no te convenzo a ti, no convenceré a nadie. No te culpo, camarada. Por eso he remado yo. Para que no te canses, en caso de que tengas que volver solo.

Bogdánov notaba el bulto del revólver en el bolsillo de la chaqueta. Voloch no daba la impresión de que fuera a resistirse, parecía resignado a su suerte.

—La vida del individuo tampoco importa tanto —dijo Voloch con gran calma—. Los dos lo sabemos. —Después de un instante, explayando la mirada por el contorno, añadió—: Hemos visto lugares peores que este.

Bogdánov se imaginó sacando la pistola y disparándole en el corazón. Luego ataría el cadáver al ancla, lo arrojaría al agua y tiraría la pistola. ¿Quién iba a extrañarse cuando contara que Voloch, el loco, se había abrazado al ancla y se había arrojado al agua? No lo haría sin duda la policía italiana. Y Krasin entendería sin necesidad de palabras.

Las historias de Leonid Voloch se perderían para siempre en las profundidades del golfo. Su viaje al planeta socialista se acabaría con él. Un viaje político. Un cuento filosófico. El empiriomonismo hecho parábolas. Una novela de ciencia ficción y de fantasía que nadie leería. Perdida entre los peces.

Bogdánov pensó en lo absurdo de la situación, en Voloch, que esperaba sentencia. Cogió los remos, que se balanceaban en los escalmos.

—Lo que no hemos visto es un lugar más bello —dijo.

Y empezó a remar hacia la costa.

13

Cartas, fotografías, apuntes, postales. La caja de madera en la que guarda todo eso no es lo que se dice un modelo de organización, pero ha sobrevivido a decenas de mudanzas. Un caso tectológico interesante. Un ejemplo de sistema desordenado, pero estable.

Bogdánov la ha encontrado en un armario después de mucho buscar y, para no perder tiempo, se la ha puesto debajo del brazo sin ni siquiera abrirla y ha salido corriendo para su despacho.

Los objetos de una casa se ven sometidos a una fuerte selección negativa. Se gastan, se rompen, se extravían. De cuando en cuando decidimos tirarlos. En el ámbito doméstico, un bote lleno de objetos insignificantes olvidado por ahí sobrevive mejor que un plato apilado en el aparador. Es más fácil decidir qué eliminamos en un archivo ordenado que en un revoltijo, y en lugar de tirar todas las cosas, sin hacer distinciones, acabamos conservando el montón. Cuanto más inútil es una cosa, menos se la molesta. Por eso un árbol lleno de nudos y ramas torcidas se salva del hacha, mientras que los leñadores abaten los árboles vecinos para hacer tablones y postes. Por eso a un hombre que ha perdido el vigor lo dejan tranquilo sus enemigos.

En la puerta lo espera puntualmente Denni.

Bogdánov se informa de su estado de salud, le señala la silla de siempre y se sienta a la mesa.

Levanta la tapa de la caja y mete la mano.

La fotografía que busca no tarda en aparecer. Observa los rostros, se reconoce en el único que lleva la cabeza descubierta y tiene el pelo revuelto por el viento.

—Mira —dice dejando la foto en la mesa y girándola a medias—. Aquí estamos en Capri, un día de abril, hace casi veinte años.

Denni se inclina para ver mejor.

—No me digas nada —le pide—. Quiero reconocerlo yo.

Era una de aquellas tardes que el grupo al completo pasaba en los arrecifes, despegando lapas de las rocas y comiéndoselas crudas, como si fueran ostras proletarias. En aquellas ocasiones, Gorki se exaltaba y, de vuelta por el sendero, con las primeras estrellas, quería convencerlos a todos de que las peleas del partido no tenían importancia.

—¿Este quién es? —pregunta Denni, pasando el dedo por la foto.

—Shaliapin, un gran cantante —le explica Bogdánov—. El más grande que he oído nunca. Entonces ya era famoso, pero bastaba que le dijeras una canción para que se pusiera a cantarla, estuviera donde estuviera.

Denni observa las caras retratadas en la playa. Una voz de bajo acompaña a Bogdánov al pasado:

Muchas canciones en Rusia he escuchado
que me han enseñado gozos y dolores,
mas solo una grabada me ha quedado:
la canción de los trabajadores.

¿Quiénes serán las dos personas que flanquean al cantante? Observarlos cabeza abajo no le ayuda a reconocerlos.

Quizá dos italianos de paso. Cuando se trataba de cantar, los de Capri se apuntaban con gusto. Si encima Shaliapin cantaba ópera, hasta las barcas acudían enseguida a la orilla, y de noche, en Villa Blaesus, podían verse los cigarrillos que se encendían en los jardines vecinos, mientras Maria Andreyeva tocaba el piano y él cantaba «Dubinushka» en la terraza:

Un científico inglés a los obreros ayudó
y herramientas y herramientas inventó,

–¡Este es! –exclama Denni.

mas el campesino ruso ha de trabajar
con un palo y mucho penar.

–¿Es él? –insiste.

Bogdánov gira la foto noventa grados.

–Ese es Bazárov, uno de mis mejores amigos. Natalia trabajaba de enfermera en la clínica de su padre. Allí nos conocimos.

–Entonces tú debes de ser este –señala Denni– y este que está entre vosotros Leonid.

Bogdánov asiente, se acabó el juego.

–Pero ahí está muy distinto. No llevaba barba, se la dejó crecer aquellos días, ni gastaba sombrero. ¿Ves que le viene grande? Creo que no era suyo, se lo prestaban los pescadores para que se protegiera del sol y del mistral.

Denni se inclina casi hasta rozar la foto con la nariz.

–Se ve desenfocado. Si lo viera por la calle no lo reconocería.

–Creo que te costaría aunque se viera mejor. Ha pasado mucho tiempo.

Denni observa al hombre que tiene delante y luego a su gemelo fotográfico veinte años más joven.

–En Nacun es distinto –dice–. La cara no nos cambia. Entre un niño y un viejo, la única gran diferencia es la altura.

–¿Por las transfusiones? –pregunta Bogdánov y espera a que Denni se lo confirme moviendo la cabeza. Sí, intercambiar sangre alarga la vida. En *Estrella roja,* los alienígenas socialistas tienen centros de transfusión por todo el planeta.

–Pues ya sabes cómo era Leonid. –Bogdánov agita la foto, pero Denni no parece emocionada.

–Me lo imaginaba distinto –dice, como si la disgustara haberlo visto–. Como el hombre de los billetes que me dio mi madre.

–Pues Leonid es este –le asegura Bogdánov.

Denni respira hondo, como si fuera a hablar de algo complejo.

–Tú sabes cómo es en Nacun –dice–. Los niños viven en casa hasta los tres años y luego crecen juntos en colonias. Para nosotros, los padres biológicos son como los demás padres y madres que tenemos. En nuestro idioma, «madre» y «padre» no son nombres, sino adjetivos, y con esas palabras nos referimos a cualquier cosa o persona que nos ayuda a crecer y a que nos sintamos queridos. La casa en la que vivimos es nuestra «casa madre» y el río que pasa cerca, adonde vamos cuando estamos tristes, es nuestro «río padre». Yo he tenido muchos padres, aunque no tenga un «progenitor padre». Cuando los padres de mis compañeros iban a recogerlos, yo me sentaba al pie de mi árbol padre o sacaba el billete de quinientos rublos y le contaba a mi papá imaginario lo que me había pasado ese día. ¿Por qué iba a sustituirlo ahora?

El análisis lingüístico deja boquiabierto a Bogdánov. Leonid no le contó nada de eso ni él lo ha escrito, desde luego. Debe de ser una idea de Denni, con la que responde a la necesidad que tiene de llenar el vacío que han dejado sus padres. La invención de Nacun la ayuda a aplacar el dolor. Seguirle la corriente no es ceder a su locura, sino contribuir a aliviar su sufrimiento.

—Leonid me contó que vuestras colonias infantiles son los únicos lugares en los que se obliga a alguien a hacer lo que no quiere. —Bogdánov se interrumpe. ¿De verdad le contó eso Leonid? ¿O fue él quien se lo inventó en la novela? No lo sabe. Pero no es porque hayan pasado muchos años. Es imposible remontarse a la fuente de una historia. Una historia es como un río, que se forma por la confluencia de muchas corrientes y cuyo curso principal decidimos solo por convención. Nunca narra un solo narrador. El narrador también escucha. Quien hoy escucha, mañana narrará. La historia pasa de boca en boca, no puede saberse lo que cada cual aporta. Lo mismo pasa con un libro: ¿qué parte de la historia que cuenta estaba en sus páginas y qué parte viene del lector? La materia en estado puro no existe. Todas las palabras de un texto dependen de otras palabras, contenidas en otros libros y en otras mentes. Leonid leyó sus escritos, soñó con ellos y le contó lo que soñó. El relato se convirtió en una novela y ahora una lectora lo enriquece otro poco... No podemos saber quién es el autor de la trama.

—Me he perdido —se excusa Bogdánov—. ¿Qué estaba diciendo?

—Que en nuestras colonias se obliga a los niños...

—Ah, sí, eso. El motivo, decía Leonid —aunque ¿de verdad lo dijo Leonid?—, el motivo es que, cuando crecemos, pasamos por las mismas etapas evolutivas de nuestra especie. Los niños nacunianos son individualistas como lo eran los nacunianos hace doscientos años y les cuesta superar ese defecto, que los nacunianos han superado. ¿Por qué no pasa lo mismo con la familia? ¿De pequeños buscamos a la madre y al padre y cuando maduramos cambiamos de mentalidad?

Denni se vuelve a la ventana. El sol sigue oculto tras los edificios y los árboles del patio, pero el día no se anuncia radiante.

—Antiguamente —explica la muchacha—, organizábamos la familia de distintas maneras, pero la idea de que los padres son una forma de vínculo y no dos personas concretas la tenemos de siempre, forma parte de nuestro idioma. Si no fuera así, a nuestros niños les costaría más criarse sin sus padres biológicos.

Bogdánov se levanta de la mesa. La alegoría marciana no deja de sorprenderlo. Hablar de la Estrella Roja no deja de ser una forma de hablar de la Tierra, de entender mejor la Tierra. Va y viene por el despacho, coloca dos libros en la estantería, acaba también contemplando el mundo por la ventana. Los cristales de escarcha que se han formado en el tronco de un tilo anuncian ya el invierno.

Pero llega la hora y el pueblo combate,
libre la espalda de la vieja carga,
y contra las filas enemigas abate
aquel palo convertido en garrote.

—Esta es Natalia, ¿verdad? —pregunta Denni.

Bogdánov vuelve a la mesa y mira la foto:

—Sí, y la mujer que tiene al lado es Maria Andreyeva, la compañera de Gorki, que es este del bigote, un gran escritor. Ese de detrás es su hijo, Maksim Alekséyevich, que tuvo con su primera mujer. Y este... —duda—. Este debe de ser Ladyzhnikov, un editor que publicaba nuestros escritos en Berlín. Y este del sombrero hongo es Lenin. Por aquel entonces rompimos.

Denni coge la foto de grupo.

124

—Pues viéndoos nadie lo diría. Parecéis muy felices.

Esas palabras dulcifican el recuerdo. La indulgencia con uno mismo es una enfermedad senil.

—Creo que lo éramos, sí. Habíamos decidido dejar nuestras diferencias en el continente. Pero nos desafiábamos a un juego violento: el ajedrez.

14

No era la primera vez que jugaban y aún no sabían que sería la última. Pero, en cuanto se sentaron a lados opuestos del tablero, todas las conversaciones cesaron y los camaradas de la terraza formaron un corro en torno de ellos, dispuestos a disfrutar de un desafío especial.

Todos los camaradas menos uno: Leonid Voloch. Él, repantigado en un sillón, tomaba tranquilamente té, con un gato rojo que dormía en sus rodillas.

El Marciano había aterrizado en Capri hacía dos semanas y, antes de que llegase Lenin, Bogdánov lo había puesto al día de lo ocurrido en aquellos meses que había durado su viaje espacial. Una disputa filosófica enfrentaba a los bolcheviques.

—Lenin cree que, para entender el mundo, hay que hacerle una fotografía lo más precisa posible. En cambio, para mí, el conocimiento es como el cinematógrafo.

—¿Y eso os impide luchar juntos contra el zar? —había preguntado Leonid, con el tono de quien cree que le toman el pelo.

En Kuókkala, había visto a Lenin y a Bogdánov convivir en la misma casa, fregar los platos juntos, escribir artículos mano a mano. En aquel momento, que jugaran al ajedrez parecía una tregua de generales en guerra.

La rapidez de los cambios lo aturdía, la desconfianza de los camaradas no lo ayudaba a orientarse. La sospecha de que el Marciano era un espía de la Ojrana latía en las conversaciones. Leonid habría entendido mejor la polémica sobre el empiriomonismo si hubiera sabido que, para los dos contendientes, la filosofía era como el tablero que tenían delante: un campo de juego en el que todos los conflictos eran una única partida.

Consciente de la metáfora, Bogdánov dispuso su ejército. La suerte, en forma de moneda, le había asignado las blancas.

–Veamos cómo sale –le susurró Bazárov a alguien al oído.

Podía elegir entre veinte movimientos de apertura, que dividía en tres categorías: estúpidas, heréticas y convencionales. Imaginó que el público esperaba de él una apertura del segundo tipo, pero procuró no hacer caso de los amigos que miraban y de los murmullos expectantes.

Contra un adversario temible, lo mejor era ir sobre seguro. Pero ir sobre seguro es también una forma de mostrar temor. O de fingirlo. En cualquier caso, Vladímir Ilich no era nada temible. La serie histórica de sus enfrentamientos daba una clara ventaja a Bogdánov.

Tomó el peón de delante del caballo del rey y lo adelantó una casilla. Grado de herejía: siete de diez.

Los murmullos subieron de punto.

La voz de Bazárov:

–¿Lo ves?

Lenin enarcó las cejas de manera ostensible, como diciendo: «¡Caramba!» Pero la ironía del gesto ocultaba nerviosismo y los dedos, con los que se tocaba la barba, así lo delataban. Decidió responder ignorando al enemigo, hacer como si la batalla no hubiera empezado y la primera acción correspondiera a las negras.

Apertura de peón de rey, la clásica.

¿No resumía aquello la historia de sus desavenencias? Bogdánov había creado el empiriomonismo y Lenin no le había dado importancia. Después llegaron las discrepancias políticas: ¿debían boicotear el Parlamento o usarlo como tribuna? Y el robo de Tiflis horrorizó a los espíritus sensibles. «¡Cuarenta muertos! ¡Una atrocidad propia de tártaros y mongoles!», decían los camaradas de Berlín, indignados. La culpa la tenía Bogdánov, ese terrorista, ese profeta de la acción. Luego discutieron por el dinero robado: ¿cómo debían usarlo, cómo repartirlo? Después Gorki se pone a elogiar a Bogdánov y Plejánov le quita los galones de marxista y desacredita a los bolcheviques. Al final, Lenin decidió acallarlos a todos y se reveló más papista que el papa. Se contaba que se encerró en la British Library, como Marx cuando escribía *El capital,* a buscar argumentos contra los herejes. La tregua filosófica había acabado.

El alfil del rey pasó a la segunda fila.

Respuesta inmediata: el peón de la reina avanzó dos casillas y ocupó el centro del tablero.

Leonid miró por encima del hombro de Avdonin. Movió los labios y el amigo reprimió una carcajada. Eran los únicos obreros del grupo y Bogdánov buscaba su complicidad. En medio de aquel ambiente, fraternal pero nada proletario, enseguida se habían unido, señal de que la conciencia de clase, aunque necesite cuidados, es una planta espontánea.

Saltó el caballo del rey, para ir preparando el enroque por ese lado.

Lenin hizo el mismo movimiento en el ala derecha de sus filas.

Chirrió una butaca de mimbre contra las baldosas de la terraza y le contestó otra haciendo más ruido.

—Tú, Natalia, ponte ahí —se oyó decir a Gorki—. Y tú, ahí.

Bogdánov enrocó y levantó la vista.

El escritor se hallaba junto a un sujeto armado de una cámara fotográfica, de esas con forma de caja que llevan la manivela arriba y son tan pequeñas que no necesitan trípode. El fotógrafo no era un conocido, debían de haberlo llamado expresamente para inmortalizar el momento.

El hombre hizo señas a los espectadores que no salían en la foto de que se juntaran, pero nadie le hacía caso, todos esperaban con expectación el próximo movimiento.

Gorki fue a sentarse en el parapeto, en un sitio que se había reservado. Se caló el sombrero sobre la oreja y se llevó la mano a la barbilla, en una pose digna de su condición de artista.

Hecha la foto, saltó al suelo y pidió que se hicieran otra, esta vez de pie y él con el loro en el hombro. Y luego otra...

Una pieza negra se abatió sobre una diagonal blanca y atacó el flanco derecho del ejército de Bogdánov. Era un alfil. No era algo imprevisto, pero sí peligroso, como un rayo en una noche de truenos.

Pepito, el loro, se posó en el respaldo de una silla y Gorki quiso que el fotógrafo le hiciera una foto, con la partida de ajedrez de fondo.

«¿Sabes cuál es el lema de la Kodak?», le preguntó un día Bogdánov a Leonid, paseando por los jardines de Augusto. «"Tú aprieta el botón y nosotros hacemos lo demás." Algún día automatizarán también el botón y la cámara funcionará sola. Esa es la idea pasiva que tiene Lenin del conocimiento. Para él, la acción del fotógrafo no cuenta. En cambio, una película necesita a un director que escoja las imágenes, corte la cinta, coja un trozo y lo pegue a otro. De un mismo rollo pueden salir cien películas distintas, en las que una misma escena signifique cien cosas diferentes, según el lugar en el que se inserte. Para entenderla, debemos considerar toda la secuencia. Lenin, en cambio, toma un fotograma y lo compara con la realidad. Si coincide, es verdadero; si no, es falso. Así, él concibe una sola verdad, fuera del tiempo, independiente de nosotros. Yo, en cambio, pienso que cada tiempo tiene sus verdades.»

«¿Quieres decir que, dentro de cien años, podría ser falso que yo haya nacido el 23 de enero de 1883?», repuso Leonid, sorprendido.

«En algunos países *ya* es falso», contestó Bogdánov, riendo, y arrancó una ramita de romero. «Para los que usan el calendario gregoriano, tú naciste el 4 de febrero. Además, ¿qué entiendes por "nacer"? Tus células "nacieron" en 1882...»

«Vale, vale», lo interrumpió Voloch. «Pero ¿qué me dices de Copérnico? Antes de él, ¿giraba el Sol en torno a la Tierra?»

Bogdánov olió el romero. Siempre la misma objeción. Copérnico, Galileo, los espíritus. ¿Existían los espíritus cuando el hombre los adoraba?

«Hoy no tiene sentido hacernos esa pregunta. Como no tiene sentido preguntarnos si Zeus lanzaba rayos o si son verdaderas las leyes naturales que descubriremos en los próximos mil años. El mundo no es un bonito paisaje que espera que lo fotografíen. Cambia como cambiamos nosotros, mientras lo conocemos y se resiste a nuestra labor. Si queremos medir la temperatura de una gota de agua, sumergimos un termómetro, pero en cuanto lo hacemos el líquido se calienta o se enfría, porque intercambia calor con el termómetro. Lo mismo pasa con cualquier instrumento, idea o palabra que empleamos para estudiar la realidad.»

«¿Y entonces quién decide si Copérnico tiene razón?»

«Copérnico partió de observaciones conocidas y usó un método que todos podían usar. Muchos no le creyeron, pero sus afirmaciones eran verdaderas *antes,* porque, con la ciencia de la época, cualquiera habría podido llegar a ellas. Su punto de vista no le vino impuesto por un rey o unos clérigos. En otro caso habría sido una verdad inestable, contradictoria e injusta. Si queremos que la verdad sea estable, el punto de vista debe ser el del trabajo.»

Leonid esperó a que siguiera. La explicación era demasiado abstrusa para que la interrumpiera allí.

«Marx dice que el hombre conoce el mundo cuando actúa sobre él», prosiguió, en efecto, Bogdánov. «Por tanto, el conocimiento viene del trabajo y será tanto más universal cuantas más personas colaboren y compartan el saber humano. Es lo que ocurre en las fábricas. Por eso, Lenin, si quiere saber la verdad, no puede sacar del bolsillo su querida fotografía. Debe forjarla con los herreros. Quemarse las manos en el horno.»

La imagen de Lenin quemándose lo devolvió a la partida de ajedrez. Pensó en avanzar con el caballo del rey. Se imaginó las jugadas correspondientes a cinco turnos y se perdió en el dédalo de alternativas. Renunció al caballo y pensó en los peones. Eligió el del alfil de la reina, que le abriría paso a esta. Si lo adelantaba dos casillas, las negras se verían tentadas de comérselo, moviendo uno de los peones que custodiaban el centro del tablero.

«Se llama "gambito de dama"», le había explicado su padre cierto lejano día de verano, verano lleno de mosquitos, polvo y baños en el río.

Lenin movió en diagonal su peón y se comió el blanco.

«¿Ves?», había añadido su padre, con aquel aire magistral con el que solía venir de la escuela. «Mientras una pieza está en el tablero, tiene un valor, que depende de sus capacidades. La reina vale diez, el caballo cinco, el peón uno. Pero en cuanto los quitamos, vuelven a ser simples trocitos de madera tallados.»

Magia. Las casillas blancas y negras eran como un campo encantado.

Días después, el pequeño Sasha le había comunicado a su padre un gran descubrimiento que había hecho. Colocó

131

unas cuantas piezas en el tablero, como si estuvieran al final de una partida. Los dos reyes, la reina blanca, un peón y un alfil negros. La reina amenazaba a estos últimos y podía elegir a cuál comerse. El peón estaba a una casilla de la última fila.

«Tú me dijiste que el peón vale uno y el alfil cinco, por lo tanto la blanca debería comerse al alfil. Pero si lo hace, el peón negro llegaría al final y se transformaría en reina.»

«Exacto. Por eso, la reina blanca debería comerse al peón.»

«¡Pero eso significa que el peón vale más que el alfil!», exclamó Sasha. «Significa que las piezas no siempre tienen el mismo valor, sino que todo depende del lugar que ocupen con respecto a las demás.»

«¡Muy bien!», lo felicitó el señor Malinovsky. «Lo mismo ocurre en la vida.»

Aquella noche, cenando, le había hablado de las muchas leyendas de niños muy dotados que, teniendo que trabajar como pastores o pinches, acaban siendo reyes gracias a un azar: Arturo, David, Gordio... Y al contrario, de historias de individuos estúpidos que no valen nada y que, por razones de sangre, son tratados como reyes.

Bogdánov decía que aquel había sido su primer contacto con el concepto de «sociomorfismo». El ajedrez, la ciencia, el lenguaje, la realidad, todo es reflejo de las relaciones sociales. Dime cómo trabaja una sociedad y te diré cómo conoce. Dime cómo trabaja un individuo y te diré cómo piensa.

¿Y cómo piensa un peón de ajedrez, por cierto? De idea en idea, sin prisa, hasta la revolución. ¿Y el caballo? Con esos saltos de través que da, no puede ser sino un loco.

Movió la reina blanca a la izquierda, pensando en vengar al peón caído.

—¡Empiro, empiro, empiro! —gritó Pepito el loro en el hombro de Gorki.

Lenin levantó la vista con sobresalto.

—¿Qué ha dicho? —preguntó, quitándose el bombín. Empezaba a sudar.

—Nada, nada —se excusó el escritor, regañando al ave con el dedo.

Bogdánov, mientras, repasó los posibles movimientos del adversario, con especial atención a los más peligrosos, aquellos que lo obligarían a cambiar de estrategia, a imaginar la partida de otra manera.

Desde niño sabía que la revolución más difícil es la de las ideas. No había pasado mucho tiempo desde que descubriera el sociomorfismo, cuando el pequeño Sasha descubrió otra cosa, también gracias a los humildes peones.

Un día que volvía a casa se encontró con Volodya, que se paseaba con un ajedrez bajo el brazo en busca de alguien con quien jugar. Se sentaron en un muro que había junto a las vías del tren y sortearon las piezas. A Volodya le tocaron las blancas y salió adelantando dos peones una casilla.

«¡Eso no se puede!», protestó Sasha, pero el amigo estaba seguro de que sí. Si se podía salir moviendo un peón dos casillas, entonces también se podían mover dos peones una casilla.

«Dos por uno es igual que uno por dos», alegó Volodya.

Y, como argumento final, dijo que el ajedrez era suyo y se jugaba como él quería.

Sasha cedió, pensando que al día siguiente llevaría su propio ajedrez e impondría él las reglas. En casa, se propuso incluso inventar un nuevo juego, pero la empresa se reveló más difícil de lo previsto. Por mucho que se esforzaba, solo se le ocurrían variantes del ajedrez y nada realmente nuevo.

De mayor, Bogdánov contó muchas veces esta anécdota en escuelas nocturnas obreras, añadiendo la moraleja.

«Si el propietario del ajedrez quiere establecer nuevas reglas, debe ser capaz de concebirlas, de organizar un nuevo juego. Del mismo modo, si los obreros conquistan las fábricas, pero no tienen una cultura nueva para organizarlas, acabarán dependiendo de los ingenieros y de los técnicos que trabajaban para los antiguos propietarios, o los imitarán, con resultados peores, y así la pretendida revolución no producirá un cambio real, sino un cambio a peor.»

Lenin hizo un movimiento tímido o como de espera. Adelantó la reina una casilla, dejando libre el espacio entre el rey y la torre. Bogdánov supuso que en el turno siguiente enrocaría.

Sin pensárselo mucho, vengó al peón sacrificado en el gambito eliminando a su verdugo con un ataque de la reina.

Las negras enrocaron y el rey quedó protegido por un baluarte de tres peones, la reina y la torre.

Era un refugio cómodo o una prisión, como un castillo al que el fuego devora.

Ante aquel bastión, Bogdánov pensó en un asedio. Aún lo veía lejos, confundido en la niebla de los muchos movimientos posibles, pero era como un incendio que ardía a la derecha de Lenin. Una vez atisbadas las llamas, era difícil pasarlas por alto. Semejantes a sirenas, entonaban un canto irresistible. Solo que era pronto, muy pronto, no llevaban ni la tercera parte de una partida breve. Aquel fuego era el futuro y, si quería prenderlo, Bogdánov debía limitarse a encender la cerilla sin que lo vieran, esconder la mano y caminar despacio hacia la pira, atento a los demás rincones del campo de batalla, donde el enemigo podía atacar con planes imprevistos.

«Si piensas que vas a ganar, ya has perdido», le tenía dicho su padre.

Lanzó al ataque al caballo que aún no había tocado, el de la reina.

Siguieron tres turnos de espera, en los que se estudiaron uno a otro sin exponerse demasiado.

Pero el incendio se imponía con sus fulgores.

No sabía si en Nacun había un juego parecido al ajedrez. Leonid no le había hablado de los pasatiempos de los extraterrestres. Seguro que los alienígenas socialistas solo tenían juegos de equipo, en los que no había reyes ni reinas que mandaran. Pero también habían tenido sociedades autoritarias divididas en clases y podían haber sobrevivido, por inercia o por decisión consciente, juegos y formas de arte de aquellos tiempos lejanos.

Lo que sí había impresionado a Leonid era la poesía nacuniana. Se basaba en la métrica y en la rima, que él consideraba un legado feudal, una limitación de la libertad creativa. Sus anfitriones, en cambio, decían que el ritmo de las sílabas imitaba el de la vida, y que la rima unía versos diferentes, como el amor y el trabajo unen a los individuos.

Era la cuestión de siempre: qué rescatar y qué desechar del viejo mundo.

Lenin quería quedarse con la ciencia, que para él era un conjunto de verdades objetivas y neutrales.

«En cambio, según tú», le había preguntado Leonid, para asegurarse de que había entendido bien, «que la Tierra gira en torno al Sol es algo objetivo porque nos los confirman todos nuestros conocimientos, igual que, para los antiguos griegos, lo era que Zeus arrojaba rayos. Pero es subjetivo que el romero huela bien, porque cada cual crea esa experiencia a su manera y por tanto percibimos olores distintos.»

Exacto, pensó Bogdánov, moviendo la torre del enroque al tercer escaque de la izquierda.

Era el lado del tablero que quería incendiar.

El juego consistía en eso: ver el jaque mate antes que el adversario, *subjetivamente,* y luego maniobrar para hacerlo objetivo.

Lenin respondió.

El caballo blanco dio un salto y se plantó en medio de los dos ejércitos.

Bogdánov se dio cuenta de que se había movido precipitadamente, sin pensar en lo que el otro estaba planeando.

Quizá Lenin veía también un incendio.

Buscó indicios en el rostro de los espectadores. Quizá Bazárov había visto también las llamas. Pero no: solo parecía interesado en el ascua de su puro, que gravitaba peligrosamente sobre la cabeza de Lunacharski. Miró a Advonin, que quizá había intuido la estrategia de Lenin. E interrogó a Pepito el loro con flujos de magnetismo animal.

A la retirada del valiente alfil negro respondió moviendo de nuevo a la reina hacia la orilla. La puso justo delante del peón que debía abatir para penetrar en el bastión del rey. Aunque antes tenía que eliminar al caballo negro que protegía el paso. Y poner un caballo blanco a vigilar la única escapatoria que quedaba.

En los dos turnos siguientes, Bogdánov siguió adelante con su plan, como un escultor que tiene la estatua en la cabeza y la extrae de la piedra con golpes que va ajustando según responde la materia, con sus durezas imprevistas y sus vetas.

Ofreció un caballo en sacrificio, como si pudiera prescindir de él. En realidad, era una pieza indispensable para el asalto final.

«En el ajedrez, se pilla antes a un mentiroso que a un cojo», le había dicho su padre.

Lenin rechazó la ofrenda. Para comerse esa pieza, tenía que retroceder con su caballo, pero, por lo que parecía, quería lanzarlo al galope. Prefirió mover la reina y colocarla junto al caballo al que acababa de perdonar.

Bogdánov no movió este caballo, sino que arrolló con la torre el otro caballo enemigo.

Su hermano se abalanzó sobre el alfil que había en el

campo negro, con lo que se expuso al contraataque de un peón.

Bogdánov no aceptó el envite.

La torre blanca, que aún no se había movido, fue a cubrirle las espaldas a su hermana.

En ese momento, Lenin solo podía hacer un movimiento para evitar el incendio, pero al menos otros dos parecían más apetecibles: ejecutar al caballo blanco, dos veces ofrecido en sacrificio, o proseguir la carga con el caballo negro, que podía matar al otro alfil, puesto allí adrede para atraerlo a la trampa con promesas de gloria.

Solo un movimiento.

Con el alfil de la casilla negra, que llevaba inmóvil desde el principio, como dormido.

¿Cómo piensa un alfil? De manera oblicua, pero maniquea. Siempre negro o siempre blanco.

Un solo movimiento.

¿Se daría cuenta?

Si se daba cuenta, la partida cambiaría por completo. El caballo negro, de héroe inútil, se convertiría en una amenaza.

Si se daba cuenta, habría hecho mal en jugar como un escultor, queriendo traducir la forma que tenía en la cabeza en una combinación de piezas. Habría sido mejor seguir el ejemplo de los músicos, que dominan sus instrumentos precisamente cuando se olvidan de las formas que han de reproducir, de la posición de los dedos, de la postura del cuerpo, y tocan como si respiraran.

Quizá un maestro del ajedrez movía las piezas como se toca un violonchelo, pensando y haciendo en un único acto, y no pensando primero y haciendo después, no primero la mente y luego el cuerpo, no primero el plan y luego el mundo.

Un empiriomonista como él debería saberlo. La mente

137

es cuerpo. La acción es ya pensamiento. El escultor trabaja con la piedra. La forma nace del contenido.

El alfil de la casilla negra.

El único movimiento.

Bazárov se agachó y apagó el puro en el suelo.

También las baldosas de la terraza formaban un tablero.

Natalia se había puesto a leer al lado de Maria Andreyeva, que bordaba un chal.

Leonid y Advonin se habían ido.

Gorki acariciaba a Pepito y seguía convencido de que aquella estancia en la isla podía recomponer los pedazos de la facción bolchevique.

Lunacharski, recostado en la butaca, se incorporó de pronto al ver que Lenin cogía el heroico caballo y se comía el segundo alfil.

Error.

«Ayuda a tu adversario a jugar mal», le tenía dicho su padre.

La reina blanca se lanzó al ataque y abatió al peón que tenía delante.

El paso quedaba franco. Era la única escapatoria, que vigilaba el caballo, hasta ese momento tratado como pieza sacrificable. Y allí estaban las torres por si lo inmolaban.

Pero ninguna pieza blanca amenazaba al rey negro y estaba claro que Lenin no comprendía el alcance del desastre.

No veía las llamas de las que ya no podía salvarse.

El incendio era ya *objetivo*.

Con inmensa satisfacción, pues, anunció Bogdánov, después de una partida de tan solo dieciocho turnos, que el duelo había terminado:

—Jaque mate al siguiente movimiento.

15

—A los ingleses no les gusta tener bolcheviques en casa. La sociedad británica sigue siendo la más tradicionalista de Europa, la más clasista. Sabes lo mucho que amo la cultura de ese país, su literatura, Shakespeare... Mi mujer es inglesa. Y resulta que son enemigos. Es inevitable. Geopolítica, amigo mío. Geopolítica.

Lejos quedan los tiempos en los que Maksim Maksímovich Litvínov se paseaba con un abrigo relleno de billetes. Lejos quedan los tiempos de Londres y del exilio irlandés. Y han transcurrido nueve años desde que volvió a Inglaterra como embajador de la entonces recién nacida república de los sóviets, solo para ser detenido y luego repatriado merced a un intercambio de presos políticos.

Las gafas minúsculas que lleva son como un adorno en esa cara ancha, de frente despejada, que solo parece capaz de expresar buenos sentimientos. Con los años, Litvínov se ha expandido, se ha achaparrado, se ha quedado sin cuello, pero no ha perdido la expresión inteligente que siempre lo caracterizó y que tan bien sienta al vicecomisario del pueblo de Asuntos Exteriores. Hay quien dice que lo pusieron con Checherin para contrarrestar la aversión que este último tenía a Occidente.

–Pruébalo, anda –dice Litvínov, vertiendo un dedo de whisky en dos vasos de cristal grueso–. Es escocés. Ha envejecido mejor que nosotros. Me lo han traído unos parientes de Ivy.

Le ha costado tres días conseguir una cita y el viejo camarada le ha dicho que, sintiéndolo mucho, solo podrá dedicarle el tiempo que le quede entre reunión y reunión. Lo ha recibido en el apartamento en el que vive con la familia y están sentados en una salita que hace las veces de antesala; por una puerta se oye el ruido metálico de una máquina de escribir.

Litvínov se lleva el vaso de whisky a los labios, que aprieta como si fuera un sapo que espera el mejor momento para tragarse a su presa.

–Diez años... –dice, moviendo la cabeza como si le pareciera mentira. Sus gestos son siempre estudiados, pero los hace con la más absoluta naturalidad–. ¿Quién habría dicho que duraríamos tanto?

Bogdánov no dice nada.

–Tú no –prosigue Litvínov, contestándose a sí mismo–. Tú nunca te creíste mucho la revolución...

Va a seguir, pero Bogdánov lo ataja.

–Lo que tú llamas revolución, yo lo llamo comunismo de guerra. De ese comunismo salimos con la NEP, con el mercado regulado. ¿Dónde está el socialismo?

Litvínov suspira.

–Lo sé, lo sé. Tienes razón y al mismo tiempo te equivocas. La revolución nació de la guerra. Pero ¿y el legado de los siglos, que también existe? –Moja los labios en el whisky–. Tú y yo nos equivocamos de perspectiva. Somos demasiado eurocéntricos. Somos como esos rusos que, desde tiempos de Pedro el Grande, miran a Occidente con la envidia del advenedizo que llega tarde a todo.

Pedro el Grande. El hombre del billete de quinientos rublos. El padre imaginario de Denni.

–¿Conoces al coronel Thomas Edward Lawrence? –prosigue Litvínov–. El héroe de guerra, me refiero... Dice que a las clases dirigentes occidentales les preocupa el avance del bolchevismo en Europa y se olvidan de que dos terceras partes de Rusia son asiáticas. –Recalca la observación dando golpecitos en la mesa con el dedo–. Sí, la geografía no es una opinión, *my old fellow.* No, no. Lo digo sintiéndolo mucho, pero Lawrence tiene razón, como tiene razón Stalin. Nuestro destino está en Oriente. Trotski y Zinóviev confían en las clases obreras occidentales, a las que la burguesía y los oportunistas han corrompido. Stalin mira a las estepas y a las montañas de Asia. Allí les hemos disputado siempre la primacía a los británicos. Y el Imperio británico es el enemigo natural de nuestra revolución. El Gran Juego no ha acabado. Solo han cambiado los ideales.

Era de esperar. Defiende a Stalin por si el interlocutor llevara segundas intenciones. Si supiera lo que a él le importa.

–A juzgar por lo de China –dice Bogdánov, para interrumpir el monólogo–, dan ganas de darles la razón a Pedro el Grande y demás advenedizos.

–Lo de China ha sido un desastre –admite Litvínov–. Comunistas y nacionalistas juntos... no podía funcionar. Pero teníamos que intentarlo. La hora de China llegará, ya lo verás. De todas maneras, el corazón del continente no es ese.

–No, claro, es Afganistán... –dice Bogdánov, entendiendo la alusión.

Litvínov ríe con malicia.

–El verano pasado le regalé unos caballos a Amanulá Khan. Se los llevé a la mismísima Plaza Roja. Yo no entiendo de caballos, pero eran dos animales soberbios, la verdad. Él quedó encantado. Y Soraya, su mujer, también. ¿Quién iba a decirnos, querido amigo, que recibiríamos a unos reyes en el Kremlin?

–¿Y que íbamos a presumir de ello? –añade Bogdánov con sarcasmo.

Litvínov hace otro guiño enigmático.

–Geopolítica. Si controlamos Afganistán, controlamos Asia. Por eso yo leo a Shakespeare y obsequio a Amanulá. Y que los ingleses se pongan como quieran.

Bogdánov deja el vaso. Pueden ir al grano. Él ha ido a preguntarle por una persona, la única que aún le interesa.

–¿Te acuerdas de Leonid Voloch?

Litvínov se queda mirando un rincón del techo.

–Voloch... Voloch... –Los ojuelos claros despiden un destello detrás de los lentes–. Claro, el del robo de Tiflis. Quedó tocado, si no recuerdo mal. –Se da con el índice en la sien–. ¿No te ocupaste tú de él?

Bogdánov asiente y se acomoda en la butaca de piel oscura.

–Le perdí la pista antes de volver a Rusia. Quiero saber qué fue de él.

Litvínov sigue haciendo memoria, como si creyera que es muy importante.

–Me parece que no he vuelto a verlo –concluye, dando un traguito de whisky–. ¿No estuvo contigo en Italia?

–Sí, en Capri y en Bolonia.

–Eso, sí... –murmura el otro, que sigue pensativo–. Es curioso que busques a alguien al que no ves desde entonces.

–Estoy ayudando a una pariente que lo busca –replica Bogdánov–. Es una larga historia y no tienes tiempo de oírla.

Litvínov ríe.

–En eso tienes razón. Me falta tiempo. Siempre nos ha faltado. Pero podemos acabarnos el whisky. Nos lo merecemos, ¿no crees? –Contempla el líquido ambarino a través del cristal–. Y también se lo merece esto, que ha venido de una isla escocesa para deleitarnos el paladar. –Da otro trago–. ¿Les has preguntado a los profesores de la escuela?

—Con Liádov y Pokrovski no me hablo.

Litvínov da el último trago y se reclina en la butaca. Parece satisfecho.

—Me refería más bien a Aleksandra Kolontái. ¿Qué relación tienes con ella?

—Ninguna —contesta Bogdánov—. Está siempre en el extranjero.

—Pues aprovecha antes de que se vaya —dice Litvínov, muy serio—. Da la casualidad de que está alojada aquí, en los apartamentos del ministerio, en el piso de arriba, no tienes más que subir dos tramos de escalera.

Bogdánov pone cara de sorpresa. Hace tiempo que mantienen a Aleksandra Kolontái lejos de Rusia, como embajadora. Es una opositora muy incómoda. Es mejor izarla como si fuera una bandera y hacerla ondear alto, tan alto que nadie pueda alcanzarla. Ha sido la primera mujer ministra de la historia. Si la revolución ha tenido un alma feminista, esa ha sido Aleksandra Mijáilovna Kolontái. Saber que está a unos escalones de distancia le produce una sensación extraña.

Bogdánov ve que Litvínov consulta un reloj de bolsillo, costumbre de otra época que ha mantenido.

—Se hace tarde y te he hecho hablar mucho.

—Ha sido un placer.

No es una frase de circunstancias, lo dice de verdad.

—Recuerda que todos estamos donde nos ha puesto la historia —dice Litvínov, acompañándolo a la puerta—. Procura ser prudente, *my old fellow*. Los nervios están a flor de piel. —Señala la escalera del pasillo y añade—: Segunda planta, primera puerta a la izquierda. —Se acerca—. ¿Sabes una cosa? —dice con una sonrisilla cómplice—. Cada vez que viajo al extranjero me llevo un billete escondido en el forro de la chaqueta. Para que me dé suerte.

Bogdánov se dirige a la escalera y, sin darse tiempo a

143

dudar, sube un tramo y llega a un pasillo idéntico al de abajo.

Primera puerta a la izquierda. Hay un militar de guardia.

Bogdánov le enseña los documentos y pregunta por la camarada Kolontái.

El soldado lo observa inexpresivo, llama a la puerta con los nudillos y se aparta.

Bogdánov espera.

Segundos después se halla enfrente de Aleksandra Kolontái. La visión lo deja parado. Quizá es por el contraste que hacen las cejas oscuras, angulosas, y los ojos claros, rodeados de arrugas. Los surcos de las comisuras de la boca, los rizos aún rebeldes, aunque ya grisáceos, que le enmarcan la cara, el pintalabios rojo al que la edad no le hace renunciar, todo le confiere un aspecto de vieja bruja. Tienen la misma edad, son hijos de la misma epopeya, pero ¡qué distintos son!

–¡Bogdánov! –dice ella con asombro–. ¿Has hecho un pacto con el diablo? Pareces más joven.

Siempre ha tenido esa capacidad de violentar a la gente con su franqueza. Lo invita a entrar en un cuarto desordenado. A una gran máquina de escribir en cuyo rodillo hay una hoja de papel se sienta una joven de aspecto anodino.

–Por favor, Irina –le dice Kolontái–, déjeme hablar un rato a solas con mi viejo amigo.

La petición parece molestar a la mujer, que coge la máquina de escribir y se va a la habitación contigua.

En la cama hay dos maletas abiertas, llenas a medias de ropa. Por la estancia se ven esparcidas otras prendas.

–Perdona el desorden.

–¿Llegas o te vas? –pregunta Bogdánov.

–Últimamente no lo sé muy bien.

Despeja una silla, lo invita a sentarse y ella lo hace en la cama.

144

—Puedo pedir té, si te apetece.

Bogdánov declina el ofrecimiento. Tiene bastante con el whisky de Litvínov.

—Me mandan a Noruega —dice ella, señalando las maletas—. No me quieren en el aniversario. ¿Y tú? —pregunta tras una pausa—. Sé que diriges un centro de transfusiones de sangre.

—Desde hace un año —contesta él, lacónico.

—Muy bien. ¿Y en qué puedo ayudarte?

Mejor ir al grano.

—¿Te acuerdas de un alumno obrero de la escuela de Bolonia que se llamaba Leonid Voloch?

Bogdánov observa de nuevo a Aleksandra Kolontái. No ha perdido el encanto con el que hechizaba a los hombres, a los que hacía que se enamoraran de lo que no podían poseer o huyeran cuando lo poseían, conscientes de su insignificancia.

—Me acuerdo, sí —contesta ella al fin.

—¿Has vuelto a verlo o sabes dónde está?

Aleksandra Kolontái rompe a reír. Es una risa cristalina, infantil, que uno no se espera.

—¡Caramba, Bogdánov! Con la que está cayendo, te pones a buscar a un alumno que cualquiera sabe dónde estará. Por un momento he creído que venías de parte de la oposición a pedirme que firmara algo.

La risa irrita a Bogdánov, que replica con desdén:

—¡Que sepas que hice oposición mucho antes de que todo se convirtiera en una burguesísima lucha por el poder!

Los ojos grises de Aleksandra Kolontái se oscurecen, ocultando la rabia.

—Olvidaba que el camarada Bogdánov lo entendió todo antes que nadie. Y hace diez años tendríamos que habernos quedado mirando, mientras el ejército se sublevaba y los obreros hacían huelga y tomaban el control de las fábricas...

145

Pero hoy las mujeres de la Unión Soviética tienen derecho a educarse, pueden votar y ser elegidas, pueden divorciarse y abortar, cobran el mismo salario que los hombres. Estas conquistas se han conseguido tomando el poder, querido Bogdánov.

Él se ajusta el nudo de la corbata. La culpa es de Litvínov. Esta visita es una puñalada trapera que le ha dado. Seguro que está en el piso de abajo riéndose, solo de imaginárselos discutiendo.

—Te refugias en la única causa que te han dejado —replica.

—No es una causa baladí, perdona. ¿Y tú? ¿Te hace sentir bien procurarles sangre fresca a los viejos burócratas del partido?

La pregunta es maliciosa, pero tienen más cosas en común de lo que están dispuestos a admitir. La mujer que tiene enfrente ha criticado al partido, ha denunciado su burocratización y su desprecio de los sindicatos. Y al final ha entrado en vereda y ha dejado que la manden por el mundo en calidad de paladín de las mujeres.

—Descalificar mi trabajo no es muy original, que lo sepas —dice sin rencor.

Aleksandra Kolontái exhala un hondo suspiro y prosigue:

—Tú quieres mezclar la sangre de todos y piensas que eso nos unirá más y nos hará más iguales. Pero lo que cohesiona a una colectividad son las relaciones, no la sangre. Son las relaciones entre las personas. Relaciones de clase y de género...

—Es lo mismo que yo siempre he dicho también —la interrumpe él para apaciguarla, pero obtiene el efecto contrario.

—Tú quieres cambiar el mundo educando a los trabajadores. Eres un reformador social, Bogdánov. Eres un Proudhon. Un intelectual que quiere ser útil. Me recuerdas a mi primer marido. Pero estos veinte años nos han enseñado que, para cambiar el mundo, hay que aprovechar la ocasión. Aunque no sea el buen momento, porque nunca es el buen momento. Y aunque el resultado que obtengamos no sea el que esperábamos, hay de defenderlo. Si no estamos dispuestos a hacerlo, más vale que ni lo intentemos.

–Siempre he pensado que el mejor modo de defender la revolución es crear una nueva cultura.

–La historia es más impaciente que tú, querido Bogdánov.

Guardan silencio. Él se queda mirando la punta de los zapatos y le hace notar que no ha contestado a su pregunta.

–Lo hago enseguida –dice ella–. Voloch y yo nos veíamos cuando iba a la escuela de Bolonia. Era un tío simpático y extravagante. Me gustaba por eso. Hablábamos de ti. Te consideraba una especie de genio. Si alguna vez has tenido un admirador, ha sido él. Aunque parece que eso no ha impedido que lo pierdas. Después nos escribimos algunas cartas, no sé dónde estarán. Esto es todo. Ahora, si no te importa, debo seguir haciendo las maletas.

16

Bogdánov sale del edificio y camina por el Moscova. No es el camino más corto para ir al instituto, pero el frío no tardará en llegar y será menos grato pasear por el río. Más vale aprovechar.

En la otra orilla, las torres del Kremlin les disputan el cielo a las mil cruces de las iglesias y a las cúpulas doradas de Cristo Salvador. En esta orilla, se elevan las cuatro chimeneas de la central eléctrica y el andamiaje de la Casa del Gobierno, un bloque de quinientos apartamentos que contarán con teléfono y agua caliente, y donde habrá un comedor colectivo, lavandería, sala de cine y teatro, guardería y campos de deportes. Los trabajos empezaron en verano y avanzan rápido. En lo que antes eran unos almacenes de sal se erigen ya las primeras plantas del edificio, en el que habitarán ciudadanos ilustres: ministros, científicos, escritores famosos, generales jubilados, héroes de guerra. Bogdánov se pregunta si vivirán también allí sus viejos camaradas: Lunacharski, Litvínov... incluso Bazárov, que ahora trabaja en el comité de planificación económica. Su amigo escribió una vez, hace mucho tiempo, que el afán de poder debía ser un vago recuerdo, tan repelente como la carne humana. ¿Seguirá pensando lo mismo?

Bogdánov llega al Puente de Piedra y decide no cruzarlo, sino seguir hasta el extremo de la isla.

Cruza las manos a la espalda e inclina el tronco, una postura de hombre anciano que no concuerda con su aspecto.

No le extraña que Aleksandra Kolontái se liara con Leonid Voloch. Es una mujer que nunca dudó en amar libremente. Tiene un hijo en algún sitio. Todos dejaron atrás a la familia para abrazar la revolución y luchar por una vida nueva. De esto él sabe algo y admira a esa mujer, o al menos la admiraba cuando eran jóvenes luchadores, hasta el día en que ella prefirió el partido a la verdad.

Como Litvínov, como Lunacharski.

No puede culpar a los viejos camaradas de haber sobrevivido a la juventud. Tampoco puede acusarse a sí mismo. Pero lo turba la paradoja en la que viven. Profetas del colectivismo, hoy viven separados, cada cual ocupado en su trabajo, con su propia visión de las cosas.

Él es el más aislado. Hereje entre los herejes, primero abandonó el campo de batalla de la política y luego el de la cultura, para dedicarse solo a la ciencia. Está convencido de que lo que es blasfemia hoy, puede ser la verdad mañana. Ahí están Galileo y otros para demostrarlo. Un solo testigo puede ser importante para quien venga después.

¿Lo cree de verdad? ¿O es una forma de defender su convicción del sentimiento de soledad que amenaza con aplastarla? ¿A quién pasará el testigo? No desde luego al joven Vlados, que es más fiel al partido que al colectivismo fisiológico. Vlados es un hombre nuevo, que acaba de terminar los estudios, hijo de la revolución, pero sobre todo hijo del realismo leninista. Es otra inteligencia desperdiciada. Bogdánov quisiera decirle que el gran hombre, cuyo cerebro se estudia ahora en el instituto que hay junto al de ellos, no se dio cuenta de que convirtió el marxismo en un dogma. Aunque Lenin no era un filósofo (¿cuántas veces se lo ha repetido, como si quisiera excusarlo?), Lenin era un político. El más brillante de su generación, hasta el punto de que –está seguro– el nombre de los herejes sobrevivirá gracias al suyo, será recordado por la autoridad a la que combatieron.

Bogdánov aspira hondamente el olor a chocolate y caramelo que sale de la fábrica Octubre Rojo. Deja atrás la gran fachada de ladrillo, cuajada de ventanas, y enfila la pasarela del dique Babegorod. Ama esa zona de la ciudad, que todas las primaveras desaparece con las crecidas del río, reaparece en verano y se hiela en invierno. El agua inquieta dibuja paisajes inestables. Es un ser hecho de casas, barro, guijarros, barcos y postes de madera; de lavanderas, casetas, remeros, bombas de agua y centinelas del río. Es un organismo sin límites definidos, que en medio de las crisis ha encontrado un equilibrio. Las márgenes del río desaparecen y reaparecen, los bañistas se convierten en patinadores, el dique se monta y se desmonta como si fuera un juguete.

Llega a la otra orilla, sube una rampa y sale a una calle limosa que se llama Kropotkin.

–Camarada Bogdánov...

Una voz interrumpe el ritmo de los pasos. Bogdánov se vuelve y ve a un hombre de aspecto saludable, de facciones rudas que le son familiares. Es más bajo que él y al menos diez años más joven. Lleva un gorro flexible con visera, de obrero. Decididamente no parece un agente de la GPU. Enseguida, como por telepatía, el otro se lo confirma.

–No tema, no soy de la GPU. Soy Dmitriev, Viktor Serguéyevich Dmitriev. Quizá me recuerde.

Dmitriev... ¿Dónde ha visto esa cara? ¿En un taller del Proletkult? Sí, seguramente, pero mejor limitarse a asentir para no meter la pata.

El hombre le ofrece un cigarrillo, que él rechaza, se enciende uno y da un par de chupadas.

–¿Puedo acompañarlo un poco?

Cuesta creer que sea un encuentro casual.

–Como quiera –contesta Bogdánov–. Voy al instituto.

Pasan junto a las casetas de madera de una zona de baño, donde hay unos obreros desmontando un trampolín. Dmitriev... ¿No será el que trabajaba en la central eléctrica y escribía poesías? ¿O era escultor?...

–Le pido perdón por haberlo seguido –dice Dmitriev.

Poeta o escultor, tiene el don de la sinceridad.

–Debe de tener mucho tiempo que perder.

–Por las tardes libro. Quería hablar con usted.

–¿Conmigo? ¿De qué?

Dmitriev da la última chupada al cigarrillo y tira la colilla al río.

–Soy miembro de la oposición.

La confesión deja impasible a Bogdánov.

Siguen caminando sin prisa, como dos viejos conocidos que pasearan, y la verdad es que son eso, aunque uno no recuerde dónde se conocieron.

Dmitriev aguarda a que pase un carro tirado por un caballo antes de seguir hablando.

–Sé que no simpatiza con nosotros. Pero no sé si cree que nuestra causa, aquello por lo que luchamos, merece la pena.

Bogdánov reduce el paso y se vuelve a mirar el Moscova. La luz de la tarde se derrama por el agua mansa.

La pregunta de Dmitriev merecería una respuesta cumplida, en recuerdo de la época del Proletkult, pero no es fácil encontrarla.

–Lo que yo piense importa ya poco.

–Quizá podría decírselo a un viejo camarada que tiene curiosidad de saberlo –insiste Dmitriev.

Para ser un obrero habla con soltura y propiedad. Da gusto pensar que es mérito de los talleres de cultura proletaria. Bogdánov sigue caminando, espera a que su acompañante encienda otro cigarrillo y decide complacerlo.

—Creo que su batalla de ustedes llega tarde y se funda en premisas falsas.

Dmitriev expulsa el humo y observa el ascua, que pugna contra la brisa del río.

—Tiene razón —replica—. Tendríamos que haber actuado antes y de otra forma.

—No habrían podido —dice Bogdánov en tono seco—. Trotski, Kámenev y Zinóviev denuncian ahora el poder excesivo que el partido ejerce sobre los sóviets, pero fueron ellos quienes construyeron el partido. Tienen exactamente aquello por lo que han trabajado: una jerarquía de militantes profesionales, un partido-ejército, una clase dirigente autoritaria y conservadora. Que hoy sean víctimas de lo que crearon no es sino una ironía de la historia.

Ha hablado con gran calma, no tiene que convencer a nadie. Seguramente Dmitriev sabía lo que piensa y solo quería oírselo. Con todo, el hombre reflexiona sobre sus palabras. Arroja la colilla al suelo y la pisa.

—La ironía se convertirá pronto en tragedia —dice—. A Smilga lo han mandado a la frontera china. Su caso se conoce porque, cuando se fue, fuimos a la estación a manifestarnos. Pero a otros nos despachan en secreto. Cuando todas las voces críticas hayan sido apartadas, la libertad de pensamiento morirá en la Unión Soviética. Desde luego no es lo que Lenin quería, convendrá usted. A lo mejor lo que celebramos este décimo aniversario es el funeral de la revolución. Tiene usted razón, quizá sea demasiado tarde, pero le pregunto: ¿debemos quedarnos de brazos cruzados?

Han llegado al quid de la cuestión. Ya es demasiado tarde para arrepentirse de haber aceptado el paseo.

—¿Y por qué me lo pregunta a mí?

–Porque no es usted como las personas a las que ha visto en ese edificio –contesta Dmitriev.

–Usted no sabe nada de mí –replica Bogdánov, irritado.

Dmitriev no pierde la calma y prosigue impertérrito:

–Nos conocimos, ¿se acuerda?

–Sí, sería en alguna reunión del Proletkult –contesta Bogdánov–. Por eso lo envían a usted...

Ve que el otro se ruboriza y se interrumpe.

–No, fue muchos años antes –lo corrige Dmitriev–, en su escuela de Italia. Desde entonces guardo un buen recuerdo de usted. Le debo mucho. Sé que es usted un intelectual honrado.

Se detiene. Bogdánov no puede sino detenerse también, desconcertado por la revelación.

Han llegado al puente de Crimea. Bogdánov tiene que cruzar por aquella estructura de hierro y tornillos, mientras que Dmitriev parece que sigue recto.

–Venga el jueves al oscurecer a los grandes almacenes Mostorg de la plaza Krasnaya Presnya –dice–. Damos un mitin. Oiga con sus propios oídos.

Se despide llevándose la mano a la visera del gorro y se va sin decir nada más.

Bogdánov lo observa cruzar la calle. Le dan ganas de gritarle que pare, que espere, que ahora es él quien quiere preguntarle algo. Pero no puede y lo ve desaparecer por entre la multitud de carros y personas.

17

El tranvía número 11 atraviesa la plaza de Octubre adelantándose un instante a su gemelo, que lleva la letra *b*. Diez años antes, en el punto en el que las vías se cruzan, la séptima división de artillería ucraniana emplazó un mortero que apuntaba al Kremlin. Bogdánov imagina la trayectoria del proyectil, que pasa por encima del campanario de la iglesia de Nuestra Señora de Kazán. Ve las cúpulas lascivas de la iglesia, sigue a una corneja que sobrevuela los tejados de las casas y las copas amarillentas de los árboles, y atisba por último la punta de la inmensa torre de la radio, que domina los suburbios del sur.

Denni, que está a su lado, observa un cartel a color que hay pegado en un quiosco de prensa y se frota la nariz como un intelectual pensativo se frotaría la barbilla. Después de dos semanas sin salir del instituto, Bogdánov le ha permitido dar un paseo, ya que sus extrañas micobacterias no son contagiosas.

–¿Es publicidad de un medicamento? –pregunta la muchacha.

Bogdánov observa el objeto de su interés. Una mujer con un sombrero de campana se rocía la cara de perfume con deleite delante del espejo de su tocador y por la ventana se ve el perfil de Moscú.

—No, de un perfume que se llama Noches Blancas, de la casa Tezhe —contesta.

Un camión de bomberos del cuartel cercano se abre paso a pitidos entre carros y carretillas cargados de vigas, toneles y chatarra, tirados por hombres y cuadrúpedos.

Denni sigue frotándose la nariz, indiferente al tráfico.

—En Nacun también hay carteles como estos, pero se ve a quienes producen los objetos, no a quienes los usan.

Bogdánov se ajusta el sombrero, que se ha comprado en los grandes almacenes Gum, en cuyos anuncios se ven obreros y campesinos que se dan la mano.

—Y entonces ¿cómo hacen publicidad de los perfumes? —pregunta con curiosidad—. ¿Sacan a los obreros que los embotellan y a los campesinos que cultivan las hierbas aromáticas?

Denni se pone seria, como si la pregunta la hubiera ofendido.

—Nosotros no producimos perfumes —dice—. Quien quiere perfumes se los hace en casa y así aprende algo útil. —Señala el frasquito de Noches Blancas con un dedo índice blanco como el azúcar—: el lujo es incompatible con el socialismo tanto como la pobreza.

—¡Compradme un cigarrillo! —les dice una voz. Es una mujer de ropas raídas, pelo sucio y labios agrietados, que les tiende una mano sarmentosa en cuya palma ruedan tres cilindros de papel y tabaco, abollados y tan sucios como quien los ofrece. No se sabe si la mujer ha aparecido por pura casualidad, porque en Moscú hay muchos mendigos o porque ha visto que Denni la miraba.

—Que los pobres de hoy estén sanos, vistan elegantes y se perfumen como príncipes —dice Bogdánov, cuando la vendedora callejera se aleja—, ¿no sería también una victoria del socialismo? La Tezhe es una empresa estatal, vende cosméticos a precios populares.

—A mí me parece que vende un modelo de belleza –objeta Denni sin énfasis–. El de los parásitos del viejo mundo.

La respuesta deja sin palabras a Bogdánov.

La frase de Denni parece sacada de uno de sus artículos sobre cultura proletaria. Podría haberla dicho él, pero la dice una muchacha psíquicamente perturbada que se parece a él más de lo que imagina.

—Vamos, es hora de volver –dice, para desechar aquel pensamiento, y, sin esperar a Denni, echa a caminar cabizbajo hacia el instituto, que queda a unos cientos de pasos.

Cuando llegan, aconseja a la muchacha que se tumbe en la cama y él se dirige al laboratorio de hematología, donde el doctor Vlados lo espera desde hace diez minutos.

En la mesa blanca que ocupa el centro de la sala hay una caja de cristal, en la que, sobre un lecho de serrín, yace dormido un conejo, blanco también, con un sello rojo y un código en la oreja derecha. Le han afeitado el pelo de la tripa y en la piel rosada se ven cuatro granulomas enrojecidos que forman un cuadrado.

Bogdánov se pone la mascarilla que Vlados le da, se acerca y lo observa a la luz pálida que cae del techo. En realidad el animal no duerme. Está muerto.

—Es D16 –dice Vlados dando en el cristal con el dedo–, el primer conejo al que inoculamos los gérmenes de la paciente. Prueba de tuberculina positiva, sin síntomas de la enfermedad, sin micobacterias en saliva, claros indicios de reacción inmunitaria en sangre. –Deja que las cuatro pinceladas compongan un cuadro en la cabeza del director y prosigue con el informe–. Ayer me lo llevé al instituto de patología y le inyecté dos microgramos de emulsión salina fisiológica con micobacterias bovinas vivas. El resultado es el que ve.

—Hipersensibilidad –sentencia Bogdánov. El otro ni siquiera se toma la molestia de asentir, de puro evidente que es la conclusión–. Ahora tenemos que saber por qué se ha producido una reacción tan fuerte. Necesitamos hacer más experimentos sin tener que ir cada vez al instituto de patología. Hay que comprar al menos sesenta conejos y todo el material necesario para tratarlos, y conseguir un permiso para guardar muestras de bacilos en nuestro laboratorio.

Vlados se vuelve, coge una hoja de una estantería llena de carpetas y se la da a Bogdánov.

–He hecho una lista de lo que necesitamos y un presupuesto...

–Que Ramonov rechazará sin siquiera mirar –lo interrumpe el director al ver la lista.

Vlados se pone serio, como si lo avergonzara haberse dejado llevar por el entusiasmo.

–No me parece que el instituto ande falto de fondos –dice entre dientes.

–No –reconoce Bogdánov–, pero el ministerio quiere que estudiemos las transfusiones y las enfermedades de la sangre, sobre todo las que tienen que ver con el trabajo. Ramonov diría que la tuberculosis no es de nuestra competencia.

–Y a él habría que decirle que su tarea es llevar la contabilidad y optimizar gastos –replica Vlados–. No le corresponde decir de qué enfermedades debemos ocuparnos. ¿Qué le pedimos? Unas cuantas probetas y jeringuillas y unas decenas de conejos.

Da una palmada en la caja en la que yace muerto D16, como si quisiera resucitarlo, pero en lugar de eso se abre la puerta del laboratorio y antes de que Bogdánov piense en una especie de sortilegio o de curioso desplazamiento de aire, aparece, en la oscuridad del dintel, la silueta de Denni. La muchacha da dos pasos al frente y, a la luz, deja ver un rostro más sonrosado del que tenía hace un momento, como si una onda de calor le hubiera por fin teñido las mejillas.

–¿Por qué habláis de los animales como si fueran objetos? ¿Creéis que sois dueños de su vida? Hasta los diseccáis para ponerlos de adorno.

–¿De qué habla? –le pregunta Vlados a Bogdánov. Quería susurrarlo, pero la voz le ha salido más alta de lo esperado y se le ha oído en la otra punta.

Denni se acerca y señala el conejo muerto.

–Hablo de él. Y de los demás a los que queréis matar.

En ese momento entra Natalia, intercambia una seña cómplice con su marido y se acerca a la muchacha.

También Bogdánov se le acerca. Le pasa la mano por el pelo, que tiene del color de la luz, y enseguida la retira, turbado.

–Es que los médicos hablamos de las enfermedades usando números, datos, estadísticas. Pero no es por cinismo. Eso nos ayuda a trabajar con la debida distancia. –Tiene la misma sensación que ha experimentado en el caso del anuncio del perfume Noches Blancas: está justificándose con argumentos que él mismo criticaría. El lenguaje es una herramienta tectológica. Organiza la experiencia, fija conceptos, sustenta los conocimientos más vagos. Permite el trabajo colectivo y lo plasma como tal. Si el único utensilio que tenemos es un martillo, difícilmente podremos cincelar el hierro. Si hablamos siempre de la vida como si fuera una cosa, difícilmente podremos respetarla. Prosigue–: Unos cuantos animales podrían salvar a muchas personas, ¿entiendes? Si lo ves desde este punto de vista, el balance es positivo. La vida sale ganando.

Denni se vuelve a él, con la cara surcada de lágrimas.

–Es lo que dicen en Nacun. Algunos piensan que sería más práctico exterminaros a los terrícolas con un veneno selectivo. Así dispondríamos de todo el planeta. La vida saldría ganando, porque vuestra desaparición preservaría nuestra civilización, que es más avanzada y más numerosa que la vuestra. Yo he venido a la Tierra para evitarlo. Pero superar esta mentalidad es dificilísimo. Si lo es para nosotros, que llevamos doscientos años de revolución, mucho más lo es para vosotros. Pero yo esperaba conseguirlo.

Está realmente desengañada, abatida.

—Vamos a tu habitación, querida —dice Natalia. La muchacha se deja llevar.

Cuando las mujeres han salido, Vlados habla:

—¿Quiere explicarme qué decía? ¿Qué es eso de Nacun? ¿Quién quiere exterminarnos?

Ve que Bogdánov levanta las manos con expresión desconsolada y calla.

—La muchacha padece una forma de pseudología fantástica —explica el director—. Cree que viene de otro planeta. Habrá desarrollado la patología para defenderse de una vida muy dura y traumática desde sus primeros años.

Vlados mueve la cabeza y se pasea como si buscara algo, que quizá no es sino el hilo de sus pensamientos.

—El caso es que, si queremos seguir con el estudio, necesitamos cobayas. Y si Ramonov no está dispuesto a comprárnoslas, porque eso excede las competencias marcadas por el ministerio, yo le aconsejaría que se dirigiera al ministerio mismo. Me consta que conoce personalmente al comisario de salud pública.

Se para y espera la respuesta.

Vlados es un hombre práctico, por eso lo ha contratado. Ve un problema y busca una solución. Halla un obstáculo y piensa en la manera de superarlo.

El director asiente sin decir nada.

18

Bogdánov permanece de pie junto a la puerta. No se quita ni el sombrero ni la bufanda, para resultar menos reconocible. En el aula hay pocos alumnos, que están atentos a las palabras del examinando y al tono con el que pregunta el profesor, que tiene un rostro de piedra y es famoso por su imparcialidad.

Nikolái Aleksándrovich Semashko no se parece ya al militante al que detuvieron hace veinte años por cambiar billetes robados. Hoy es comisario de salud pública y titular de la cátedra de higiene social de la Universidad de Moscú. Es un hombre respetable y un revolucionario victorioso. Es uno de los que espolearon a ese rocín que es la historia hasta hacer que reventara y sobre su cadáver edificaron el socialismo. El bigote y la perilla grises, las bolsas debajo de los ojos claros y la calvicie incipiente delatan su edad. También pasa de los cincuenta. Bogdánov es un año mayor pero parece más joven, como le ocurre con todos los supervivientes de la epopeya del gran robo. Semashko, en cambio, se parece a un profesor suyo de la universidad, un liberal zarista, la peor especie. Oponerse a aquel profesor le costó la expulsión. Aunque tampoco es que eso cambiara mucho en su vida errante, siempre bajo el control de la Ojrana.

Observa al muchacho que está sentado delante del profesor. Le ve la nuca, los hombros encogidos, y oye su voz, un tanto ronca, aún adolescente, mientras responde a la pregunta. Siente a la vez orgullo y temor, sentimiento difícil de explicar.

Todo lo que han hecho, lo han hecho por ellos, por la generación que viene, para que sean dueños de su destino como nunca lo fue nadie. Por eso ese muchacho no se opondrá jamás a su profesor. ¿Cómo oponerse a un revolucionario, aunque sea catedrático? ¿No ha sido ese el destino de Aleksandr Malinovsky, alias Bogdánov? Cuando la revolución triunfa, ¿contra qué va a cargar uno? ¿Contra los padres de la revolución? En la Estrella Roja de su novela no existen conflictos generacionales, por el simple hecho de que no hay padres a los que oponerse, la familia burguesa ha sido superada y los niños se crían juntos y son educados en el colectivismo.

En cuanto el examinando deja de hablar, el profesor formula otra pregunta. El estudiante se toma un par de segundos para meditar la respuesta y sigue hablando fluidamente.

Bogdánov presta oído, pero está muy lejos, solo capta medias frases.

Si es verdad que la familia es un sistema contradictorio, destinado a entrar en crisis, no menos verdad es que siempre existirá un conflicto entre generaciones, aunque haya mil revoluciones. Negarlo sería negar la dialéctica de la vida. Lo de menos es que el choque sea entre padres e hijos, siempre será entre una visión consolidada y una nueva, entre la vieja organización y una mejor. Entre el viejo equilibrio y el nuevo.

Denni cuestiona la supremacía de la especie humana. Rechaza la idea de que podamos disponer de otros seres sentientes en nombre de un bien superior. Los humanos podrían ser los conejos de los nacunianos.

161

Pero es que Denni... viene de un planeta lejano, de un planeta que está en las páginas de una trilogía literaria, y no hace sino llevar a las últimas consecuencias lo que él mismo ha escrito. Es más: viene del futuro de dentro de doscientos años y es una prueba de que siempre habrá conflictos; de que la única sociedad pacificada es la sociedad muerta y el único equilibrio posible es el equilibrio dinámico y precario que hay entre humanidad y medio. Es lo que dice el marxismo: en el devenir del mundo, tarde o temprano todo queda superado, incluido el marxismo. Solo que los guardianes del dogma no quieren aceptarlo.

El muchacho ha concluido. Semashko lo observa un momento, escribe algo, le comunica el resultado del examen y le da la mano por encima de la mesa. El muchacho le da las gracias y se dirige a la puerta. Cuando va por la mitad del aula, el profesor lo llama:

—Malinovsky...

El muchacho se vuelve.

Y Semashko, sin cambiar de expresión, dice algo que sería mejor que no dijera:

—Dele muchos recuerdos a su padre.

El muchacho asiente, turbado. Un murmullo corre por el aula.

Bogdánov sale primero y se quita la bufanda y el sombrero, para que el muchacho lo reconozca nada más salir. Pero cuando lo hace, cabizbajo, con aire contrito, tiene que llamarlo para que repare en su presencia:

—¡Kotik!

El muchacho lo ve y va hacia él.

—Enhorabuena —dice Bogdánov—. Has hecho un buen examen.

El muchacho no parece convencido.

—Lo malo es que ahora dirán que recibo un trato de favor.

Bogdánov busca los ojos de su hijo, un poco húmedos y muy parecidos a los suyos.

–¿Y tú crees que recibes un trato de favor?

El muchacho se encoge de hombros.

–No lo sé. –Hace un ademán hacia el aula–. ¿Vienes a verme a mí o a él?

–A los dos, la verdad. Si te sirve de consuelo, conozco a Semashko desde hace un cuarto de siglo y apuesto lo que sea a que no te favorece porque lleves el apellido que llevas.

–Sí, pero eso mis compañeros no lo saben –gruñe el muchacho–. Me odian.

–Ya conoces el refrán: no podemos coserle la boca al vecino. Pero sí podemos pasar por alto lo que sale de ella.

–Esto último lo añades tú –objeta Kotik.

–Sí –admite Bogdánov–, así me gusta más. Vamos a sentarnos.

Recorren el amplio pasillo y llegan a una ventana, por la que entra la luz blanca de la mañana. El cielo anuncia las primeras nieves. Pero hace un día como el anterior, aún de finales de verano. Se sientan en un banco, uno al lado del otro.

–¿Qué es lo que pasa? –pregunta Bogdánov.

El muchacho suspira.

–Dicen que me han admitido en la universidad por ti.

–Pero eso no es verdad –objeta Bogdánov.

El muchacho tuerce el gesto.

–Díselo a ellos.

–¿Me creerían?

–Seguro que no.

–Pues no gastaré saliva –concluye Bogdánov–. Y diré siempre la verdad. Y la verdad es que nunca me he metido en tu vida. Has crecido libremente. No he sido un padre autoritario como otros.

El muchacho mueve la cabeza.

—No es eso...

—¿Y qué es entonces? —insiste él, pero como no obtiene respuesta prosigue—: Naciste en un momento crítico, Kotik. El mismo que vivimos muchos. Yo no tenía nada que ofrecerte. Luego vino la guerra y fue peor. Si vas a la universidad no es por mí, sino por la revolución, esa cosa imperfecta, desviada, incluso equivocada, que vamos a celebrar y es lo mejor que ha salido de la mayor guerra que ha habido nunca. No nos gusta, pero es lo que tenemos. Y es algo único.

El muchacho duda, es demasiado joven para saber cómo decir debidamente lo que quiere decir. Cuando al final lo intenta, le sale una frase demasiado seca para no sonar amarga:

—Me consideran un privilegiado porque soy tu hijo.

Bogdánov se hace cargo. No lo había visto desde ese punto de vista.

—Llevar mi apellido no es ningún privilegio, al contrario —replica muy convencido, pero suena a justificación, a torpe intento de desmarcarse.

El muchacho no dice nada. La rabia se convierte en tristeza, porque es incapaz de darle rienda suelta, de reprochar cosas que no está preparado para reprochar.

Bogdánov posa la mano en su hombro y el muchacho se pone tenso. Lleva sin tocarlo desde que era niño y vivía en París con su madre y ya es demasiado tarde para empezar a hacerlo.

Mejor recurrir a las palabras:

—Nos gustaría que vinieras a comer el domingo. Natalia quiere verte y felicitarte por el examen.

—No es más que un examen —se escuda el muchacho—. Me quedan muchos más...

Bogdánov adopta un tono cómplice.

—Sabes lo mucho que significa para ella. Te quiere. Ven, haz el favor.

—Tengo que irme —dice Kotik—. He de devolver los libros a la biblioteca.

—Claro, claro —conviene Bogdánov. Se levantan y vuelven sobre sus pasos—. Yo espero a que termine Semashko. Tengo que hablarle de un asunto del instituto.

Se dan la mano sin saber si abrazarse y el muchacho se dirige a la escalera.

—Kotik... —lo llama Bogdánov, pero, cuando el hijo se vuelve, se da cuenta de que no tiene nada que decirle. Era por verle otra vez la cara—. Hasta el domingo.

El muchacho lo saluda una última vez y empieza a bajar la escalera.

Bogdánov se queda mirando el punto exacto en el que Kotik se hallaba antes de desaparecer de su vista, como si su hijo hubiera dejado una huella en el aire, y aunque enseguida el espacio se ve ocupado por el ir y venir de los alumnos, permanece suspenso, recordando.

El sol que entraba por el ventanuco del apartamento parisino iluminaba la cara del recién nacido. Era tan pequeño que podía sostenerlo con el antebrazo. Su llanto era débil pero constante, como el maullido de un gato. Desde entonces, en familia, lo llaman Kotik. A su lado estaba la madre, con la cara marcada por los dolores del parto.

«Tienes que estar, Sasha, con ella y con el niño.»

La voz de Natalia le indicó lo que era justo: proveer a las necesidades de la madre y del pequeño, aunque no fuera fácil, aunque llevaran una vida errática de exiliados bolcheviques. Reconocería al niño, le daría su apellido.

Una noche oyó a Natalia llorar en la cocina y dio media vuelta, fingiendo que no estaba, para no incomodarla. Habían sido padres una vez, antes de casarse, menos de dos meses. El niño murió de repente, mientras dormía. La pesadilla de aquella noche no dejó de perseguirla. Aquel día de 1909, en París, cuando le dijo que la camarada Anfusa

165

Ivánovna Smirnova estaba embarazada, debió de sentir que se moría. Era un invierno gélido, no había dinero para calentarse, y Natalia cedió a la parturienta hasta las raciones de carbón. Anfusa era enfermiza y pasar frío los primeros meses de embarazo podía costarle caro. Natalia deseaba que aquella vida naciera, porque era lo que más se parecía a lo que ella no había tenido. La idea espantó a Bogdánov, pero al mismo tiempo lo conquistó para siempre, sin que eso disminuyera su pasión por Anfusa.

El niño nacería en verano. Pero antes habían de ocurrir muchas cosas y la profecía que Natalia le hiciera en Kuókkala dos años antes había de cumplirse.

La suerte del hereje estaba echada. Lenin había firmado la condena.

En marzo dio a la prensa *Materialismo y empiriocriticismo,* fruto de sus lecturas filosóficas. Si la realidad es un flujo de experiencias que la mente organiza, entonces es esta la que produce la realidad, que por tanto no existe independientemente de nosotros. La realidad es, pues, en última instancia, una emanación del pensamiento. Pero esto es lo que funda el idealismo y lo contrario del materialismo, que se basa en la objetividad.

Tras la de Plejánov, llegaba la segunda excomunión.

Vosotros, pandilla de intelectuales que vivís en vuestro feliz exilio mediterráneo, que habéis tomado la vía del idealismo, del subjetivismo, de Dios, no sois materialistas dialécticos, no sois marxistas.

Era como dinamitar la historia de todos ellos. Lo que sentía no era perder la estima de Lenin, ni que este caricaturizara sus teorías. Era que el anatema sentaba un precedente.

En aquel momento esto lo preocupó, ¿por qué negarlo? No solo porque acarrearía consecuencias inmediatas para él, sino también porque tenía la sensación de que había sobrepasado un límite.

Un punto de no retorno más allá del cual personajes menos caballeros que Lenin se disputan aún la correspondencia entre ideología e historia y luchan al borde del precipicio.

Lenin desautorizó, pues, la escuela que Bogdánov, Gorki y Lunacharski estaban creando en Capri, porque tenía una línea política e ideológica alternativa. En consecuencia, el Centro Bolchevique no sufragaría los estudios de los alumnos obreros rusos en Capri.

Bogdánov esperaba una guerra abierta, pero lo que más le dolió fue que Lenin se arrogara el derecho de decidir cómo usar el dinero del robo de Tiflis. Aquel golpe lo habían decidido entre todos cuando estaban en Finlandia y todos habían pagado las consecuencias. Kamo estaba en la cárcel. Más allá de las diferencias políticas, no era justo que solo unos pocos decidieran qué hacer con lo que quedaba del botín.

El choque más violento se produjo en la sede de las asociaciones del tercer *arrondissement,* en la calle Bretagne. Allí, bajo las vigas del techo bajo, pronunció Bogdánov el alegato de la defensa, sabiendo que no le evitaría la condena, pero al menos constaría en acta. Dijo que el partido de Lenin era un partido paternalista, un partido que quería dirigir a la clase obrera como un padre solícito dirige a sus hijos, no educarla. Y las pocas veces que intentaba educarla, se comportaba como un viejo maestro que transmite a los alumnos un saber en forma de fe y no de conocimiento colectivo. Así no nacería una cultura proletaria capaz de acabar con la burguesa, porque los trabajadores no tenían una visión del mundo sistemática, un pensamiento organizado que diera más fuerza a lo que ya sabían. El partido los entretenía con cuestiones secundarias, como la de participar o no en la Duma, o los enardecía con inyecciones de conciencia de clase, en la dosis más compatible con la supervivencia del partido mismo.

167

Lo que los herejes proponían –una revolución cultural, formar a intelectuales obreros que fueran escritores, artistas, científicos, ingenieros, incluso aspirar a sustituir a Dios por la Humanidad– podía ser una aventura arriesgada, pero al menos era algo. Lunacharski había dicho: «Quizá nos equivoquemos, pero buscamos.» Conformarse con el dogma, transformar los textos de Marx en una biblia, y hacerlo, paradójicamente, en nombre de la Ilustración, era rendirse a un destino que nunca sería el de Bogdánov.

Pero detrás de aquel palique sobre la escuela y el partido había una maniobra política que no hacía sino aumentar el desengaño. Lenin quería eliminar a los mencheviques de derecha y a los bolcheviques de izquierda para reconciliarse con Plejánov, ocupar con él el centro y compactar al Partido Socialdemócrata.

La sentencia no se hizo esperar: Bogdánov fue expulsado de la redacción de *Proletary* y el Centro Bolchevique declinó toda responsabilidad por sus acciones. La misma suerte corrió Krasin, otro que sin duda tenía mucho que decir sobre el uso del dinero de Tiflis.

Y así fue como, a finales de la primavera de 1909, Bogdánov se encontró con que iba a tener un hijo, se quedaba sin trabajo en el periódico y el Centro dejaba de financiarlo. Aunque su primera novela, *Estrella roja,* había tenido éxito, los derechos de autor daban para poco. Podía tenerse por afortunado si le dejaban seguir viviendo en el domicilio compartido de los exiliados rusos, que estaba encima de una vieja posada, donde el ambiente era ya insoportable.

Kotik nació en julio. Pocos meses después, nacía *Vpered.* Si iban a ser una facción, por lo menos que lo fueran con nombre y periódico propios; un nombre que pudiera proyectarlos hacia delante, llegaran donde llegaran.

El hombre al que Bogdánov ve salir del aula con la cartera bajo el brazo fue siempre fiel a Lenin. Pero no mostró animadversión alguna ni por él ni por los demás *vperedistas*. Semashko nunca se tomó las cosas muy a pecho. Siempre va al fondo de la cuestión. Si Bogdánov le hablara del malestar de Kotik, él le contestaría simplemente constatando un hecho, poniendo la premisa de un silogismo incompleto, del estilo: «Por primera vez en la historia los hijos de los campesinos y los obreros van a la universidad.»

Sí, diría sin duda algo así. ¿Qué más iba a decir? Comparada con aquella revolución, ¿qué significaban los problemas del individuo?

Semashko lo reconoce enseguida. Bogdánov le devuelve el saludo y va a su encuentro, decidido a no hablarle ni de Kotik ni de los tiempos idos, sino de conejos.

19

Las cúpulas de Moscú saborean la primera nieve del año. Los copos caen copiosos sobre la marquesina de la parada del autobús. Bogdánov lleva botas de fieltro, pero solo porque Natalia se las ha preparado en la puerta. Absorto como está en sus viajes al pasado, lo mismo podría salir descalzo.

«En la escuela de usted en Italia», ha dicho Dmitriev, el militante de la oposición, para recordarle dónde se conocieron. Sí, pero ¿en cuál de las dos? Su nombre juega a esconderse en la lista de alumnos de Capri y de Bolonia.

A la isla fueron doce, que se sumaban a Leonid Voloch. Casi todos eran de los Urales. Había algunos de Moscú. De San Petersburgo solo había uno. Se llama también Malinovsky. Cabello bermejo, ojos amarillos y mejillas llenas de acné, parecía recién escapado de una casa ardiendo. Cuando terminaron las clases, una amante lo acusó de ser agente de la Ojrana con el nombre en clave de «Sastre». Expulsado del partido, tras la revolución se tiñó el pelo e intentó infiltrarse en el sóviet de Petrogrado. Zinóviev lo reconoció. Un pelotón de ejecución despachó el caso. No se sabe si lo reclutaron antes de Capri o después, al regresar a Rusia. Como aquel otro estudiante, Romanov, al que también descubrieron y fusilaron.

El autobús frena sobre los guijarros nevados y salpica barro. En el lateral, un rótulo en caracteres rojos afirma que Dios no existe, que la religión es un engaño. Bogdánov sube con dos chavales armados de flauta y acordeón. El segundo empieza a tocar para acompañar al amigo, que canta «Yablochko» arrastrando las vocales como si se hubiera pasado toda la noche bebiendo.

Esta canción, arreglada para voz y mandolina, era la que siempre cantaban dos obreros de la escuela. ¿Cómo se llamaban? Aunque ninguno se parecía a Dmitriev, por mucho que sus fisonomías hayan cambiado en veinte años. Vivían con los demás en Villa Spinola, la nueva casa de Gorki. Era un edificio de fachada roja, lleno de terrazas y balcones, tan metido en el monte que dominaba la Marina que la pared de algunas habitaciones era de roca. El escritor se había mudado allí, una casa más espaciosa, para dar las clases y vivir con los obreros rusos. Estos, sin embargo, se sentían muy incómodos entre muebles de lujo, tacitas de porcelana y sirvientes. El lugar era más apropiado para príncipes que para sede de la primera Escuela Superior de Propaganda y Agitación Socialdemócrata para Trabajadores.

Poner aquella escuela en marcha y ocuparse de ella significó dejar París y a un hijo nacido hacía unas semanas. Anfusa no le pidió que se quedara. Los camaradas se encargarían de ellos y ella no era de las que se dejan compadecer.

«Yo me ocupo de que no les falte nada», dijo Natalia, una promesa que alivió mucho el dolor de la partida.

Los músicos terminan su número y pasan el sombrero entre los pasajeros. Nadie da nada. La revolución ha acabado con ese sentimiento de culpa que abre las carteras mucho más que la piedad.

De los trece estudiantes de Capri, cinco afloran a la memoria. Sus nombres van seguidos, como un conjuro. Pajom, Vanya, Foma, Vasily y Vilónov, este último un obrero de Samara que llegó a principios de año. Gorki lo acogió en su casa y decía que la idea de la escuela no era de los profesores, sino de aquel joven brillante y sediento de saber al que el partido había enviado allí para que se tratara la tuberculosis. Menos mal que Lenin no conocía sus teorías filosóficas, porque de haberlas conocido lo habría dejado pudrirse en los pantanos del Volga. Decía que el movimiento espontáneo de los trabajadores llevaría sin dificultad al socialismo, si no fuera porque los mandamases del partido lo desviaban, a causa de la mentalidad burguesa que tenían. Por eso estudiaba Misha Vilónov, para convertirse en uno de esos mandamases. Por eso dejó la escuela, llevándose a los otros cuatro. Fueron a París a pedir perdón a Lenin cuando este, en sus cartas y artículos, empezó a atacar la escuela de Capri. Quien asistía a ella quedaba excomulgado, lo mismo que los profesores. En cuanto llegaron a su destino, los expatriados publicaron su abjuración. Se consideraban víctimas de un timo, de un hechizo maléfico que quería convertirlos en antimarxistas. Contra estas acusaciones dijo Leonid que era la manera que tenían de prolongar las vacaciones en Europa, dado que la escuela de Capri terminaba y en Rusia los esperaba un trabajo duro, la policía del zar y hasta el hambre.

Esta explicación podía valer para los simples militantes, pero no para Vilónov, el pupilo de Gorki, el mecano-filósofo que parecía salido de las utopías de sus profesores.

Vilónov había hecho lo posible por evitar la ruptura. A fuerza de insistir, consiguió que la escuela invitara a enseñar al mismo Lenin, a Rosa Luxemburgo, a Kautsky y a Trotski. Ni las negativas, ni las excusas, ni la falta de respuesta lo desanimaron. Quiso enviar a París el plan de estudios para que lo aprobara el Centro Bolchevique, diciendo que allí, en Capri, los docentes eran minoría y las decisiones las tomaban los obreros. Pero, para Lenin, eso no era ninguna garantía. Al final, cuando Vilónov tuvo que escoger entre el partido y la escuela, Lenin lo invitó a reunirse con él en Francia y fundar otra escuela, ortodoxa y certificada.

Lunacharski montó en cólera. Dijo que Vladímir Ilich no solo les robaba a los estudiantes, sino también las ideas. Extraña reacción de quien, dos años después, arrepentido, había de enseñar precisamente en la escuela parisina.

«Que un adversario se vea obligado a imitarnos, ¿no es ya una victoria?», replicó él. «Además, las ideas no pueden robarse, porque son colectivas.»

Pero ¡qué amargura causaba ver el horizonte que se perfilaba! De la marcha del mejor alumno se consolaron los profesores echando la culpa a la mujer de Gorki, Maria Andreyeva, que, como actriz teatral que era, trataba a todos con arrogancia. Vilónov se había quejado de mil pequeñas humillaciones. Para tratarse la tuberculosis, el doctor le había prescrito pasear tres horas en barca todos los días. Pero la cuesta que subía de la Marina a Villa Spinola era demasiado empinada para sus pulmones y tomaba el funicular. Gorki le daba los cincuenta céntimos del billete, pero el dinero lo administraba su mujer, que obligaba a Misha a pedírselo todas las mañanas, como una limosna diaria, y muchas veces no la encontraba y tenía que ir a pie.

Suerte que en Capri no nieva como en Moscú.

Los cristales del autobús se han cubierto de hielo y parece que el viento estampara en ellos sellos blancos. El conductor vocea el nombre de las paradas porque es difícil reconocer los lugares y apearse en la correcta.

Quizá también por el clima, Leonid resistió a la llamada de París y se quedó en Capri hasta el final, asistiendo a los cursos de historia y economía, haciendo los ejercicios de propaganda y participando en las excursiones artísticas que Lunacharski organizaba. Anatoli tuvo que mudarse a Nápoles, de donde venía todos los días en transbordador, porque su mujer, Anna, se peleó con Maria Andreyeva y las dos mujeres no se podían ver. Luego surgieron también problemas con los estudiantes. Lunacharski propuso empezar la jornada con un padrenuestro laico de su invención y Kalinin escribió una parodia.

Kalinin era otro personaje. Cuando Vilónov se fue, pasó a ser el estudiante modelo de la escuela. Y al menos con él no se equivocaron. Después de un tiempo en el Proletkult, ahora trabaja en el Ministerio de Educación.

Bogdánov entrevé la aguja verde de la torre Borovitskaya y se prepara para bajar. No habrá oído el aviso del conductor. Se abre paso entre gabanes y abrigos de pelo y, en cuanto el revisor abre la puerta, se lanza fuera. El viaje no ha acabado. La oposición ya solo puede dar mítines en las afueras, donde está la terminal de la línea 16 del tranvía. Ahora nieva menos, pero los jardines de Alejandro son ya trinchera y arsenal de una batalla a bolazos entre pandillas de niños.

Dos espías, dos músicos, Kalinin y cinco renegados. Además de Leonid, claro. En total, once de trece. Faltan dos nombres. Uno empieza por *k*, seguro. Korenev, Kosirev... Publicó un artículo hace tiempo, con recuerdos de la escuela. Bastante sincero, en general, aunque poco original en la crítica. Lo de siempre: plan de estudios poco riguroso, cursos difíciles, estudiantes poco preparados. Nadie entiende el mérito principal del intento. En Capri, durante cuatro meses, intelectuales socialistas y trabajadores rusos estudiaron juntos, en un momento en que el exilio, la cárcel y la persecución policial hacían imposible un encuentro así en ningún rincón del Imperio zarista. Fue un experimento tan interesante que Lenin no pudo menos de repetirlo. Fue una semilla que se arroja y arraiga.

Se da cuenta de que se halla ya en el tranvía cuando este da el primer frenazo. Ha subido como arrastrado por una cadena de montaje invisible, que la nieve oculta y silencia, como hace con los edificios de la ciudad.

Desiste de recordar el último nombre. Empeñarse en ello es contraproducente. Debe de ser aquel que se quejó de que las clases eran muy largas y consiguió que se acortaran media hora y terminaran con un debate. ¿En qué otra escuela pueden los estudiantes imponer cambios de horario?

En la segunda escuela, en Bolonia, aprendieron de los errores cometidos con la primera. Kalinin escogió a los alumnos, veintiuno en total. Leonid, el único repetidor, dudó hasta el último momento, no tanto por no querer estudiar las mismas cosas como por la ausencia de Gorki. Según él, el escritor había sido el alma del grupo.

«¿Por qué no lo habéis sacado de su islita?»

La excusa oficial era la tuberculosis, que lo ataba al clima mediterráneo. Pero el motivo era otro. En junio de 1910, Lenin había vuelto a Capri. Jugó al ajedrez, esta vez con Bazárov; aprendió a pescar con sedal; cantó y bromeó, pero la distancia que los separaba no se acortó ni un milímetro. La tectología enseña que los elementos de un sistema tienden a diferenciarse y que su divergencia aumenta si no hay complementariedad y unión. Es como dos esposos, que son dos individuos distintos que con la vejez lo serán aún más: la pareja se destruiría si no supieran completarse uno a otro y compartir intereses y pasiones. Solo que Vladímir Ilich no quería que lo completara nadie. Su remedio al problema de la divergencia era la *egresión:* aunar fuerzas, controlar el partido. El sistema solar y el cuerpo humano demuestran que los organismos egresivos, con un centro o una cabeza, pueden funcionar bien. Pero su estabilidad se ve amenazada por una contradicción. Para combatir la divergencia, concentran el poder y producen así un nuevo equilibrio, destinado a su vez a aumentar, las más veces generando dos centros enfrentados, o incluso una serie de cabezas que se devoran unas a otras, como en el capitalismo. Complementariedad y unión vuelven así a ser el único remedio. Gorki, en efecto, esperaba anular las divergencias entre bolcheviques reuniendo a las partes en su bello chalé, pero al segundo intento hubo de rendirse a la *egresividad* de Lenin. El Centro Bolchevique creó una «comisión de escuelas» presidida por Semashko y anunció que en la primavera de 1911 abriría una escuela de partido en Longjumeau, cerca de París. Era una decisión que lo cambiaba todo. Si la escuela de Capri podía seguir presentándose como un experimento, la de Bolonia sería como una bofetada. Era un gesto que Gorki no aprobaba. Alguien, viéndolas venir, hizo circular la especie de que la idea había salido del grupo de Vpered. Las sospechas recayeron en Andreyeva, pero Natalia no estaba de acuerdo.

«¿Hay algo más machista que echar la culpa a una mujer de las desavenencias de los hombres?»

El caso es que la noticia de su desacuerdo se difundió y Gorki no se apresuró a desmentirla. De nada sirvió la carta que le escribió pidiéndole que lo hiciera. La réplica puso fin a la correspondencia que mantenían: «Sepa que lo respeto como revolucionario, pero no responderé más a sus cartas. Son demasiado duras, están escritas como si fuera usted un sargento y yo un simple soldado raso.»

Gorki regresó a Rusia en 1913, gracias a la amnistía decretada con motivo de los trescientos años de la dinastía de los Romanov. En los primeros tiempos de la revolución, criticó duramente a Lenin, llamándolo tirano, anarquista, impostor de sangre fría. Luego regresó a Italia y se instaló en Sorrento, y ahora se dice que Stalin está preparándole un retorno por todo lo alto, una fiesta de héroe nacional, por su sesenta cumpleaños.

Ha dejado de nevar. Por las ventanillas del tranvía, Bogdánov reconoce esa especie de enorme merengue que es villa Morozov, en cuya entrada hay un letrero que dice: «Proletkult.» En el tablón de madera en el que anuncian los espectáculos, destaca el cartel de una película que lleva ya tres meses proyectándose. El concurso del concierto del décimo aniversario celebrado en el jardín podría ser el último acto importante que se celebra en la vieja sede. Pronto se trasladará a ella la embajada de Japón.

La escuela de Bolonia estaba en la sede de la Sociedad Obrera de Mutuo Socorro, en la calle Cavaliera. Nada tenía que ver con el castillo de Morozov ni con Villa Spinola, cuyos techos estaban pintados al fresco.

Lo que sí había en Bolonia eran dos buenas imprentas, que estaban ligadas al partido socialista que gobernaba la ciudad. Gracias a ellas se impartió el taller de prensa, que dirigió Viacheslav Menzhinski, el trabajador más infatigable que había conocido. Dormía cuatro horas, fumaba setenta y cinco cigarrillos al día y leía en dieciséis idiomas. Escribía poesía y traducía del persa poemas de Omar Jayam, pero se había licenciado en jurisprudencia y daba clases de derecho público a los estudiantes de la segunda Escuela de Propaganda y Agitación. Con las tintas y rotativas lo ayudaba Trotski, que se presentó en Bolonia con una maletita llena de caracteres cirílicos. Resulta extraño recordarlos juntos, componiendo las páginas del mismo periódico. Veinte años después, uno es el gran opositor y el otro, postrado en un sofá de la Lubianka con angina de pecho, le manda a la policía secreta.

El tranvía pasa por delante del zoo, en cuya entrada hay unas torres que imitan las de una fortaleza medieval. Bogdánov se imagina a los leones rugiendo en la nieve y a los flamencos atrapados en el lago helado. ¿Qué diría Denni de un lugar así? Es de mal gusto, aunque no porque se exhiban animales. Sean cuadros, estatuas o elefantes, la costumbre de acumular tesoros es propia de soberanos o de ladrones. Los museos del futuro no tendrán paredes.

Se apea enfrente de los grandes almacenes Mostorg. Los tumbos y sacudidas del viaje le han revuelto el estómago, pero ver aquel edificio lo conforta. Esa arquitectura es su filosofía hecha cristal y cemento. El edificio parece construido con piezas. Todas sus partes tienen una función clara, expresada con los materiales más idóneos: la enorme ventana en saledizo del centro de la fachada, el escaparate de la planta baja, el letrero de la última... No hay adornos ni subterfugios. No hay necesidad de representar nada ni de ser la expresión del espíritu de un artista. Si existiera una fábrica de edificios gigantesca, produciría obras como esa. Bellas sin pretender serlo, admirables sin afectación. Porque la belleza es organización.

En el reloj faltan seis minutos para las seis. Se encienden las farolas, cuya luz vela la nieve del cristal. La gran plaza, a la que dan seis calles, limita con un prado inculto, que acaban de transformar en parque público con árboles y senderos. Allí se celebran fiestas y manifestaciones, pero en ese momento no hay mucha gente, aparte de los obreros que salen de la fábrica Tres Montañas. Es probable que los mitineros esperen captarlos cuando acaben el turno.

Antes de salir, Bogdánov ha querido tranquilizar a Natalia.

«Todos saben lo que pienso», le ha dicho.

Con todo, cuando se aleja de la parada, se sube el cuello del abrigo, se emboza con la bufanda y suelta las orejeras del *papaja*.

Una construcción con forma de misil, de unos dos metros de altura y con la punta de cristal, aparece al otro lado de la calle. El policía que suele ocuparla y vigila el tráfico no está en su puesto. A sus pies va congregándose una pequeña muchedumbre. El orador hablará sin duda desde esa tribuna ya preparada. Desde lejos, Bogdánov busca a Dmitriev entre la multitud, pero, en vez de verlo en el presente, lo ve en el pasado, en la imprenta Azzoguidi de Bolonia.

Estaban todos sentados a la mesa, leyendo y corrigiendo el periódico. Trotski, Lunacharski, Menzhinski, Kolontái. Suscitó el debate un artículo de Leonid, cuyo tema era el suicidio. Mejor dicho, no se sabe cuál era el tema, pero en un pasaje, no se sabe a cuento de qué, Leonid sostenía que, en un país socialista, los hospitales deberían tener una sala donde poder suicidarse sin sufrimiento. Como en la Estrella Roja: los marcianos viven el doble que los terrícolas, gracias a las transfusiones, y, cuando no se sienten útiles a la sociedad, deciden tranquilamente poner fin a su existencia.

Pero la controversia de Bolonia, más que sobre el suicidio, versó sobre una cuestión de método. Los lectores y los alumnos de la escuela tenían posturas distintas. ¿Qué debía hacer el periódico? ¿Abstenerse de adoptar una postura o permitir el debate? ¿Mostrar el conflicto interno o esperar a que adoptaran una línea común?

Se reproducían, en versión reducida, las diferencias de París en el seno de la redacción de *Proletary.*

Menzhinski dijo que un órgano del partido debía educar a las masas y por tanto expresarse de manera unívoca. Esto está bien, esto está mal. En otro caso, los obreros se confunden.

Muchas voces se mostraron de acuerdo. Había que suprimir la frase de Leonid relativa al suicidio.

«Pero si los periódicos son así», replicó Dmitriev, «hechos pensando que los lectores son tontos, ¿para qué queréis que estudiemos?»

Es como si estuviera viéndolo. Oye incluso su voz, una voz muy fina, que contrasta con su corpulencia.

—¡Camarada Bogdánov!

Alguien le tira de la manga del abrigo. Se vuelve con cierto sobresalto, observa los rasgos de la cara. No ha cambiado tanto aquel joven obrero de Bolonia.

—Vamos a empezar. Venga.

Bogdánov no se mueve. No tiene intención de asistir al mitin. Retiene a Dmitriev y se desemboza.

–Quiero hacerle una pregunta.

–Diga.

–¿Se acuerda de Leonid Voloch? Era compañero suyo en la escuela de Bolonia.

Dmitriev no tiene que pensar.

–Claro que me acuerdo.

–¿Sabe qué fue de él?

–Nos fuimos juntos. Todos iban a París, ¿se acuerda?

París, claro. También los estudiantes de Bolonia invitaron a Lenin a dar clases, pero él hizo lo que la otra vez: los invitó a Francia. Solo que en esta ocasión no hubo renegados: cuando acabaron las clases, Semashko se presentó en Bolonia y se ofreció a llevar a los estudiantes a la escuela del Gran Jefe. La mayoría aceptó, pero los problemas empezaron a su llegada. En Bolonia estaban acostumbrados a decidir con los profesores: horarios, pausas, asignaturas, tutores. En París no era así. Después de tres semanas de peleas, las clases se suspendieron y los alumnos fueron enviados a Rusia.

–Voloch y yo no volvimos con los demás –prosigue Dmitriev–. Decía que si íbamos juntos nos detendrían. –Y tenía razón. Todos los obreros que estuvieron en Capri acabaron en la cárcel, y los que, después de Bolonia, estuvieron en París, lo mismo. Infiltrados mediante, como siempre–. Nosotros fuimos a Génova. Leonid me aconsejó que cogiera un barco con destino a Odesa y trabajara de mecánico para pagarme el pasaje.

–¿Y regresaron juntos?

Dmitriev saluda a una camarada que acaba de llegar y sigue diciéndole a Bogdánov:

–Él no quería saber nada del partido. Tanto conflicto lo había desengañado, ¿entiende? Se embarcó de marinero en un barco mercante con destino a América y no volví a verlo.

Bogdánov oye que elevan la voz a su derecha. No entiende lo que dicen, pero se vuelve y ve a dos individuos con chaqueta de piel que tiran de un hombre. Rápidamente otros dos intentan liberarlo y el grupo cae al suelo. Por encima de las primeras cabezas se ve un pelotón armado de porras que se abre paso entre los transeúntes. Con un impulso apenas contenido, Dmitriev empuja a Bogdánov:

—¡Váyase! ¡Corra!

Bogdánov gira sobre sus talones, se tapa de nuevo la boca con la bufanda y se dirige al parque, primero andando a buen paso y luego corriendo cada vez más rápido, acuciado por los gritos y la general desbandada.

Hace mucho que no corría y pronto nota que le falta el aire, la espalda le duele y el sudor le gotea por la cara.

Observa que nadie lo sigue y reduce el paso, viendo ya el obelisco de granito negro dedicado a los héroes de 1905.

Fue el año en que conoció a Leonid en una cárcel de San Petersburgo.

Desde entonces, el mundo ha cambiado hasta volverse irreconocible.

Pero él tiene que seguir huyendo.

20

Se abotona el abrigo. ¿Adónde ir? Nada más salir del instituto y sentir el frío otoñal en la cara, Bogdánov da unos pasos, pero se detiene desconcertado. Observa el vaho que se esfuma en el aire a un ritmo que la ansiedad acelera. Tiene que mantener la calma y pensar. Les ha dicho a Natalia y a Kotik que permanezcan en el apartamento, que está encima del instituto, por si Denni volviera. Desde luego, recorrerse Moscú en busca de una chica que parece un chico, de la que solo conoce el apodo y que dice que viene de otro planeta parece bastante absurdo.

¿Por qué se habrá ido sin decir nada? Seguramente la ha impresionado algo que han dicho en la comida, como cuando supo lo de los conejos. ¿Qué han dicho en la mesa? Natalia ha vuelto a insistir en que Kotik se vaya a vivir con ellos. El muchacho ha rehuido el tema, como siempre. Luego se ha quedado solo con Denni, es verdad, mientras él y Natalia preparaban el café.

«¿Qué le has dicho?»

«Nada de particular...»

«¡De algo habréis hablado!»

«Me ha preguntado dónde me crié, con quién...»

En la cocina, él y Natalia han discutido fuertemente.

Por enésima vez le ha reprochado que tenga tantas atenciones con el muchacho. Lo de siempre.

«Si yo hubiera renunciado a mi carrera por estar con él, si me hubiera conformado con una vida de míseras certidumbres y hábitos, habría acabado descargando mi frustración en él, culpándolo de mis fracasos y haciendo de él otro fracasado. Lo habría criado a mi imagen y semejanza, como cualquier respetable padre burgués. ¿Por qué no quieres aceptarlo?»

«¿Y por qué no quieres tú ver que tus decisiones lo han condicionado igualmente? Lo único que Kotik ha podido decidir de verdad ha sido lo que estudiar. Y, mira por dónde, ha elegido también medicina.»

El pánico le impide pensar.

«Ve a buscarla. No puede haber haber ido muy lejos.»

Vuelve sobre sus pasos y se apoya en la puerta. Cierra los ojos y ve el rostro de Anfusa, la madre de Kotik. Ella lo mira desde cierta distancia, como si quisiera preguntarle algo, manifestar una duda que se llevó a la tumba. Es algo que tiene que ver con él y que no sabrá nunca. Por un instante lo asalta el recuerdo vívido de aquella pasión arrolladora y siente que se ahoga.

Abre los ojos.

Pensar.

Pensar como Denni, ponerse en su lugar.

«¿Te ha dicho algo?»

«No, he hablado sobre todo yo.»

«¡Haz memoria, Kotik!»

«Solo me ha dicho que no conoció a su padre. Y que se quedó huérfana de madre.»

Ha corrido por el abrigo y el gorro para salir a buscarla.

Echa a caminar. ¿Y si no la encuentra? Denni está indefensa, se siente perdida. Sin embargo... sin embargo ha venido a Moscú, ha encontrado el instituto. Venga de donde venga, un orfanato del Cáucaso o una astronave marciana, ha conseguido dar con el autor de un libro que se publicó hace veinte años. Es, pues, persona de recursos, aunque no lo parezca. ¿Y adónde puede haber ido? Kotik le ha hablado de su infancia. Eso la habrá hecho reflexionar sobre su propio origen.

«Solo me ha dicho que no conoció a su padre. Y que se quedó huérfana de madre.»

Denni se cree una extraterrestre porque se siente una extraterrestre. Se siente sola desde que perdió a su madre. Se ha creado un mundo a medida para dar sentido a esa soledad y por eso también busca a su padre, un lugar de origen, aunque diga que en su mundo el origen no tiene importancia.

«¿Y por qué no quieres tú ver que tus decisiones lo han condicionado igualmente?»

Bogdánov mira a un lado y otro, con calma.

Y ve una cosa.

La torre de radio de Shújov, al final de la calle Shabolovka, cuya punta descuella sobre las casas.

Denni le dijo algo sobre ella, hace unos días, mientras paseaban por el barrio.

Estaban hablando de París...

«En esa ciudad hay una torre parecida, ¿verdad?»

«¿Te refieres a la torre Eiffel? La nuestra es más baja y es una antena de radio.»

Bogdánov se dirige a la desesperada hacia el sur, cuando empieza a caer sobre la ciudad una nieve fina y ligera. Camina a buen paso, a veces a la carrera, esquivando a los transeúntes. El pináculo de la torre no se acerca nunca, sigue allá arriba, clavado en el cielo, riéndose de él. Tiene que detenerse a recobrar el aliento, la gente lo mira extrañada. ¿Qué hace una persona distinguida como él corriendo como un chiquillo, a riesgo de pegarse un batacazo?

¿Por qué lo hace? ¿Es por la enfermedad rara de Denni, por la ciencia? ¿O es por saber quién es realmente esa muchacha? ¿O es por piedad, por el deseo de salvarla de sí misma? ¿O es por Leonid, porque quiere saber qué fue de él y de todos? Sin haber decidido cuál es la razón, ni si la suma de todas ellas es motivo suficiente, prosigue su búsqueda.

En el último trecho no se da prisa.

No es necesario.

Si su intuición se revelase equivocada, no tendría otra y solo podría dar media vuelta.

Pero ahí está Denni. Está sentada en el muro de la valla de la enorme torre. Lleva puesta la capucha del chaquetón que le ha buscado Natalia y parece absorta, o que rece, y los copos de nieve se posan sobre ella, leves.

Bogdánov se acerca, se sienta a su lado y se queda mirando las huellas que ha dejado en el blanco manto recién extendido.

—¿Por qué has venido aquí?

—Porque quería ver la torre —contesta.

—Podías haberlo dicho. Estábamos preocupados.

—Tú y Natalia estabais discutiendo. No quería molestaros. Se lo he dicho a Kotik, pero no me ha oído, porque estaba escuchándoos a través de la pared.

Bogdánov suspira. Al menos la cosa tiene su lado cómico.

La gran estructura se eleva ciento cincuenta metros por encima de sus cabezas.

—Es muy bonita.

—Bonita y útil —comenta la muchacha—. En nacuniano, tenemos una palabra que tiene los dos sentidos.

—¿Qué palabra?

—*Adaeth*.

—*Adaeth*... —repite Bogdánov, recreándose en el sonido—. Me gusta. Tendrías que enseñarme el nacuniano.

–Y tú tendrías que enseñarme más tu mundo –replica Denni–. Hay muchas cosas que no entiendo.

–Tampoco yo entiendo muchas cosas, por cierto.

Denni se pasa la mano por la capucha y observa la nieve que le ha quedado en los dedos. Son unos dedos ahusados y más largos de lo normal. Se los lleva a los labios y chupa las gotas gélidas.

–En Nacun ya no nieva –dice–. El clima es demasiado cálido. La arena está... –busca la palabra adecuada– comiéndose la tierra.

–Ya –dice Bogdánov–. Lo cuento en *Estrella roja*. La revolución ha resuelto el conflicto entre marcianos, la lucha de clases, pero no el conflicto entre los marcianos y su planeta. Para mantenerse vivo, un sistema debe siempre conquistar su medio. Y aunque el medio fuera sometido y organizado, se formaría otro sistema, que a su vez se vería rodeado de otro medio. Y así sucesivamente, hasta que el hombre conquiste el universo.

–O hasta que os deis cuenta de que el universo es más grande de lo que creéis –repone Denni–, quizá infinito. –Bogdánov no replica, deja que siga–. Hace cien años, en Nacun, dejamos incluso de comer animales, porque la crianza es cruel y consume más energía de la que produce. Luego renunciamos también a las verduras, porque la agricultura intensiva desertiza. Ahora nos alimentamos con comida sintética, que no necesita agua, fertilizantes ni antiparásitos. Lo malo es que la obtenemos con reacciones químicas que producen calor, gases nocivos y residuos que no podemos reutilizar.

–Lo que nos pone en peligro también a los terrícolas –concluye Bogdánov–. El debate que tienen los marcianos sobre si invadir la Tierra, a raíz de la catástrofe ambiental que prevén en su planeta, se cuenta entre las mejores páginas de *Estrella roja*. Hasta un crítico severo como Lunacharski lo ha reconocido.

Denni mira a lo alto.

–Con la ayuda de esta antena, creo que podría enviar un mensaje. Cumplir mi misión. Pedir que me recojan.

Se vuelve, con una luz de esperanza en la cara simétrica. Su juego mental tiene una coherencia formidable. Seguro que sabría decir cómo llegan la ondas de radio a los potentes receptores de su planeta.

Pero Bogdánov le pregunta otra cosa:

–¿Y qué mensaje mandarías?

Denni no contesta enseguida. Escucha el rumor vago de algún motor y el zumbido lejano de los tranvías.

–No lo sé –admite al cabo–. Pediría más tiempo, aunque eso sea precisamente lo que falta en Nacun. Y que en ese tiempo compartamos nuestro saber, el nuestro y el vuestro; establezcamos una forma de comunicación, organicemos viajes regulares.

Bogdánov asiente.

–Interplanetarismo. Buena idea. Por desgracia, temo que ninguna antena terrestre puede enviar señales fuera del sistema solar.

–No con los transmisores que tenéis –rebate Denni–, pero yo podría construir uno que pudiera. Sé cómo funcionan vuestras radios. Podría modificar una para conseguirlo.

Bogdánov se acaricia el mentón y se hace la pregunta de siempre. ¿Seguirle la corriente o negarle lo que pide? Juguetear con circuitos eléctricos y bobinas es un pasatiempo para muchas personas, independientemente de lo que resulte.

–Puedo pedirle a Kotik que te traiga su radio. Se la regalé cuando se diplomó, aunque hace meses que no le funciona.

–Kotik es un buen chaval, ¿verdad? –pregunta ella, como si fuera la continuación más lógica de la conversación.

–Yo diría que sí... –balbuce Bogdánov.

–Te aprecia mucho.

—Me alegro.

—¿Has engendrado más hijos?

Curiosa forma de preguntarlo. Suena a traducción literal del nacuniano.

—Hace muchos años, Natalia y yo tuvimos un hijo —responde Bogdánov—. Murió a las pocas semanas de nacer. Luego tuvimos solo a Kotik. —Aunque, en realidad, ¿quién sabe? Podría tener hermanos. Pasiones de un día. Mujeres amadas y olvidadas—. Al menos que yo sepa —añade.

—Como Leonid —comenta Denni—. Él no sabe que me engendró.

Mejor llevar la conversación a un terreno menos resbaladizo.

—He sabido que se fue a América antes de la guerra.

Denni parece intrigada.

—Eso está bastante lejos, ¿verdad?

Bogdánov asiente, aunque lo de lejos sea un concepto relativo.

—Dices que estuviste en su casa de Leningrado y que llevan veinte años sin verlo.

—Pero mandó su baúl. A lo mejor esperaba volver.

—O quizá murió en América y algún alma caritativa mandó sus cosas. —Siente un escalofrío que lo avisa de que el calor acumulado en la carrera se acaba. También Denni parece tener frío—. ¿Y si volvemos a casa y nos tomamos un té caliente? Empieza a oscurecer y Natalia estará preocupada.

Denni se levanta sin decir nada. Echan a caminar juntos, despacio, precedidos por nubecillas de vaho.

Bogdánov se vuelve y mira la esbelta torre cuyo pináculo se recorta contra el cielo blanco.

Bonita y útil.

Adaeth.

188

21

En la Estrella Roja, los niños crecían juntos en grandes colonias de miles de habitantes. Leonid había visitado una. Eran edificios de dos plantas, con el techo azul, diseminados entre arroyos, estanques, prados en los que se jugaba y exploraba, campos de flores, huertos de plantas medicinales, reservas de animales y aves.

Un día de octubre de 1913, Bogdánov salió de la estación de Montsouris y se dirigió al parque pensando que aquel jardín inglés que había sido una vieja cantera era lo más parecido a una colonia infantil marciana que podía encontrarse en París.

Los exiliados bolcheviques habían convertido aquellos parterres en una guardería al aire libre en la que unas niñeras francesas o los mismos padres se ocupaban, por turno, de varios niños a la vez, cuando no llovía, porque, cuando llovía, llevaban a los niños a una sala pública o a los apartamentos más grandes de la zona. Y es que todos vivían allí, en el distrito catorce, en un barrio que se llamaba Petit-Montrouge y que, ya por el nombre, «Monte Rojo», parecía destinado a los revolucionarios. El club de Cultura Proletaria se reunía en el salón de Lunacharski, que vivía muy cerca del parque, en el mismo edificio en el que se habían alojado Zinóviev y Kámenev. Lenin había vivido en las proximidades, en la calle Marie-Rose, y en los cafés del barrio, en la calle de la Porte d'Orléans, habían tenido sus debates. En esta misma calle tenía su sede el Comité Central del Partido y, en una lateral, se hallaba la imprenta que imprimía *Proletary*.

Después de su expulsión, el periódico había tenido una vida corta. Salieron cuatro números antes de que los mencheviques consiguieran cerrarlo, acusando a los redactores de expresar solamente opiniones bolcheviques. Fraccionalismo, el mismo delito del que Lenin lo había acusado a él.

Poco después, Bogdánov se peleó también con la redacción de *Vpered*. Lo acusaron de malversación de fondos por un descubierto que apareció en la caja, que le habían confiado a él. Él no pudo justificarlo: había dado aquel dinero a las familias de los georgianos que estaban en la cárcel por el robo de Tiflis. Se lo había prometido a Kamo, pero no podía decirlo.

Da parte del botín a mujeres e hijos.

Era un pacto entre camaradas. Y entre ladrones. Mantendría su palabra al precio que fuera.

Ya excluido de todo, Bogdánov decidió abandonar la comunidad parisina y trasladarse a Bruselas con Natalia. Anfusa se quedó en París con Kotik, en una habitación con cocina, cerca de la capilla de Santa Juana de Arco, que acababan de construir y consagrar.

Recordaba una tarde terrible en la casa de Bruselas, cuando propuso a Natalia matarse juntos con una dosis de veneno. Ella supo enseguida que no lo decía en broma. Llevaban una existencia dura y miserable, estaban solos y eran pobres. Pero ella se enfadó. Matarse podía ser una sabia decisión cuando no se tenía nada que ofrecer al mundo, pero ¿cómo podía estar seguro de que era así? ¿Quién podía decir lo que los esperaba en la próxima revuelta de la vida? ¿De verdad quería dejar de luchar por sus ideas? No lo creía. Además, estaba Kotik. Aquel niño era el futuro. Era deber de todos ellos criar a una generación a la que pudieran pasar el testigo.

Aquel día, en que ella lo trató como a un desertor, la admiró más que nunca. Por eso siguió y seguiría con aquella mujer, aunque amase a otra. Natalia no era tan romántica como las revolucionarias jóvenes, pero se mantenía firme en sus convicciones, en su deber, en el sentido práctico con el que afrontaba la vida y que le impedía perderse en quimeras. También ella seguiría con él y no por fidelidad, sino por elección. «Mi amor es libre», decía. «Soy libre de amarte, y de amarte solo a ti, si quiero.»

Bogdánov franqueó la verja del parque. Anfusa lo había citado en el pabellón de música, pero él sabía que la mejor manera de llegar era perderse por las alamedas, siguiendo las hojas que el viento arrastraba.

Iba a París dos veces al mes a pasar medio día con su hijo y comprobar los progresos que el pequeño hacía. Le gustaba verlo de lejos con los amigos, sin interferir. «Los niños aprenden unos de otros la mayor parte de lo que saben», decía una educadora marciana en su novela. «Si queremos que participen en la sociedad», añadía, «tienen que vivir en sociedad.» También lo estudiaba cuando se hallaba a solas con él. Si le enseñaba varias hojas, era para preguntarle qué tenían en común y ver hasta qué punto se había desarrollado en un niño de cuatro años la noción de la organización universal de todo lo existente. Si le pedía que dibujara algo, era para indagar en su psicología. Si le enseñaba a jugar al ajedrez, era para probar un método de enseñanza que había inventado para niños de corta edad. Si le preguntaba cuáles eran sus juegos favoritos, era para evaluar hasta qué punto tendía al individualismo. Lo llevaba a ver molinos, imprentas, turbinas eléctricas..., para preguntarle después qué había entendido de todo aquello.

Eran tardes intensas y por eso creía que con dos al mes bastaba, aparte del gasto de ir y venir de Bruselas. Pero aquel día, Bogdánov llevaba un billete con un destino distinto.

Desde principios de año corría la noticia, que había alimentado esperanzas y hecho correr ríos de tinta, de que, con motivo del trescientos aniversario de su reinado, los Romanov decretarían una amnistía para presos políticos y exiliados. El decreto, emitido durante los festejos, confirmó el rumor. Muchos se disponían a regresar, desde Berlín, Ginebra, París, Londres, Capri. Otros sospechaban que era un perdón aparente con el que el zar Nicolás quería hacer gala de generosidad y tender una trampa a los expatriados que conjuraban en el extranjero contra el imperio. La amnistía no significaba que la policía dejara de detener y encarcelar a los disidentes.

Bogdánov y Natalia reflexionaron mucho. Al final, entre lo poquísimo que tenían en Bruselas, que apenas les daba para malvivir, y la incógnita de volver a la patria, escogieron esto último y decidieron regresar a San Petersburgo. Los únicos ingresos que tenían en aquel momento eran los libros, las traducciones y una columna en *Pravda,* el nuevo periódico de los bolcheviques.

Tras el cierre de *Proletary,* Lenin había comprendido que no era posible mantener unido al Partido Obrero Socialdemócrata. En las elecciones de 1912, los bolcheviques se presentaron solos, se dotaron de un nuevo órgano de prensa y tendieron la mano a Bogdánov. La reconciliación duró cinco artículos. El último, titulado «Ideología», fue censurado por orden de Lenin.

Como esperaba, llegó al pabellón caminando al azar. O quizá lo atrajo Anfusa. La reconoció desde lejos; iba enfundada en su abrigo verde; era alta y esbelta. Incluso a distancia sentía Bogdánov que aquella mujer tenía el poder de cambiar su manera de andar, la expresión de su rostro, la firmeza de sus músculos, y no sabía si era efecto del recuerdo, del fantasma de lo que habían vivido, o de la simple idea de verla cara a cara. Era un alma gemela, su trasunto femenino. Por eso nunca podría vivir con ella: se parecían demasiado. Y por eso sentiría siempre una atracción profunda.

La fascinación de aquella mujer se debía al contraste que hacían la fuerza de los ojos claros y el rostro afilado; la resolución de los gestos y el cuerpo grácil, roído por la enfermedad; la profundidad de la voz y los accesos de tos que la quebraban. Tenía la mirada de Eurídice, que ve el reino de los muertos y llama a Orfeo, cuando su carne está aún en los infiernos. Y Bogdánov, como Orfeo, no podía evitar mirarla y confirmar su condena.

> *En su cara pálida y flaca, los ojos arden,*
> *la mirada fija está llena de pena y amor.*
> *Muchos años de inquietud, trabajo, cansancio sin fin*
> *han marcado los rasgos de su rostro.*

–¿No viene Kotik? –preguntó tras los tres besos de saludo.
–Se ha quedado en el estanque jugando con otros niños.
–Busquemos un banco –propuso Bogdánov y emprendieron la subida que conducía al mirador. Los adelantó una mujer que llevaba un cochecito y canturreaba una nana en ruso.

Llegaron arriba y se sentaron junto a la cascada artificial; se veían los edificios del barrio por entre las ramas y los prados y las estatuas del parque.

Bogdánov fue directo. Le preguntó qué tenía pensado hacer ella.

–Yo me quedo, Sasha –contestó Anfusa, segura–. Aquí tengo un trabajo, puedo tratarme y no corro riesgo de que me encarcelen otra vez. Kotik está bien, tiene muchos amigos.

—No tienes que quedarte por él —se apresuró a decir Bogdánov—. Estoy seguro de que Anatoli se ocuparía con gusto, su hijo tiene dos años y pueden criarse juntos.

No se perdonaría el imponerle la carga de los hijos. En Bolonia, en una cena en la escuela, tres años antes, Aleksandra Kolontái le reprochó una frase de su novela. Le enseñó la página, con las líneas acusatorias subrayadas a lápiz:

> Como la mayoría de los niños marcianos, Netti pasó los primeros años de su vida en casa con su madre. Cuando llegó el momento de enviarla a la colonia infantil, Nella no quiso separarse de ella y pidió que la contrataran de educadora.

«No me gustaría vivir en un planeta socialista», le dijo, «en el que la vida de las madres está en función de los hijos.»

Él quiso replicar que eso le había contado Leonid, pero prefirió evitar esta vía de escape. Tampoco estaba seguro de que el detalle no se lo hubiera inventado él.

«En Marte también hay contradicciones», repuso, «como en todo lo que existe. Un sociedad ideal sin conflictos no sería ideal. Sería una mentira.»

Ella le sugirió que se preguntara si ciertas contradicciones se daban solo en Marte o estaban también en la mente del autor. Bogdánov no dijo nada. En ciertos temas, no era fácil enfrentarse a una mujer que hacía muchos años dejó a su marido y a su hijo en San Petersburgo para irse a estudiar a Zúrich y dedicarse a la revolución.

Anfusa se metió un rizo bajo del sombrero de campana.

—No lo entiendes. Kotik es un motivo más para vivir.

—Si las cosas me fueran bien —insistió él—, podríais veniros a vivir a Rusia, dentro de un tiempo. Voy a publicar un libro, la segunda parte de *Estrella roja*. Tengo contactos en la prensa...

—Sería solo tu amante y la madre de tu hijo —lo interrumpió Anfusa—. Estoy segura de que no es lo que quieres. Desde luego yo no lo quiero. —Le acarició la cara—. Sé que deseas nuestro bien. Pero mi vida está aquí. Aquí tengo a mis amigos, hombres y mujeres a los que me gusta tratar y que me ayudan. Y en esta grande y maravillosa ciudad no nos persiguen. No quiero que mi hijo crezca bajo el régimen del zar. No quiero que le pase lo que a nosotros. Quiero que sea libre.

Bogdánov la escuchaba sintiendo que crecía la atracción desesperada que sentía por ella.

Con mi amor quería darle feliz consuelo,
con mis caricias borrar esa huella oscura,
pero muy poca alegría le ha dado mi amor
y muchos más sufrimientos le ha acarreado.

—Ven —lo instó ella—. Vamos con él.

Se levantaron y bajaron por otro sendero, paralelo a la acera que bordeaba el ferrocarril de Sceaux, bajo copas intactas de pinos y cedros del Líbano.

Pasaron junto a una estatua de bronce que había en un pedestal alto. Representaba a una anciana encorvada y vacilante que se apoyaba en un bastón. Del otro brazo la sostenía una niña descalza y con un mandil que la miraba en actitud solícita, pronta a hacer lo que le pidiera y a caminar a su paso. La escultura estaba pensada para inspirar piedad y admiración, pero Bogdánov sintió tristeza y se volvió a Anfusa, que iba a su lado.

Comprendí demasiado tarde lo que aquella alma necesitaba,
más de una vez la tocó con brusquedad mi mano.
Ahora, de mis caricias, ha nacido la esperanza,
la felicidad materna ha surgido en su corazón.

195

Encontraron a Kotik con la niñera, contemplando admirado un cisne negro. El niño corrió hacia su padre, como siempre hacía, como si aquel saludo fuera un ritual preciso.

—¿No nos vamos a ver más? —preguntó el pequeño después del abrazo. La pregunta desconcertó a Bogdánov.

—Pues claro que vamos a vernos, Kotik —contestó—, solo que pasará un poco más de tiempo.

El niño le oprimió la cara entre las manos, como hacían con él los adultos. No era un gesto agradable, pero el padre lo recibió como si fuera una caricia. Y tuvo que retener al hijo, que ya quería salir corriendo detrás de una oca que era más grande que él.

—Quiero llevarte al fotógrafo —le dijo—, porque cuando vuelva a Rusia iré a ver a tu abuelo y quiero que conozca a su nieto.

—¿Y quién es mi abuelo? —preguntó Kotik, que intentaba soltarse.

—Mi padre, Aleksandr Aleksándrovich. No lo conoces.

—¿Por qué nos llamamos todos igual?

—Ya te lo he explicado, es una tradición familiar. Va, lávate las manos y límpiate las rodillas. No querrás salir todo sucio.

Kotik lo hizo, feliz de poder meter las manos en el agua, una de esas imprudencias que normalmente le costaban una reprimenda.

—Y si quieres le preguntamos al fotógrafo cómo funciona la cámara. ¿Has visto alguna vez una cámara fotográfica?

—¡Cámara *frotogáfica!* —gritó el niño entusiasmado y echó a correr por el paseo de grava, precediendo a los adultos hacia la salida.

Bogdánov lo observó correr, con aquellas piernas que eran demasiado cortas para mantener el paso, la blusa que estorbaba el movimiento. El pequeño tropezó y calló. Anfusa corrió hacia él, pero, antes de que ella llegara, Kotik se levantó. Se sacudió el polvo y se arrancó de nuevo hacia la meta. Tocó la verja y se volvió emocionado, para ver dónde estaban sus padres.

Bogdánov, rezagado, se detuvo.

Pero no desaparece el veneno de la pena y de la angustia, sus ojos siguen ardiendo con dolor.

Miró a Anfusa, que se había adelantado. Parecía llevada por el viento y su silueta se recortaba en la luz de la tarde. La vio reunirse con su hijo sin saber que no volverían a encontrarse.

22

El papel dice:

ESTACIÓN LENINGRADSKY
13.30. Vía 4.
A.K.

Bogdánov lo arruga instintivamente y lo arroja a la chimenea. El fuego devora el papel. ¿Por qué ha hecho eso? Desde que huyó del mitin de la oposición hace unos días está inquieto. Lo conciso del mensaje parece querer tender un puente entre dos vidas vigiladas. Desde luego lo está la de Aleksandra Kolontái. Quizá también la suya.

Precisamente el día anterior, mientras paseaba con Denni, se detuvo a hojear el *Pravda* en un café que hay cerca del instituto. Un artículo llamó su atención. En él se pedía a la oposición que hiciera un acto de disciplina porque solo con disciplina se pueden realizar grandes empresas. Y la disciplina consiste en aceptar la derrota, porque el pueblo está con el partido y querer dividirlo es una irresponsabilidad. Firmaba el artículo la embajadora soviética en el Reino de Noruega, ex comisaria del pueblo de Solidaridad Social y expositora: Aleksandra Kolontái.

La nota, que ya ha ardido, podría guardar relación con ese artículo. Pero Bogdánov no tiene ganas de hablar del tema y se pregunta por qué querría la autora hacerlo con él, en la estación, justo antes de partir para la tierra de los fiordos.

Tendría que haberle preguntado al mensajero, pero, a juzgar por el aspecto del mozo, han debido de contratarlo para la ocasión y ha desaparecido en cuanto ha entregado el recado.

Bogdánov sale de casa, ni siquiera a Natalia le dice adónde va.

No está haciendo nada ilícito, sin embargo. Es señal de que los tiempos están cambiando, de que la revolución está cambiando. Miedo. Ya no de la venganza burguesa, de los Blancos, de las potencias imperialistas, sino de sí mismos. De lo que podrían llegar a ser.

Sube al tranvía, se abre paso entre cuerpos abrigados y ocupa un asiento junto a la portezuela, asiento que enseguida cede a una anciana que va toda embozada en un pañuelo de lana. El vaho de los viajeros empaña las ventanillas y Bogdánov tiene que limpiar el cristal con el guante para ver la estación. Se apea justo a tiempo y ve enfrente el bello edificio de estilo italiano, con pilastras de capiteles corintios y ajimeces en la planta baja. El reloj de la torre marca las 10.15. Mejor darse prisa.

Entra en el gran vestíbulo y se dirige a la vía 4.

Se abre paso entre la multitud de pasajeros y busca al revisor, que va y viene nervioso junto a la locomotora.

–¿Es este el tren que va a Leningrado?

–Sí, y sale dentro de unos minutos –contesta el revisor.

Más allá ve a Aleksandra Kolontái, que está de pie en el andén. Lleva unos guantes negros de gran dama, que han sobrevivido a una época ida, y un gorro de pelo. Viste un abrigo militar que le llega a las rodillas y en cuya solapa luce la bandera de la Unión.

Cuando llega ve que está rodeada de maletas que los serviciales mozos cargan en el tren.

Aleksandra sonríe y es la sonrisa de la muchacha que fue y que nunca dejará de fascinar a los hombres.

–¿Así que te vas de verdad?

–Sí, y justo a tiempo de evitar los actos del aniversario –contesta ella, afectando indiferencia–. Si te digo la verdad, querido amigo, no me importa cambiar de aires. El ambiente aquí es más opresivo cada día.

De pronto parece ver algo en la expresión de Bogdánov, algo de lo que ni siquiera él es consciente.

–He escrito lo que pienso –dice con dureza–. Me ha costado, pero es la verdad. No te he pedido que vengas para que me absuelvas, Bogdánov.

–Me alegro –repone él–. Me habrías decepcionado.

El equipaje está cargado, los mozos se despiden y ella les da las gracias estrechándoles la mano.

Por la ventanilla asoma la cabeza la joven a la que Bogdánov ya vio en el apartamento del ministerio.

–Camarada Kolontái... El tren está a punto de partir.

Aleksandra Kolontái hace una seña de asentimiento y la cabeza desaparece de la ventanilla.

–No permitas que te asignen una secretaria, hazme caso –dice en tono cómplice–. Controlan todo lo que haces. –Lanza una mirada desdeñosa hacia el compartimento–. Y seguramente informan. En cambio, ellos son mis ángeles de la guarda –añade, señalando a dos hombres de aire circunspecto que hay junto a la portezuela del tren. Por la postura, parecen militares o policías–. Es por mi seguridad –sigue diciendo, con una punta de sarcasmo–. Por si algún agente imperialista quisiera vengarse de que haya guarderías estatales y salarios de maternidad.

De repente se pone seria y parece que lo estudia, como indecisa, viendo que el revisor consulta el reloj.

—No te dije toda la verdad sobre Voloch.

—¿Y por qué no? —pregunta Bogdánov.

Su extrañeza parece divertirla.

—Porque mi vida no te importa, querido amigo. El otro día te noté muy entrometido.

Bogdánov guarda silencio y espera la revelación.

—Volví a ver a Leonid en San Francisco en 1915 —prosigue ella—. Di una conferencia en la sede de la liga de trabajadores portuarios y estaba entre el público. Quizá fue la casualidad del reencuentro, no lo sé; el caso es que la pasión renació entre nosotros. Me dijo que llevaba diez años fuera de Rusia, pero que no volvería hasta que acabase la guerra. No quería arriesgarse a que lo llamaran a las armas. Dijo que ya lo habían engañado una vez. Además, había sufrido un trastorno por una explosión que le «torció el cerebro»... Dijo eso, «torció el cerebro». —Aleksandra Kolontái se recrea en sus recuerdos—. Era un buen hombre, ¿verdad? Sabía cómo afrontar la vida.

—Como si no le importara —dice Bogdánov.

—Eso, como si no le importara —repite ella—. Como si solo existiera el hoy y el mañana. Yo volví a Rusia en enero del diecisiete. A los pocos meses recibí una carta de Leonid en la que me decía que había decidido regresar. Con guerra o sin ella, no quería perderse una Rusia sin los Romanov, mientras durase. Recuerdo que, en una de las últimas reuniones del consejo de comisarios del pueblo, poco antes de que el gobierno se trasladara a Moscú, Menzhinski me dijo que había visto a Voloch, que acababa de volver del extranjero. No he vuelto a saber nada de él.

Bogdánov reflexiona sobre lo que acaba de oír. En efecto, coincide con lo que recuerda Dmitriev, aunque Leonid no volviera a su antigua casa.

—¿Y por qué me lo cuentas ahora? —pregunta.

—Porque parece que te importa y a mí no. Todo eso

pertenece ya al pasado. Y no hay motivo para sentir celos del pasado. –Pero tiene la mirada perdida y parece que se complace en ese pasado–. ¿Sabes lo que más recuerdo de él? Su risa. Era franca, contagiosa. Nosotros hemos sido demasiado serios, Bogdánov.

–Sí –conviene él.

El jefe de estación pide a los rezagados que suban al tren. La secretaria asoma de nuevo la cabeza por la ventanilla y esta vez el tono es perentorio:

–¡Camarada Kolontái, le ruego que suba!

Los ángeles de la guarda le hacen señas de que lo haga.

–Me despido. –Inesperadamente, le hace una caricia–. Cuídate. El invierno será duro.

Sube por la escalerilla. El jefe de estación toca el silbato y el tren arranca lentamente. De pronto, Bogdánov ve que se asoma por la ventanilla y lo saluda con un ademán amplio, regio. Es una reina guerrera. Domada, nunca vencida. Endurecida por la historia más que por la humanidad. Él le devuelve el saludo ocultando la emoción que amenaza con embargarlo. Y solo cuando el tren desaparece por la curva de las vías, se gira y vuelve sobre sus pasos.

Pero no sale a la calle: se sienta en la sala de espera como si fuera un pasajero más.

Leonid evitó la guerra. No regresó a Rusia hasta que los bolcheviques tomaron el poder y sacaron al país del conflicto. Fue más listo que él, que sirvió como oficial médico, restañó heridas bajo los bombardeos y cerró ojos de muertos en las trincheras. La guerra le regaló la neurastenia, meses de sanatorio. Un calvario parecido al que tuvo Leonid después de lo de Tiflis. Aún está pagándolo. El mundo entero está pagándolo. La misma revolución salió de aquel abismo, para salvarlo. El hecho de que dure más de lo que duró la guerra contra los imperios centrales y contra los Blancos es la señal más alentadora del siglo. Es también el motivo por el que la gente quiere conservar esa revolución y no ponerla en peligro desafiando al partido. A las personas que ve por el cristal, que van y vienen en la mañana moscovita envueltos en sus gabanes, lo que les importa es vivir. La paz, pues, una brizna de prosperidad posible. ¿Qué derecho tiene él a sentirse diferente? Si abandonó la idea de suicidarse hace muchos años, cuando dejó la política para dedicarse solo a la batalla cultural, no debe extrañar que con el tiempo haya encontrado un *modus vivendi*.

Al fin se levanta y se dirige a la salida. El aire fresco lo despabila y le hace caminar ligero en medio de la gente.

Tercera parte
Leonid

23

La aeronave se dispone a despegar con el morro apuntando a las estrellas. El fuselaje tiene forma de gota metálica. La parte superior es amarilla y la panza es negra. La cola remata en campana, como un gran clarinete de latón. En los costados se suceden cuatro series de alas, de dimensiones crecientes. Las tres primeras son simples aletas estabilizadoras, la última es un ala de perfil biconvexo. Delante, una hélice de dos aspas largas y finas. Una voz sonora explica los detalles del vuelo:

—Usar un paracaídas no nos permite elegir el punto de aterrizaje y descender con un retromotor; como sugiere Tsiolkolvski, consume mucho más carburante que planear. Por eso, nuestro Friedrich Cander ha proyectado un cohete que asciende y aterriza como si fuera un aeroplano.

Bogdánov observa el prototipo a escala uno cien que cuelga del techo, pintado con galaxias. Denni, a su lado, escucha embelesada al orador, que expone a los visitantes las maravillas de la primera exposición mundial de aparatos y máquinas interplanetarios. El hombre lleva el pelo corto, de soldado, y una barba incipiente le mancha las mejillas. Tiene los ojos negros, melancólicos, de comisuras caídas. Su voz es la voz ya adulta de Moris Leiteisen, el niño que, en

Kuókkala, después de cenar, irrumpía en la sala común y pedía que, como cuento de buenas noches, le hablaran del funcionamiento de los cohetes. La guerra se llevó a su padre y le hizo servir en aviación. Ahora trabaja en el sector de las comunicaciones espaciales y de cuando en cuando escribe a Bogdánov para preguntarle por la capacidad de un motor o alguna teoría del universo. Es como si aún estuvieran entre las paredes de Villa Vasa, recreándose en sus visiones.

–Cuando llega a las capas altas de la atmósfera, las alas se repliegan, la hélice se detiene y se pone en marcha el reactor, que impulsa el misil hasta que sale del campo gravitatorio terrestre. Como combustible, se aprovechan las partes del medio, que no sirven en esta etapa del vuelo y tampoco servirán a la vuelta, dado que pesará menos por el consumo de carburante. Placas, barras y aspas, fabricadas en una aleación de aluminio, arderán por reacción con oxígeno líquido vaporizado.

La novedad del invento entusiasma al público, los murmullos aumentan. Dos hombres vestidos con un mono extraño debaten sobre las ventajas de los propulsores híbridos. Una joven saca un cuaderno y hace cálculos con un lápiz. Detrás de ella se ve un retrato de Friedrich Cander que parece la imagen de un santo en un altar, en medio de piezas de aeronáutica y recortes de prensa, esquemas de motores y circuitos eléctricos, objetos cósmicos y planos de misiles, todo enmarcado y expuesto con la correspondiente etiqueta. Es una galería de arte del futuro.

–¡Vuestra tecnología está mucho más avanzada de lo que me imaginaba! –dice Denni en voz baja, asombrada–. Antes también nosotros llenábamos nuestras eteronaves con el combustible necesario para todo el viaje, pero luego descubrimos cómo enviar energía.

Bogdánov da un golpecito con el dedo a la hélice de una maqueta y la hace girar. «Enviar energía», curioso concepto.

Como se envía una tarjeta de felicitación. Siempre es instructivo hablar de ciencia con quien no conoce los términos exactos, porque utiliza imágenes cotidianas, es decir, razona con sociomorfismos, y como, en el universo, todo está organizado según los mismos principios, no pocas veces capta semejanzas que la jerga especializada nos oculta.

–¿Quieres decir como hace el Sol, que *envía* su energía a la Tierra y calienta las cosas?

–¡No! –exclama Denni–. Quiero decir como *enviamos* la voz. Solo que las radiaciones han de tener una onda muy corta, de unos quince centímetros. Nosotros las usamos también para cocinar.

La cara de Denni rebosa entusiasmo. Hablar de su mundo fantástico la hace feliz. En el desierto afectivo que fue el orfanato, las novelas de ciencia ficción fueron un refugio. Debe de haber devorado todos los libros que caían en sus manos, no solo *Estrella roja*. Luego lo mezcló todo, creó Nacun y se fue a vivir allí. En lo único que se diferencia de Moris Leiteisen es en que él no quiso soñar solo. Tomó sus fantasías infantiles y las hizo compatibles con la experiencia colectiva, es decir, con la realidad. Denni no ha hecho eso, porque sus sueños deben seguir siendo privados, inaccesibles para los demás, un castillo de naipes inexpugnable. El deseo de conocer a su padre la ha obligado a salir de su mundo, pero, en lugar de adecuar su experiencia individual a la colectiva, trata desesperadamente de hacer lo contrario. Pobre chica. Ha sido una buena idea traerla a la muestra. Aquí puede conocer a personas que sueñan juntas. Debía clausurarse en junio, pero, en vista del éxito, la han prolongado. ¡Y pensar que no querían autorizarla! «Es prematuro hablar de viajes interplanetarios porque se crean falsas expectativas en las masas.» Los promotores son unos curiosos anarquistas vegetarianos. Regentan un restaurante y hacen precios especiales a creadores e inventores. Tienen tantos clientes que, con los ingresos de un mes, han podido financiar la muestra.

Denni observa una maqueta del andamio de acero que el estadounidense Goddard construyó para lanzar su famoso cohete de propulsores líquidos. En el panel se explica que era un tubo de hierro de un brazo de largo, que voló tres segundos y ascendió unos quince metros. La información está escrita en dos lenguas, ruso y esperanto, y después hay una serie de cifras y símbolos matemáticos:

$$x0 + 20 \ 1\sqrt{} - 5\sqrt{12} - 3' - 15\%y + XV$$

—Hay un error —dice Denni, confusa—. Aquí dice que Goddard tiene el récord de altura de un cohete a reacción. «Récord» quiere decir mejor resultado, ¿no? No pueden ser quince metros.

Bogdánov le pide que lo siga:

—Ven, voy a presentarte a un amigo.

Leiteisen ha terminado y para hablar con él hay que hacer cola.

Detrás de Denni se ponen los del mono que debatían. Han dejado de hablar de propulsores y ahora tratan de su vestimenta, pensada para las estaciones soviéticas de Marte.

El hombre que los precede lleva una maceta en la que crece tímidamente una judía.

Cuando le llega el turno, se la ofrece a Leiteisen lleno de orgullo.

—Cultivo en cerrado —explica—, una forma de producir comida durante los viajes interplanetarios. En lugar de sol, he usado lámparas de vapor de mercurio, y, como sustrato, carbón desmenuzado, que es tres veces más ligero que la tierra.

Leiteisen observa la maceta por un lado y por otro con sincero interés. Repara en la palidez de las hojas, coge un puñado del humus prodigioso y lo examina.

–¿Y de abono?

–Excrementos –contesta como iluminado el inventor–. Míos, de mi familia y de cuatro vecinos. El mismo número de personas que componen la tripulación de un cohete. Sin agua, solo orina.

Leiteisen hace una mueca y suelta la especie de papilla negra que estaba examinando. La maceta vuelve a los brazos de su propietario, que la recibe como si fuera un cachorro al que hubiera que cuidar.

Se despide emocionado y entrega a Leiteisen una tarjeta de visita para que lo llamen cuando haya que instalar invernaderos en la siguiente astronave que parta al espacio.

Le toca a Bogdánov. Tiende la mano pero Leiteisen se limpia los dedos en los pantalones y le da un abrazo, para su sorpresa.

–No esperaba que viniera. ¿Qué le parece la muestra?

–La parte científica es asombrosa –lo felicita Bogdánov–. Están los mejores proyectos. Pero la sección literaria es un poco pobre, solo Verne y Wells...

–Tiene razón, deberíamos haber incluido a Bogdánov –replica Leiteisen con malicia.

–Te presento a Denni –dice Bogdánov, para que la joven participe–. Es hija de Leonid Voloch. ¿Te acuerdas de él? Era un camarada de la época de Kuókkala.

–El nombre me suena. –Pausa–. ¿No era aquel impresor de Kaluga que se sabía todos los cuentos de Poe?

–No, era un obrero de San Petersburgo. Pero no importa. Denni es mi huésped en Moscú, se queda unos meses y no conoce a nadie. Quería presentárosla, creo que le gustaría asistir a las reuniones de vuestro grupo. Es una lectora apasionada de libros de viajes espaciales y hace un momento, mientras usted hablaba, me ha hecho una observación a propósito del carburante.

La muchacha entiende que le toca intervenir:

–Mientras tengáis que almacenar todo el carburante que se necesita para el viaje, no iréis muy lejos –dice de un tirón.

–¡Ah, claro! –exclama Leiteisen con mucho énfasis, como se hace cuando se felicita a un niño por descubrir una verdad sabida–. Precisamente estas semanas estamos desarrollando Cander y yo un sistema de espejos que concentre la energía del sol y la transforme en combustible.

Denni se muerde los labios, como si quisieran decir algo contra su voluntad.

–Una vela funcionaría mejor –suelta al final–. Y no habría necesidad de transformar la energía.

–¿Una vela? ¿Y con qué se inflaría? ¡En el espacio no hay viento!

–Una vela para el sol. Si una gran superficie absorbe la luz por un lado y la refleja por el otro, se crea una diferencia de presión y por tanto un impulso. Pero como no siempre hay un sol a mano, es mejor aprovechar la energía de la nada. Está en todas partes. El espacio vacío está lleno de ella.

Leiteisen oye la noticia enarcando las cejas. Su paciencia es admirable. Los espejismos de los cosmófilos y misilistas son su pan de cada día. De palabra, todos los científicos concuerdan en la necesidad de divulgar los progresos de su disciplina, pero pocos son capaces de hacerlo sin sentar cátedra, reforzando la barrera que dicen querer derribar.

–¿El vacío está lleno? –pregunta con el mismo interés que tenía cuando era niño.

–Exactamente –explica Denni–, pero no es fácil darse cuenta, porque es como un sonido que tenemos en los oídos desde que nacemos. Pero aquí en mi puño hay bastante energía para hacer hervir todos los ríos de Rusia. Solo hay que saber capturarla.

–Muy interesante. Si vienes a nuestras reuniones, me gustaría hablar del tema. Ahora, si me perdonáis...

Bogdánov se vuelve, hay ya esperando otras cinco personas, que llevan rollos de papel bajo el brazo, maquetas de cohetes, libros, cuadernos y misteriosas cajas de hojalata. Da las gracias, se despide e invita a Denni a que se aparte dándole un empujoncito en la espalda. Y mientras se alejan oyen retazos de conversación sobre melonitas detonadas en aire comprimido, los meses que se necesitan para llegar a Venus y el peso ideal del misil que pronto orbitará en torno a la Tierra.

En un cuarto contiguo hay tres grandes carteles en los que se lee un poema. El primero está en ruso, el segundo en esperanto y en el tercero figura la habitual serie de cifras y símbolos matemáticos. El poema se titula: «Al inventor.» El autor es un tal Serguévich, al que Bogdánov no conoce:

> *¡Haces desaparecer las distancias*
> *haces desaparecer la noche y el día*
> *cambiarás el universo*
> *y superarás a la Naturaleza!*

Deja de leer después de los primeros versos. Cantar a los inventores es insultar la cultura proletaria. El individuo no es importante por sí mismo, sino en la medida en que su talento enriquece a la colectividad. No serán los científicos por sí solos quienes superen a la naturaleza. Es la humanidad entera la que se organiza desde hace milenios para ese objetivo. Ningún organismo puede sobrevivir sin expandirse a expensas del medio. Es una ley tectológica. La conservación es un equilibrio dinámico. Todo cambio en el medio se ve compensado por un cambio en el sistema. Pero esta armonía nunca es perfecta. Tarde o temprano, se produce una alteración drástica que amenaza el orden consolidado. Abandonada al azar, es muy difícil que esa alteración favorezca al sistema. Hay, por tanto, que actuar por adelantado. Hay que asimilar el medio para que el organismo despliegue activi-

213

dades que se opongan a sus resistencias negativas. En una palabra: hay que desarrollarse. Primero, hay que conquistar la Tierra; luego, el espacio profundo.

En un rincón de la sala hay un busto de Tsiolkovski, rodeado de sus libros, sus diseños y de una impresión en caracteres enormes de su «ecuación del cohete», considerada el nacimiento de la era espacial. En el rincón de al lado está la capilla votiva de Kibálchich y, en el de enfrente, la de Polevoi, el hombre que construyó modelos a reacción de todos los vehículos imaginables: trenes, coches, trineos, barcos, sumergibles, orugas, triciclos, globos.

El cuarto rincón está dedicado al idioma interplanetario AO, que resulta ser la tercera lengua en la que están escritos los carteles de la muestra. Es un código basado en axiomas y operaciones gramaticales, con once símbolos, siete prefijos y nueve morfemas. Es la lengua ideal para comunicarse con los alienígenas.

En medio de la última sala, llama la atención de Denni un gran cañón que apunta al techo con un ángulo de sesenta grados. De la boca sobresale la cabeza de un proyectil, solo que, en lugar de metal opaco, está formada por cuatro cristales transparentes. El objetivo son los cráteres de la luna, reproducidos en cartón piedra. En la mesa de al lado, despieces y secciones muestran que en la nave espacial-proyectil caben cuatro personas.

–¿De verdad pensáis llegar así a la luna? –se asombra Denni–. No hay mucha diferencia entre disparar a un hombre *dentro* de un proyectil y dispararle *con* ese proyectil. Los pasajeros quedarían hechos papilla a causa de...

–... de la inercia –concluye Bogdánov–. Sí, lo sabemos. De hecho, esa astronave no se ha construido. Como las demás que has visto. Pero mientras que algunas podrían construirse en el futuro, esta es una invención literaria del pasado. ¿No has leído *De la tierra a la luna,* de Julio Verne?

214

En ese libro, el autor no se plantea la cuestión de la inercia y cómo manejarla. Yo sí la resuelvo en *Estrella roja,* al menos teóricamente.

—No, tampoco —se atreve a decir Denni.

Bogdánov da un paso atrás y se pone ostensiblemente en jarras.

—¿Ah, no? —dice con orgullo—. A ver, ¿qué le pasa a mi eteronave?

—Supongo que Leonid te dijo que nuestras naves viajan con *omiron,* la materia negativa —contesta Denni.

—No lo recuerdo —contesta Bogdánov—. Pero te aseguro que él no tenía ni idea de cómo funcionaban. Yo la llamo *materia minus,* una materia con gravedad negativa que anula el peso de la aeronave, con lo que un motor nuclear puede propulsarla sin problema.

—¡Muy ingenioso! —lo felicita Denni—. Pero es que el *omiron* no tiene gravedad negativa. Cae al suelo como la materia normal. Lo que pasa es que, cuando juntamos materia normal y *omiron,* se desintegran mutuamente, produciendo una gran energía. Un kilo de materia y otro de *omiron* producen cuatro mil millones de veces más energía que un kilo de combustible fósil.

Es la conclusión ideal del típico delirio del maniático espacial. Cálculos de nueve ceros, cifras inconcebibles, *infinillones* de energía. Con todo, y aunque disparate, Denni maneja conceptos que no esperaríamos en una niña que se crió en un orfanato, en medio de guerras y convulsiones sociales, ni aun en una simple lectora de novelas de ciencia ficción.

—No sabía que te gustara tanto la física. ¿Quién te ha enseñado todo eso?

La muchacha no se deja pillar desprevenida.

—En Nacun no distinguimos entre física, biología, literatura. Lo estudiamos todo.

Bogdánov no contesta. Se acerca a un modelo de nave espacial. Es la que describe H.G. Wells en su novela sobre la luna: una esfera de cristal recubierta por una estructura opaca hecha de piezas cuadradas y triangulares.

–Hay una cosa que Leonid no supo explicarme –dice Bogdánov de pronto–. Si Nacun no está en nuestro sistema solar, debe de distar años luz de la Tierra. Lo que significa años de viaje, porque ningún objeto puede superar la velocidad de la luz. ¿Cómo pudo entonces ir a Nacun y volver en solo siete meses?

–Fue por el atajo.

También esta vez responde enseguida, como si tuviera previstas todas las posibles incoherencias de su mundo fantástico.

–Sigue –la invita Bogdánov, dispuesto a escuchar otra historia del espacio sideral.

–Si queremos volar de aquí a la otra punta de Rusia, la ruta más corta pasa cerca del Polo Norte, ¿verdad?

–Sí.

–Pero si miramos un mapa plano de la Tierra y no un globo terráqueo, podemos pensar que el trayecto más corto es la línea recta que une los dos puntos y cruza toda Rusia. En realidad, en la Tierra, que es redonda, las líneas rectas no existen. Son todas curvas.

–Correcto –admite Bogdánov.

–Pues también el espacio sideral está lleno de curvas –continúa Denni–. Pero vuestros mapas lo enderezan. Si usamos el mapa correcto, podemos trazar la ruta más corta. Cortar las curvas.

–Buscar atajos –concluye Bogdánov divertido, dando una palmada.

La verdad es que la muchacha ha pensado en todo. Su sistema es estable, está bien organizado frente a los ataques del exterior. Ninguna verdad objetiva hace mella en él, por-

216

que la verdad objetiva se construye con otros y Denni está sola en su universo, al menos de momento.

–Vamos –le dice–, es hora de volver a casa.

Dice «casa» y no «instituto», y debe de ser la primera vez que usa ese término con ella.

Se dirigen a la salida y pasan por entre las maquetas que se exponen. Los distintos cohetes parecen delatar el origen de sus inventores. El de Max Valier, tirolés del sur, es un cilindro hecho de metal y voluntad alemana, con dos alas romas que parecen brazos y acaban en sendos misiles puntiagudos. La astronave de Federov parece una ballena de hojalata, llena de misteriosos recovecos y apéndices protuberantes, que uno se imagina volando con melancolía rusa hacia otras galaxias. El torpedo lunar de Goddard es un proyectil gigante, sin adornos, pragmático y yanqui. Las aeronaves de Esnault-Pelterie son mariposas de elegancia francesa, y el cohete de cuatro pisos y motor de doble reacción del italiano Gussalli, es barroco hasta en el nombre.

A dos pasos de la puerta, sobre un estante de madera, el libro de visitas espera una firma.

Antes de estampar la suya, Bogdánov mira la primera página, nunca se sabe.

«Lista de espera del primer viaje lunar organizado por la Asociación de Inventores, sección interplanetaria», dice en ruso, esperanto y AO.

Bogdánov apunta sus iniciales:

A.B.

Denni coge el lápiz y escribe su nombre debajo:

ꝏ8ɑ↑Q𝐷↑↸

Parece que Nacun tiene también su alfabeto.

24

Es un libro como los que hay en las bibliotecas, de esos encuadernados en tela roja y con el título en caracteres dorados. *Charles-Louis Philippe,* CROQUIGNOLE.

Natalia Korsak lo tiene abierto ante sí y escribe en un cuaderno delgado, con una pluma que rasca el papel. Mira las páginas y escribe, mira las páginas y escribe.

La enfermera jefe lleva haciendo eso media hora, inclinada sobre la mesa de trabajo. No es un escritorio con las patas talladas, como el del despacho de su marido, sino un banco de aluminio que ocupa toda la pared. También el cuarto es sencillo, más austero que el despacho del director, que es el más espacioso y elegante del instituto.

Denni está sentada en un taburete, debajo de un armario de pared de cuatro puertas. Lleva una bata de lana tan gruesa que parece que la cabeza sobresaliera de un montón de tela. En la hora de la siesta, en la que Natalia no tiene que atender pacientes, le gusta acompañarla y mirar la cantidad de objetos que acumula en la superficie brillante de metal frío: un samovar de peltre con forma de tonel, libros, papeles, probetas, cajas de medicamentos, tres recipientes de cristal llenos de bulbos con raíces, tijeras de sastre, retales de tela pintados a mano, una lámpara hecha con un frasco de cristal... Pero desde hace un par de días dedica toda su atención a la radio de válvulas que le ha llevado Kotik. Se la pone en las rodillas, destapa la caja y empieza a desmontar uno de los tres botones, pero los movimientos de la enfermera jefe la distraen.

Mira y escribe, mira y escribe.

—¿Por qué copias ese libro? —pregunta después de observarla un rato.

—No lo copio. El libro está en francés y yo lo traduzco al ruso.

—¿Es que ahora eres *traducidora*?

Resignada, Natalia le pone la capucha a la estilográfica y la deja entre las páginas del libro, a modo de marca.

—No, sigo siendo enfermera. Pero hace muchos años me gané también la vida traduciendo. Ahora lo hago por gusto.

—Los terrícolas sois extraños —comenta Denni—. Decís que sois el trabajo que hacéis. Soy enfermera, soy médico. En Nacun eso sería imposible. Nosotros cambiamos de oficio muy a menudo. Antiguamente había una oficina estadística que organizaba las actividades, establecía el número de trabajadores de cada sector, publicaba la lista por la noche y cada cual elegía lo que quería hacer, día a día. Porque no hay diferencia entre una tarea y otra. Se trata siempre de dirigir algo: máquinas, organismos, instituciones... Están hechos del mismo modo.

Es el capítulo de *Estrella roja* que habla del trabajo. Natalia lo recuerda bien. Son las teorías de su marido realizadas en un sistema perfecto. Denni lo cuenta tan convencida que uno está tentado de darle la razón. Pero Natalia no cree que sea el buen camino.

—Yo he tenido dos oficios en mi vida —dice volviéndose en la silla—. Cuidar enfermos y traducir novelas. Ambos exigen cuidado, pero te aseguro que hay una diferencia. Si pones a un traductor a inyectar vacunas, puede ser un desastre.

Denni trastea más que antes con los botones de la radio, como si quisiera disimular la turbación.

–Al final cerraron la oficina estadística, yo era entonces muy pequeña. Sé que la suprimieron porque no era capaz de seleccionar las mejores soluciones. Encontraba tres o cuatro y se bloqueaba. Pedía más datos, pero en vano. En realidad hacían falta nuevos programas.

Curioso, piensa Natalia. Habla del mundo de *Estrella roja* como del pasado. La novela se publicó hace veinte años, por cierto. Si el socialismo marciano existiera de verdad, no sería como el de entonces, desde luego. Denni, en su fantasía, tiene esto también en cuenta. Por eso está fascinado Sasha.

–¿Y por qué sustituisteis la gran oficina estadística?

Denni deja la radio y levanta la cara. Está en su elemento.

–Eso es lo que nos preguntamos. Nos pusimos a hacer política, como decís vosotros. Creímos que podíamos sustituirla con el cálculo, pero fue un ilusión. Desde el principio, todas las decisiones que tomaba la oficina estadística, aun las más evidentes, tenían alternativas igual de válidas. Incluso en una sociedad como la nuestra, sin intereses partidistas, existen diversos modos de garantizar el bienestar colectivo. Si llegamos a plantearnos invadir la Tierra y exterminar a los terrícolas, fue porque agotamos los recursos de nuestro planeta. Y los agotamos porque la oficina estadística estaba programada así, para que considerara imposible alcanzar un equilibrio con el medio. El único modo de sobrevivir, decía nuestra ciencia, era desarrollarnos constantemente. Quien se para está perdido. Pero era eso, *nuestra* ciencia, que creíamos que por fin era justa y universal. Solo que en Nacun no estamos solos, ni en el universo está solo Nacun.

La puerta se abre un poco y asoma un enfermero.

–Han llegado los conejos –dice–. El transportista está descargándolos en el vestíbulo. Hay que firmar el albarán.

Natalia se levanta y le dice a Denni que espere, pero la muchacha la sigue.

En la entrada, al final del pasillo, al que dan una hilera de puertas y otra de ventanas, se va levantando un muro de finos barrotes. Natalia se dirige allí, seguida de Denni.

Por la puerta, que da a la calle Yakimanka y está abierta de par en par, entra un aire glacial.

El transportista va apilando las jaulas, ya lleva cuatro pisos.

–Veintitrés –cuenta, se vuelve y coge otra.

Tras los barrotes, los animales se mueven sobresaltados, sin saber dónde esconderse, y agitan las narices.

La enfermera jefe le pregunta dónde tiene que firmar, pero el hombre le contesta que ha de ser el director.

Natalia sale corriendo y le ordena a Denni que vuelva al cuarto.

–Aquí hace mucho frío y podrías enfermar.

La muchacha no obedece.

–Veinticuatro –dice el transportista.

Denni pone los dedos en los barrotes de una jaula, intenta tocarle el hocico a un conejo, pero el animal se aparta de un brinco, temblando de miedo.

–*Keshet milad urukama il* –susurra la muchacha–. *Ahim le dadi besbey?*

–Veinticinco –sigue contando el transportista, que resopla de cansancio. El hombre se frota la espalda y observa a ese curioso chaval de rasgos femeninos, que habla un idioma desconocido y acaricia las jaulas.

Denni se arrodilla y agacha el tronco hasta casi rozar el suelo con la oreja: quiere dirigirse a los animales de las jaulas del primer piso. Casi todos los conejos son blanquinegros, pero también hay grises, leonados y totalmente blancos.

–Veintiséis –dice el transportista jadeando y ve con asombro que los conejos han adoptado todos la misma postura y parecen vecinos de un bloque que se hubieran asomado a la ventana. Y en esa postura permanecen, *quietiparados*. Uno, el más gordo, empieza a emitir un sonido grave y gutural y, cuando deja de hacerlo, los demás se ponen a entrechocar los dientes o las patas traseras, cada vez más rápido. Casi parece que de pronto fueran a correr los cerrojos y salir de las jaulas.

–¿Los has hipnotizado? –pregunta el hombre, riendo.

Un ruido de pasos asusta a los conejos y el hechizo se rompe.

Es Bogdánov, que viene con su mujer y tres jóvenes enfermeros.

El transportista saca dos hojas dobladas y se las entrega al director. Están impresas por las dos caras, pero una de esas caras ha sido tachada con un plumazo. El papel es precioso y no puede usarse una sola vez. Bogdánov hace señas a los enfermeros de que lleven las jaulas a la sala habilitada al efecto.

Denni se pone de espaldas contra la pila de jaulas y extiende brazos y piernas para protegerlas.

–Estos pobres seres no saben lo que les espera. He intentado explicárselo, pero no nos entendemos bien. No podéis matarlos sin decírselo.

Bogdánov se esfuerza por tener paciencia, pero no es su mejor día.

–Veintisiete –dice el transportista y deja la jaula en la pared de enfrente.

El *Diario para la Educación Constante de los Médicos* publica un artículo de Nikolái Elansky en el que se critica duramente la actividad del instituto. Dice el autor que lo único que demuestra el presunto beneficio del colectivismo fisiológico son las impresiones de los pacientes. Ni los análisis de orina, ni las tomas de tensión y temperatura, ni el cómputo de linfocitos lo demuestran. «Estos estudios nos devuelven a la Edad Media.» ¡Cuánto resentimiento, con solo treinta años! Y todo por una crítica leve que le hizo, calificando su manual de «útil, pero superficial y por momentos incorrecto». ¿Merece una respuesta? En caso de que sí, tendría que sacar tiempo para escribirla, en vez de perderlo hablando del lenguaje de los lepóridos.

—No sabemos hablar con los animales, Denni.

La muchacha aprieta los dientes con amargura.

—Olvidaba que para vosotros no son más que cosas.

Los tres enfermeros se quedan parados, por no saber qué hacer o por curiosidad de ver lo que pasa. Con un ademán expeditivo, Bogdánov les ordena que procedan, empezando por las jaulas que la muchacha no alcanza a proteger.

—Todos somos cosas, Denni. Estamos hechos de carbono, agua, minerales.

Si no desiste, habrá que apartarla a la fuerza.

—¿Y entonces por qué consideráis más importantes unas cosas que otras?

—¡Porque organizar significa seleccionar! —espeta Bogdánov—. Seleccionar en beneficio de la colectividad.

La muchacha jadea, un sudor frío le baña la cara, o quizá son lágrimas.

—Esa es tu tectología... —murmura con la mirada perdida—. ¿Y si fueran seres humanos? ¿Y si la estabilidad del sistema obligara a exterminar a seres humanos? ¿A cuántos millones estarías dispuesto a matar en beneficio de la colectividad?

—Veintiocho —susurra el transportista, que no pierde la cuenta y apila metódicamente jaula tras jaula.

—No seas absurda, Denni —protesta Bogdánov. Y dirigiéndose a Natalia—: Por favor, llévatela a su habitación.

Natalia se acerca a la muchacha.

223

—Ya basta. Ven. Vas a congelarte.

—¡Un momento!

Es la voz de Vlados, quien se acerca con un papel en la mano.

—Veintinueve —dice resoplando el pobre hombre de las jaulas.

—Es posible que ya no necesitemos conejos —continúa Vlados, que entrega el papel a Bogdánov—. Hace diez meses, en el tercer hospital de Moscú, atendieron en urgencias a un hombre que había tenido un accidente: lo atropellaron yendo en bicicleta. Y los análisis de sangre revelaron la presencia de micobacterias parecidas a las de nuestra paciente.

—¿Crees que es Voloch? —pregunta el director.

—Se llama Igor Pashin —contesta Vlados—. No sé más. He pedido el historial médico completo.

—Hay que ingresarlo aquí lo antes posible —dice Bogdánov, presa del frenesí de quien quiere ponerse ya manos a la obra—. Antes de probar con los cobayas hay que ver los análisis de ese Pashin.

—¡Treinta! —concluye el transportista, que deja la última jaula con un suspiro de alivio.

El director firma rápidamente las hojas en el lugar indicado, las dobla y se las da. El hombre hace un saludo militar y se marcha.

—Mientras tanto, Denni podría ocuparse de los conejos —propone Natalia—. Darles de comer, limpiar las jaulas...

—Excelente idea —se apresura a decir Bogdánov.

Aliviada, la muchacha se arrodilla y empieza a decirles algo al oído a los inquilinos del segundo piso.

25

Es un bloque de viviendas amarillento, en una de las primeras calles de las afueras, como los muchos que se ven por allí. Vlados comprueba que la dirección coincide con la que figura en el historial clínico, que lleva anotada en un papel. Bogdánov observa el portal de la acera de enfrente.

–¿Cómo dice que se llama?

–Igor Pashin –contesta Vlados.

–¿Profesión?

–No lo dice. Nació en Moscú en 1883. La dirección es esta.

Están allí uno al lado del otro, enfundados en sus abrigos y con sombrero, y parecen dos maniquíes que hubieran clavado en la nieve o personajes de una obra de teatro.

Esperan otro poco antes de cruzar la calle, preguntándose lo que los espera. Es un caso del mismo tipo de tuberculosis que padece Denni. ¿Es una casualidad? ¿Un pariente lejano? ¿Uno más cercano? Bogdánov se atreve a dar el primer paso para salvar la distancia que lo separa de la verdad. ¿Y si el tal Pashin fuera el padre natural de la muchacha? ¿Y si fuera Voloch?

A Vlados eso no le importa. A él solo le importa la investigación científica y su carrera. Hallar una prueba, enriquecer el conocimiento. Él no tiene que desenvolverse en la selva de su pasado.

Cruzan la calle y entran en el patio del edificio. Es un recinto amplio y oscuro. Flota un tufo a humedad que se mezcla con un olor vago a col hervida. En la pared hay una lista de los inquilinos, que un rayo de luz que se filtra por la luneta de la puerta ilumina.

Bogdánov repasa la lista con el dedo.

—Pashin. Segundo piso.

Suben la escalera, que tiene peldaños sueltos y está cubierta por una alfombra roja y gastada, deshilachada en muchas partes, salen a un pasillo, llegan a la puerta del apartamento.

Han salvado la distancia. Ahora sabrán.

Vlados llama, con unos golpes secos.

Silencio.

Llama otra vez, más fuerte.

Nada.

La frustración se pinta en la cara de los dos hombres.

—Esperemos —propone Bogdánov, señalando un banco que hay arrimado a la pared.

En ese momento se abre la puerta de enfrente y asoma la cara arrugada de una mujer de ojos claros, brillantes, que miran a los dos hombres de arriba abajo.

—Buenas tardes —se apresura a decir Bogdánov, llevándose la mano al sombrero y ofreciendo un aire distinguido.

La mujer no saluda y pregunta, con voz ronca:

—¿A quién buscan?

—A Igor Pashin. Sabemos que vive aquí.

La anciana sigue impasible, pero al menos asiente y observa a Vlados, cuya expresión seria no parece inspirarle confianza.

226

–Vivir, vive... Pero tiene horarios extraños. A veces desaparece varios días.

–¿Vive alguien más con él? –pregunta Vlados.

La mujer apenas se digna contestarle con un gesto negativo:

–¿Quiénes son ustedes? ¿Por qué lo buscan?

Bogdánov contesta lo más afablemente que puede:

–Somos médicos del instituto transfusional, tenemos que hablar con él, es una cuestión de salud.

–¿Está enfermo? –pregunta la mujer–. ¿Es contagioso?

–No, no, no hay nada que temer –se apresura a contestar Bogdánov–. Pero tenemos que hablar con él.

–No sé cuándo volverá –dice la mujer–. Si es que vuelve. Si quieren que le dé un recado.

Vlados no reprime una sonrisilla sarcástica.

–Lo esperaremos –replica. Se sienta en el banco y se olvida de la mujer.

Bogdánov en cambio sonríe.

–¿Sabe usted dónde trabaja?

–Cualquiera sabe. No sé ni en qué trabaja. Unos dicen que en una acería, otros que es oficinista. No es muy hablador. Además, ya le digo, sale temprano y vuelve tarde. A veces ni vuelve.

El inquilino misterioso debe de ser la comidilla de los vecinos. No podía ser de otro modo.

–Pues esperaremos –dice Bogdánov y se sienta también.

La puerta se cierra, pero apostaría a que la vieja ha pegado la oreja para oír lo que dicen.

Vlados enciende un cigarrillo. Bogdánov se queda mirando esa puerta que lo separa de la vida de Igor Pashin, sea quien sea.

Es una vida solitaria, vivida en espacios solo usados para descansar, un dormitorio, una cocina, un cuarto de baño. Lavarse los dientes, apagar la luz. Y luego el largo silencio diurno, en el que nada se oye, como ese en el que se han sumido en ese mismo momento.

—Veremos si vuelve... —murmura.

Cuando lo dice se oye la puerta de la calle, abajo. Vlados y Bogdánov se asoman por el hueco de la escalera. En el techo hay una lámpara y su luz apenas lo ilumina. Entrevén a una mujer joven que sube con dos cestas de mimbre. La saludan cuando pasa y la mujer sigue subiendo.

Los dos hombres vuelven a sentarse.

—¿Ha descubierto algo más de la muchacha? —pregunta Vlados con aire distraído.

—No. Su historia es perfecta, de una coherencia envidiable. —Sonríe—. Hasta a mí me lo parece, que soy el autor de las novelas en las que se basa. Dudo que pueda averiguar de dónde viene, no sé ni por dónde empezar.

Vlados expulsa el humo de una calada.

—Con una guerra y una revolución de por medio, sería difícil aunque no estuviera loca...

Bogdánov asiente pensativo y estira las piernas sobre la alfombra roja de la escalera.

—¿Sabe? Al principio me daba lástima. Ahora ya no.

—¿Cómo puede no compadecerla? —objeta el joven médico—. Sin un principio de realidad, está destinada a sufrir, a que el mundo la aplaste.

Bogdánov cruza los pies y juguetea con el sombrero.

—El mundo ya la había aplastado. La fantasía la ayuda a defenderse.

—La ayuda a evadirse de la realidad, querrá decir —lo corrige Vlados.

—Cuando la realidad es una cárcel, ¿tan mal está querer evadirse? —pregunta Bogdánov.

—La misión de la humanidad es abolir las cárceles —responde Vlados, diligente—. Cambiar la realidad.

—Sí, es verdad —conviene Bogdánov—. Es lo que dice

nuestro querido marxismo. Pero para eso debemos ser capaces de concebir un mundo sin cárceles y eso es lo que hace muy bien Denni. ¿Cuántos podemos hacer lo mismo? –Vlados no dice nada, parece reflexionar. Bogdánov aprovecha su silencio para proseguir–: No, no la compadezco. Puedo intuir el sufrimiento que ha dado origen a esas imaginaciones y lamentarlo, pero admiro la capacidad que tiene su mente de convertir el sufrimiento en fantasía.

Vlados apaga la colilla en la maceta de una planta desmedrada.

–Temo que condicione su juicio el hecho de que esa fantasía es un homenaje a su obra narrativa.

–E incluso la completa y la prosigue...

–Pues eso –dice Vlados.

Bogdánov estira la espalda.

–Cuando, hace veinte años, en Capri, volví a ver a Leonid Voloch, había sufrido un trastorno. También en su caso el sufrimiento hizo que su mente viajara a otro planeta. Yo di forma literaria a sus visiones y ahora esas visiones vuelven a través de su hija... si es que de verdad es el padre de Denni. En cierto sentido, la historia de Nacun ha seguido viajando a través del tiempo y del espacio, sin mí ni mis novelas.

–Hace usted un elogio de la locura y del sufrimiento y eso es peligroso –dice Vlados.

–Ah, no seré yo quien defienda el sufrimiento –replica Bogdánov–. Yo también sufrí un trastorno parecido. Sé que no es bueno. Y en mi caso no produjo una explosión creadora... sino neurastenia.

Vlados se vuelve, sorprendido por la revelación.

–No lo sabía.

–Es una enfermedad bastante común en los veteranos de guerra.

–He leído bastante sobre el tema –murmura Vlados–. No sabía que la hubiera padecido usted.

–Me costó meses recuperarme. Si es que puede decirse que uno se recupera.

Lo interrumpe el ruido de la puerta.

Se asoman a la escalera.

Pasos que suben arrastrándose. A medida que se acercan, ven más claramente el bulto pesado de un hombre de mediana edad, grueso, que los saluda al pasar.

Bogdánov y Vlados lo observan caminar hasta que llega a su puerta, dos más allá.

Falsa alarma.

El hombre introduce la llave en la cerradura y entra.

Vlados se enciende otro cigarrillo y empieza a ir y venir, echando el humo hacia el techo.

–¿Estuvo usted en el frente? –le pregunta a Bogdánov, cuando este se sienta.

–En el frente y en la retaguardia. Era suboficial médico.

La cara que pone el director no invita a Vlados a seguir preguntando. Además, en ese momento se abre una puerta del pasillo y se asoma un anciano, curioso por ver quién habla, aunque, al ver que los dos hombres lo miran, retrae la cabeza como la retraería una tortuga bajo su caparazón.

–No creo que venga –dice Bogdánov cuando se quedan de nuevo solos.

Vlados apaga el segundo cigarrillo en la maceta y no dice nada; está ya impaciente.

Saca del bolsillo un cuaderno y un lápiz y escribe unas líneas en una hoja, que arranca y mete por debajo de la puerta de Pashin.

–Listo. Le digo que es por su salud. Se pondrá en contacto con nosotros, ¿no cree?

Bogdánov va a responder, pero se oye un portazo abajo. De nuevo pasos que suben.

Se asoman.

230

Un bulto de hombre. Cuando llega al rellano del primer piso, la luz de la lámpara ilumina un guante que se ase de la barandilla, un abrigo, una bufanda, un gorro de pelo. El hombre se detiene y mira hacia arriba.

Nadie se mueve, habla ni respira.

Bogdánov nota que el vello de la nuca se le eriza. El hombre da media vuelta y empieza a bajar.

—¿Igor Pashin? —pregunta Vlados en voz bien alta.

Las palabras resuenan por la escalera, el hombre aprieta el paso.

Sin necesidad de consultarse, echan a correr escalera abajo, pero Vlados tropieza. Bogdánov quiere ayudarlo, pero el otro le indica que siga.

El director corre, llega a la puerta, que se ha cerrado detrás del hombre del gorro de pelo. La abre, sale a la calle. Llega a tiempo de verlo doblar la esquina. Corre tras él, está a punto de resbalarse en la nieve, pero consigue mantener el equilibrio. Cuando llega a la esquina, el hombre ha desaparecido entre la gente que vuelve del trabajo.

Bogdánov se queda mirando su vaho, que se disuelve en el aire de la tarde. Llega Vlados, cojeando.

—¿Por qué habrá escapado? —pregunta Bogdánov, extrañado.

—Habrá pensado que somos policías.

—No lo entiendo.

—Veamos, Bogdánov. Costumbres extrañas, ausencias, que nadie sepa en qué trabaja. Me apuesto lo que sea a que ese Pashin es miembro de la oposición, un tipo turbio. Hemos tenido mala suerte.

Bogdánov no dice nada.

Escucha el latir del corazón que se calma, la respiración que se vuelve regular, siente el frío en la cara.

—Se nos ha escapado por los pelos. Esperemos que lea la nota.

Vlados mueve la cabeza, incrédulo.

—Si se ha asustado, no dará señales de vida. Apuesto a que ni siquiera vuelve a su casa.

Da con rabia una patada en la nieve de la acera y se queja de dolor en el tobillo.

26

Día de invierno de 1915, acampados a orillas de un lago helado. Un lago como otros miles que hay en la región, en los confines de dos imperios. Paisaje familiar, a pocas verstas de la casa paterna. Las pesadillas de seis meses de guerra han borrado las salidas de pesca y los recuerdos de infancia.

Tectología del exterminio. Amputación sistemática de cuerpos y palabras.

Bajo la costra blanca, extensiones de agua, porciones de bosque sobre la tierra helada. Los pocos árboles que han sobrevivido a los obuses.

De cuando en cuando, el silbido ominoso de los morteros. Fogonazos. Explosiones. Erupciones de nieve y troncos negros. Las vísceras de un mundo sin colores.

Poco antes del alba, orden de salir de la trinchera, con casco y macuto al hombro, caminar en fila, agachados, entre ramas bajas de abetos y arbustos palúdicos, en busca de un lugar protegido donde instalar un puesto de socorro.

Descargas de artillería mezcladas con alguna ráfaga de ametralladora. La cadencia monótona de los centinelas enemigos. Aún está-ta-ta-ta-ta lejos.

Obligados a caminar en fila india, despacio. Animados y a la vez asustados por el estrépito de hierros y botas.

Hacer un alto al abrigo de un montón de tierra removida, masticar un mendrugo de pan.

Más allá de la colina artificial, un hueco en las alambradas alemanas. Alambre de espino que, alcanzado por los morteros, ha cortado en mitad de la noche una brigada con tenazas, recompensada con unas cuantas monedas.

Al silbido del oficial, el primer ataque. Siguen un segundo, un tercero, un cuarto ataque.

La cadena de montaje de la gloria.

Vendas, torniquetes, lazos hemostáticos y frascos, todo dispuesto sobre la nieve como si estuvieran de merienda.

Alrededor, resaca de hombres con la ropa y la carne desgarradas, ebrios de sangre.

Voces de ánimo y alaridos salvajes. Canto y contracanto sin intervalos.

—¡Al ataque! ¡Ayuda! ¡Me muero! ¡Por el zar! ¡Me muero! ¡Al ataque! ¡Ayuda! ¡Maldito sea el zar!

Fantasmas y mutilados que deambulan por las montañas de Prusia oriental.

Esquirlas de obús calibre 152, pequeñísimas y penetrantes, capaces de matar en un radio de quinientos metros. Un enjambre de avispas de acero, precedido de una corriente de aire caliente. Una brisa fatal. Respiración y troncos cortados, que se enredan en las ramas de los árboles vecinos. El abrazo que da el bosque a sus moribundos.

Bajo la planta de los pies, el batir de un tambor subterráneo. Explosiones que desgarran, como una zarpa en el vientre. El mayor Glasunov cae de espaldas, derribado por la racha repentina de una de esas explosiones.

Ponerles una camilla en la mano a los camilleros, que aún están aturdidos.

Por el borde del cráter humeante, miembros y frases truncados.

Gritos de pacientes impacientes. Llantos lastimeros, cantinelas de mendigo, llamadas que se desvanecen.

Cada explosión es peor. Las reservas de vendas se agotan enseguida. Se improvisan camillas con sacos y ramas.

Ir y venir de un herido a otro, con un temblor de cansancio en las piernas, con los pantalones empapados de sangre a la altura de las rodillas, con las manos oliendo a carne cruda. Imposible atender a todos.

Heridos en el cuello, en el hombro. Heridas con orificios de entrada y salida o de refilón, de los tejidos blandos o de la piel.

Tres jóvenes siberianos, de rasgos parecidos. El primero de pie, con un brazo en la mano: el suyo. Vendar el muñón y mandarlo al campamento por su propio pie. El segundo, entumecido por el frío, respira con ahogo. Un balazo de metralleta en el tórax. Medicado y transportado en camilla. El tercero, ojos tranquilos. La tranquilidad cruel de los heridos en el vientre. Lo que se dice destripado: por la amplia brecha de la pared abdominal, los intestinos rebosan sobre los calzoncillos de botones. Con cada respiración, el hígado queda al descubierto. Envolver las vísceras con gasa esterilizada. Inyectar morfina. Pide de beber chascando la lengua. Luego delira, llamando a su madre. Voz infantil, que contrasta con la cara tostada y la barba de hombre curtido.

Dos muchachos, a los que ha alcanzado el mismo obús en una carga desesperada contra la trinchera enemiga. Corren uno detrás de otro, la metralla se interpone y rompe la fila. El de delante, cráneo abierto sobre la nuca. El cerebro a la vista. El de detrás, sin cara. Ennegrecidos como por un rayo, espasmos de cuerpos en medio de un amasijo de color rojo. Justo a tiempo de verlos morir. Con la madre en los labios. Quizá la misma madre.

Natalia. Páginas llenas de poemas dedicados a ella, en un cuaderno arrugado, escritos con mano trémula. «Querida compañera, mi devota, mujer mía y madre.» En sus cartas, las únicas palabras de consuelo. Las únicas noticias de la familia. Padre y madre trasladados a Minsk. Anna y Anatoli en Kiev. Anfusa y Kotik huyendo por Europa, lejos de París, adonde también llega la guerra. Alojados en casa de una amiga en Barnaúl, en Altái, a más de tres mil kilómetros al sudeste de Moscú.

La colina artificial, mísero abrigo, ya reducido a una zanja por las explosiones. El ojo atento a las heridas, el oído al silbar de las bombas, para desplazar a heridos y material según la trayectoria de los disparos. Obligados a entenderse por señas, el estruendo ahoga la voz.

Un soldado de estatura colosal, que carga con algo muy pesado. Corre por el lago helado, en medio de la tempestad. Trae, sobre la robusta espalda, a un compañero que jadea, moribundo. Vuelve al lago, ofrece a los heridos, con delicada seguridad, el sostén del brazo, la mano, el hombro. No necesita camillas ni la ayuda de los camilleros. Va y viene así cuatro veces, hasta que no puede más.

Ataque rechazado. Retirada. La trinchera enemiga sin conquistar. Gritos de Glasunov por un teléfono de campaña a los oficiales de artillería. Más allá del hueco de la alambrada, oculta por un foso, otra barrera, completamente inesperada. Obstáculo fatal para decenas de soldados. En lo que cuentan los supervivientes, horror de cadáveres y moribundos a caballo del alambre de espino.

Rápida decisión: salvar a los salvables, a favor de la oscuridad de la tarde.

El grueso de la tropa se dirige al campamento. Nieve en el cielo y muerte en la tierra.

En espera de las primeras estrellas, un trago de vodka, para creer que se entra en calor.

Como accionado por un mecanismo de relojería, cada cinco minutos exactos, cae un obús en el montecito de tierra removida, que van comiéndose a bocados.

Fiebre gélida, escalofríos que se sienten hasta en el cerebro.

Un deseo incontenible de levantarse, salir al descubierto, levantar las manos, que se vean bien.

No más guerra, no más explosiones, no más fingir que se curan heridas mortales.

Una explosión. Lluvia de esquirlas, ramas y tierra. Obligados a excavar como conejos para ver el cielo.

Contra las nubes, una polvareda loca de manchas negras.

Mano a la cantimplora, enjuagarse los ojos, que siguen llenos de arena y tierra.

Nada que hacer, la visión sigue salpicada de puntitos oscuros.

Un bandada. Una flota.

Oídos aguzados. El típico zumbido de los motores nacunianos. Siluetas de eteronaves que se acercan. Más veloces que ningún aeroplano. Compactas, inexorables, rumbo a tierra de nadie, en medio de los ejércitos.

Una invasión que trae la paz. El socialismo. La tectología de la vida.

Haces de luz deslumbrantes que exploran el cementerio de árboles, hombres y chatarra.

La carlinga transparente de la primera eteronave está ya aquí. Cada vez más luminosa, cada vez más grande.

Aquí. Brazos en alto. Señales de maniobra a los pilotos. Afirmativo. Girar a la izquierda. Apagar el motor principal. Prepararse para aterrizar.

Bienvenidos, camaradas. Bienhallados.

Un tirón enérgico en el brazo.

—Malinovsky, ¿adónde diablos vas? ¿Es que quieres que te maten?

27

El vaho empaña el cristal de la ventana a un ritmo regular. Cada vez que respira, las figuras de Denni y Kotik, que están en el patio, se cubren de vapor y reaparecen en los intervalos. Los dos muchachos están sacando jaulas. Se han pasado los últimos días construyendo unas más grandes en las que caben diez animales y han hecho en ellas madrigueras con maderas y canalones. En ese momento están limpiándolas y reabasteciéndolas de agua y comida. Para eso, tienen que cambiar los conejos de una a otra. Kotik los coge por las orejas y los animales patalean. Denni los toma en brazos, los acaricia y les susurra palabras incomprensibles. Le enseña al muchacho cómo hacerlo y él la imita, le pregunta algo y ella responde. Trabajan con sintonía, animados.

La escena absorbe toda la atención de Natalia, quien parece temer interrumpirla si se aparta de la ventana.

De pronto advierte la presencia de su marido, el olor conocido, la manera de cogerla suavemente del talle.

—¿Qué hacen?

—Se ocupan de los conejos.

También Bogdánov observa la escena.

—Curioso —comenta—. Los animales no intentan escapar, ¿te das cuenta?

Natalia asiente.

—Creo que es ella, que los calma.

—¿Ah, sí? ¿Y cómo lo hace?

—Les habla.

Un risita.

—¿De veras?

Natalia asiente otra vez.

—Esa muchacha es muy peculiar.

—Eso sin duda —conviene él.

Da unos golpes en el cristal con los nudillos y saluda, pero los muchachos no lo ven.

—Lo digo de verdad —prosigue Natalia—. Es muy buena. Y tiene carácter. Mucho más de lo que parece. ¿Has visto lo que ha trabajado con esa radio rota? Esta mañana me ha pedido que le envíe una carta a Moris Leiteisen. Dice que quiere pedirle unas piezas de recambio.

Bogdánov da un paso atrás y se aparta de la ventana.

—Si es por eso, yo la he oído hablar con él de astrofísica y viajes espaciales. —Y pregunta, afectando indiferencia—: ¿Por qué has invitado a Kotik? Estudia para médico, no para veterinario. No quiero que se sienta obligado a estar aquí.

Natalia no se deja provocar.

—Creo que Denni se alegra de ver una cara joven y no solo nuestras viejas jetas. Y me parece que él la ayuda con gusto. Esa chica sabe cómo implicar a los demás en lo que le interesa.

Bogdánov se muerde los labios. Natalia no le ha perdonado que decidiera no criar al muchacho con ella, es lo único que los separa de verdad.

En su día él rechazó esta tentación diciendo que no era sino una tabla de salvación, algo a lo que aferrarse en un momento en que el mundo se hundía.

«Ante las masacres, hay que hacerse médico. Ante la guerra, hay que cuidar...»

Natalia recuerda sus propias palabras, un día de... ¿cuándo? Hace doce años. Y Kotik ya es casi un hombre.

Fue poco antes de Navidad. La guerra duraba más de un año y el jardín del sanatorio estaba cubierto de nieve. Sasha prefería instalarse fuera, pese al frío, porque la nieve amortigua los sonidos. Lejos de los ruidos del mundo, podía volver a escribir, su mayor deseo. Recuperar al menos la palabra escrita, cuando la voz no sonaba ya fuerte como antes.

Detrás tenía el gran edificio que el zar había habilitado para que los soldados convalecieran, incluidos aquellos que, diez años antes, intentaron derrocarlo: fueron perdonados, repatriados, declarados aptos y alistados. Había también bolcheviques, sí, porque en el ejército no importa lo que seas con tal que vistas el uniforme. Y si uno puede morir como un perro por la Santa Madre Rusia, también puede ser apartado del mundo. Inútil para luchar por la monarquía, inútil para luchar contra ella.

«Sasha, lo siento. He de darte una terrible noticia. Anfusa Ivanovna ha muerto.»

Se tapa la cara con las manos. Pero la oscuridad es peor para él, ella lo sabe. La oscuridad le hace ver de nuevo la trinchera, los monstruos, el horror.

«Sasha... Escúchame.»

«No sé si quiero escucharte.»

«Hay que pensar en Kotik. Anfusa se lo encomendó a una amiga, Lidia Pavlovna, que va a traerlo de Barnaúl. Tú eres todo lo que tiene.»

Él no puede mirarla a la cara.

«Pues entonces no tiene mucho. Si pudiera me sepultaría bajo la nieve y me quedaría ahí en letargo, como un animal, hasta que la guerra acabara. Si es que después de la guerra queda algo por lo que merezca la pena despertar.»

«Podemos criarlo juntos.»

Él pisa la nieve como si tuviera aquella idea en la suela de los zapatos.

«Las personas caen como hojas en el frente, el viejo mundo se hunde. Y yo... soy un neurasténico. No tengo amigos. No consigo trabajar. Escribo más para mí mismo que para los demás. ¿Cómo voy a cuidar de nadie si soy yo quien necesita que lo cuiden?»

Un suspiro cargado de desencanto.

«Pues por eso, Sasha. Ante las masacres, hay que hacerse médico. Y tú eres médico. Ante la guerra, hay que cuidar...»

Natalia vuelve al presente y mira al hijo que no tuvo, que está en el patio, cuidando de los conejos con la hija de otro caminante, otra vida que se perdió por el camino, luchando por construir el socialismo.

Será una ironía del destino, pero allí están todos. Ellos dos, Kotik, Denni, los conejos. Y al día siguiente llega el hombre por el que se conocieron, que de joven quiso llamarse como el personaje de su novela preferida, *Padres e hijos,* de Turguénev: otro caso de literatura que prosigue en la vida.

–Mañana ingresan a Bazárov. Nos lo han comunicado hoy...

Natalia se da cuenta de que habla sola. Su marido no está ya a su lado, se ha ido como vino, de puntillas, seguramente pensando en sus propios recuerdos. El jardín del sanatorio, la nieve y una noticia desgarradora.

Se lo imagina subiendo por la escalera camino del apartamento, con las manos cruzadas a la espalda, su manera de andar cuando está pensativo.

«Si es que después de la guerra queda algo por lo que merezca la pena despertar.»

Bogdánov abre la puerta, entra en casa, se dirige a la cocina. En la mesa aún están las tazas del desayuno, las migas de las galletas, el periódico de la mañana.

En el sanatorio militar leía la prensa con una semana de retraso. Los artículos estaban llenos de espacios en blanco de la censura zarista y de espacios negros, de tinta reciente, de la censura interna. Una lata.

¿Cuántos meses estuvo ingresado allí? ¿Cuatro? ¿Cinco? Después le concedieron un permiso, al cabo del cual volvió al servicio en el hospital de campaña 153 de Moscú. Triste extensión de barro y barracones, en la que, entre suturas y amputaciones, supo lo de la conferencia de Zimmerwald.

Tras un año de guerra, los partidos socialistas partidarios de la paz se reunieron en aquel pueblo de montaña, cerca de Berna. El propietario del hotel Beau Séjour en el que se alojaron creía que era un congreso de ornitología al que asistían treinta y ocho eminencias de toda Europa. Pero el documento final no hablaba de aves.

«Nos hemos reunido aquí para pedir a los trabajadores que se organicen y empeñen la batalla de la paz, una paz sin anexiones ni reparaciones. Es una batalla también por la libertad, la hermandad de las naciones, el socialismo.»

Lenin había firmado la declaración, pero, con Trotski, Zinóviev y cinco más, consiguió que se añadieran unas pocas líneas en las que declaraban que el manifiesto no los satisfacía plenamente porque no aclaraba *cómo* conseguir la paz. Sobre esto, por cierto, ni siquiera los ocho disidentes estaban de acuerdo. Según Lenin, había que transformar la guerra imperialista en una guerra civil contra los enemigos de clase. Pero su posición era minoría dentro de la minoría. Si los proletarios del Viejo Continente querían morir por la patria, incluso con entusiasmo, a la bayoneta, sirviendo a los intereses de quienes los explotaban, ¿cómo iban a estar preparados para la revolución?

Bogdánov recoge las tazas y las pone en el fregadero. Abre el grifo y deja que corra el agua por la vajilla sucia. La determinación de Lenin le sirvió de ejemplo, no puede negarlo. No compartió su postura –que incluso tachó de «optimismo de las ruinas»–, pero sacó de ella el impulso que le permitió levantarse. Se acabó el letargo. Era como si el viejo adversario le hubiera transfundido su energía indómita y lo obligase a mirarse al espejo. Se puso a escribir con ahínco, acabó el tercer tomo de *Tectología* y difundió el manifiesto de Zimmerwald entre los soldados convalecientes.

«¡Proletarios de Europa! Una cosa es cierta: la guerra que ha engendrado este caos es producto del imperialismo.»

Un camillero, que decía que había hecho la revolución de 1905, le dijo que precisamente por eso estaba de acuerdo con Plejánov: había que proseguir la guerra hasta la victoria y derrotar al káiser, que era el peor imperialista, el mayor enemigo de los trabajadores.

¡Triste destino el de la mente sutilísima que había fulminado la primera excomunión contra él! El padre del marxismo ruso luchando codo con codo con belicistas, chovinistas y socialpatriotas. Apenas dos inviernos después, y tras cuarenta años de exilio, regresaba a Rusia a tiempo de acusar a Lenin de ser un agente provocador a sueldo de los alemanes.

Pero antes había de estallar la revolución de febrero. Hoy, con el calendario gregoriano vigente, puede olvidarse, pero aquel 23 de febrero de 1917 era en gran parte del mundo 8 de marzo. Las primeras que se echaron a la calle fueron las mujeres, seguidas de soldados, desertores, regimientos sublevados, ancianos que hacían cola para recoger su ración de pan, obreros en huelga. Hubo miles de heridos, cientos de muertos, fue el resurgir del sóviet de Petrogrado. Forzaron a los Romanov a entregar el poder y todos se preguntaban *quién* se lo había arrebatado. ¿El pueblo? ¿El ejército? ¿Los trabajadores? ¿La burguesía? ¿Y para hacer qué? La respuesta a esa pregunta era fundamental, pero para encontrarla no bastaba con pisar las fábricas y la calle. Había que estudiar.

En Moscú, el sóviet obrero creó una sección dedicada a la cultura. Se necesitaban profesores, intelectuales que supieran manejar la filosofía como si fuera un destornillador, la economía como si fuera un bisturí. Él no podía negarse. Fue como regresar al pasado, a los años de Tula. De día, entre enfermos; por la noche, con estudiantes obreros, muchas veces a la luz de las velas, en los bancos de trabajo. Y en las horas que arrebataba al descanso, daba los últimos toques a su *Tectología*. Ningún editor quiso publicar el segundo tomo. Tuvo que ahorrar y lo imprimió a su costa, dos mil ejemplares. Dejarlo en un cajón habría sido un crimen. Tras la matanza científica de los morteros, la humanidad necesitaría una ciencia con la que reorganizar el mundo.

Lenin llegó a Petrogrado la noche del 3 de abril, en un tren acorazado y con permiso de tránsito del gobierno alemán. Al día siguiente, en una reunión de bolcheviques, leyó sus diez tesis sobre lo que en aquel momento debían hacer los proletarios. El *Pravda* las publicó en el número 26:

> La situación de Rusia es la de un país que está pasando de la primera fase de la revolución, en la que la burguesía se ha hecho con el poder, a la segunda, en la que el poder debe ser para el proletariado y los campesinos pobres.
>
> No podemos dar nuestro apoyo al gobierno provisional.
>
> No queremos una república parlamentaria, sino una república de los sóviets.
>
> Abolición de la policía. Nacionalización de la tierra y de la banca.

«¿Usted qué piensa, Bogdánov?», le preguntó un tornero unos días después, al término de la clase, dedicada aquel día al fetichismo de la mercancía.

«Creo que lo de "¡Todo el poder para los sóviets!" es un buen eslogan, pero carece de base científica. El zar ha sido derrocado por el pueblo. Los sóviets son una minoría y tienen un sistema de delegación inapropiado. Aunque consiguieran el poder, muchos ciudadanos se sentirían excluidos y se rebelarían. La ciencia política y de las relaciones sociales aconseja que participemos en el gobierno provisional. Que ejerzamos presión, que influyamos en él.»

«Lo que dice Lenin», le preguntó otro obrero, «¿no es contrario a lo que enseña de Marx? El socialismo no puede realizarse en un país atrasado y campesino, que no ha pasado por la fase del capitalismo burgués.»

Bogdánov limpia la mesa con un paño mojado. En Kuókkala aprendió que el desempeño de labores domésticas va perfecto para pensar.

«Marx no nos dice qué puede o no puede hacerse», contestó, en medio de la penumbra de aquella estancia suntuosa, obra del arquitecto Matvéi Zakakov. «Sus escritos son como herramientas, un modo de pensar para actuar. Es un estilo de pensamiento hecho para avanzar, para ir más allá del mismo Marx.»

Diez días después, en medio de los festejos del Uno de Mayo, el ministro de Exteriores del gobierno provisional informaba a los aliados que Rusia seguiría la guerra y conquistaría los Dardanelos y Constantinopla.

«Se ríen de nosotros. Dijeron que no habría conquistas, anexiones. ¿Qué piensa usted, Bogdánov?»

«Debemos pedir la dimisión del ministro. Y que los sóviets entren en el gobierno.»

Los bolcheviques, en cambio, prefirieron no participar. No querían compromisos con la burguesía, que promete la paz pero prosigue la guerra.

A finales de junio, el ministro Kerenski lanzó una ofensiva en el frente oriental. Tras un primer éxito, la iniciativa acabó en sangrienta derrota.

Los soldados tomaron las calles de la capital, exigiendo el fin de las hostilidades. Los regimientos se sublevaron. «¡Todo el poder para los sóviets!», solo que los sóviets dudaban si aceptar aquel poder, que se parecía mucho a una condena. Los obreros abandonaron las fábricas y se unieron a los manifestantes. «¡Tierra, pan, paz!» El ejército cargó contra los manifestantes, como en tiempos del zar. Cientos de muertos, de detenidos. Asaltaron la imprenta del *Pravda,* destrozaron las máquinas. El último número del periódico pedía calma a los insurrectos, aconsejaba abandonar la revuelta. Los bolcheviques fueron mayoría en el sóviet de Petrogrado. Lenin, buscado por la policía, tuvo que pasar a la clandestinidad, jugarse el todo por el todo, en una partida de ajedrez en la que se jugaba el destino de todos. Una apuesta tremenda, inconsciente.

«¿Y ahora, Bogdánov? ¿Qué piensa?», insistían los estudiantes obreros. «Razón tenía Lenin no queriendo entrar en el gobierno provisional.»

«Lo que ahora hace falta es una asamblea constituyente, elegida por sufragio universal, que resuelva el conflicto de manera democrática. Todos los partidos socialistas deben formar parte de ella y tratar de controlarla. Y usarla como si fuera una caja de resonancia. Hasta que estén preparados para la revolución.»

Bogdánov se sienta en una silla de paja. Coge un vaso, lo observa a contraluz y lo llena de una jarra de cristal. Siempre que lo piensa, o lee cartas y artículos de entonces, se sorprende de aquel trueque de papeles. Parece el golpe de efecto de una obra de teatro absurda. Lenin, el hombre que se pasó diez años luchando por que los bolcheviques concurrieran a las elecciones, quería boicotear al gobierno, mientras que él, Bogdánov, el boicoteador, proponía conquistarlo con votos y discursos.

En agosto, cuando los alemanes entraran en Riga, las tropas del general Kornilov marcharon sobre Petrogrado con intención de imponer la ley marcial. Los ferroviarios desmontaron las vías para impedirles el avance. Los empleados de correos retrasaron la entrega de los despachos militares y los transmitieron a los bolcheviques. Cuarenta mil obreros tomaron las armas para defender a los sóviets.

Deserciones y levantamientos obligaron a Kornilov a renunciar a la empresa.

El 5 de septiembre, el sóviet de Moscú anunció que apoyaría un gobierno soviético.

Hubo trescientos cincuenta y cinco votos a favor y doscientos cincuenta y cuatro en contra.

«¿Y usted, Bogdánov? ¿Qué piensa? Ya se dice que es usted un menchevique.»

«Creo que confundir una sublevación con una revolución es un grave error.»

A principios de octubre, Trotski anunció que los bolcheviques no participarían en la asamblea constituyente. Veinte días después, al frente de la Guardia Roja y de los obreros del sóviet de Petrogrado, ocupaba los puentes sobre el Neva, puntos clave de la ciudad y la sede del gobierno provisional: el Palacio de Invierno.

El plan de Lenin, inspirado en el optimismo de las ruinas, se había realizado. La toma del poder, la república soviética, un gobierno de obreros, campesinos y soldados. Cansados, heridos, hambrientos. Supervivientes de tres años de violencia inhumana, órdenes irracionales y miedo. Un miedo que Bogdánov conocía bien.

Anatoli Lunacharski, nombrado comisario del pueblo de Educación, le ofreció un puesto en el ministerio. Él lo rechazó y, en una carta, afirmó que no participaría en el gobierno soviético pero tampoco lo boicotearía. No le gustaba que el ejército participara en la revolución, porque los soldados podrán parecer comunistas cuando comparten el rancho y brindan, pero en realidad prefieren un sistema basado en el autoritarismo y la simplificación. Ocupar el campo enemigo: en eso consiste su revolución. Confunden el trabajo con una batalla, la cultura con una arenga, la economía con la intendencia. La lógica del cuartel estaba sustituyendo a la lógica de la fábrica. Y aunque el partido era una mezcla de obreros y soldados, la tectología enseña que la estabilidad de un organismo viene determinada por su parte más débil y, así, cuando en un grupo conviven dos almas, una progresista y otra reaccionaria, siempre es la segunda la que se impone.

La suerte del partido estaba echada, a menos que los obreros se dotaran de una nueva ideología.

«Yo trabajo para el futuro», escribió Lunacharski, sin darse cuenta de la paradoja que ahora le resulta clara a él. Si algún día llegaba ese mañana, es porque alguien hizo nacer ese hoy. Si podía dedicarse a la cultura de la nueva sociedad, era porque aquella sociedad era por fin posible.

Para bien y para mal, la historia lo ataba a Vladímir Ilich Uliánov, a sus acciones arriesgadas y poco ortodoxas, con las que había dado jaque mate a sus adversarios.

28

Pese a los progresos de los últimos diez años, la transfusión sigue siendo una operación inquietante.

Bazárov está pálido, contraído, y mira fijamente una esquina del techo.

El voluntario es un estudiante de medicina. Se llama Kirchakov, tiene veinte años y se muestra tranquilo, como conviene a su papel, aunque los puños que aprieta a los lados, sobre el colchón de la camilla, delatan cierta obsesión.

Pese a la guerra y a la sangre derramada, pese a los cuerpos mutilados y las trincheras, la idea de perforar nuestra envoltura para recibir en las venas la esencia de otro aún deja a muchos con la respiración suspensa.

Natalia lo sabe y reconoce la angustia que se pinta en la cara de los pacientes, evalúa la gravedad de esa angustia por la contracción de los músculos y se prepara para controlarla.

–Camaradas, podemos empezar.

Su método de transmitir serenidad consiste en describir el procedimiento paso a paso y ejecutarlo como si de un ritual se tratara. Es una ceremonia que, en la sociedad futura, se parecerá a la del té del antiguo Japón.

–Para empezar, afilamos las agujas en la muela –dice, mostrando las agujas a los pacientes–. Luego las esterilizamos y lubricamos con parafina hirviendo, para evitar coágulos.

Bogdánov permanece aparte y no se entromete. El protocolo dicta que haya un médico presente en el momento de sacar la sangre y durante los primeros diez minutos de la transfusión. Es el momento más delicado, en el que pueden producirse reacciones de rechazo e incompatibilidad. Pasado ese tiempo, rara vez se necesita una intervención urgente. Deja que Natalia se ocupe de todo, dispuesto a intervenir si se lo pide.

—Mis ayudantes van a ponerle ahora un lazo hemostático en el brazo derecho, que hará que la vena por la que le sacaremos la sangre se hinche.

Bazárov se vuelve a la pared. Los pacientes nerviosos prefieren no mirar.

—Limpiamos con éter la zona del pinchazo e inyectamos una solución al dos por ciento de novocaína, que hará de analgésico.

Hijo de médico, la repugnancia de la sangre le impidió seguir los pasos de su padre. Acabó el bachillerato y estudió también ciencias naturales, aunque luego frecuentó más las tabernas de los subversivos que las aulas de la universidad. Arrestos, expulsiones, exilios. Peripecias que han marcado la amistad entre ellos, como argamasa que une los ladrillos de una pared. Solo las guerras los alejaron un tiempo, pero, aparte de eso, han compartido treinta años de vida paralela y el descubrir los primeros hilos blancos en barba y cabello. Desde entonces, Bazárov ha envejecido más deprisa, por miedo a las transfusiones. Si no, se parecerían también en eso.

Los enfermeros vierten agua caliente en dos palanganas y piden a los pacientes que sumerjan en ellas el brazo izquierdo.

—El calor dilata las venas —explica Natalia, que prepara las ampollas de la extracción—. Aquí dentro he puesto una solución de citrato de sodio para que la sangre extraída no se coagule. Así –prosigue– evitamos los riesgos de la transfusión directa, de arteria de uno a vena del otro, y podemos operar con total tranquilidad. Esto debemos agradecérselo a un médico de Buenos Aires que hizo la primera transfusión con sangre citrada.

Luis Agote, 14 de noviembre de 1914. Fecha histórica para el colectivismo fisiológico. Pero, más allá del nombre que figure en los anales, nunca es el individuo el que mueve la historia. Poco meses antes, y de manera independiente, al menos tres médicos habían pensando en aquella posibilidad. Una solución de citrato lo bastante concentrada que impida la coagulación y lo bastante diluida que no dañe al paciente. Es como si hubieran presagiado la matanza que no tardaría en imponer libaciones de sangre. Las hemorragias de los soldados han contribuido grandemente al estudio de la transfusión. La más terrible de las crisis organizativas de la modernidad ha dado origen a dos formas de orden opuestas. Por un lado, la trinchera, tectología del exterminio, cuyo fin es aniquilar la vida, y por otro, el intercambio de sangre fácil y seguro, primera pieza de una humanidad colectiva e inmortal.

Natalia se acerca a Bazárov y le pasa los dedos por el brazo. Más que una fricción, es una caricia relajante. Sin decir nada, toma un pequeño bisturí, teniendo en la otra mano la aguja preparada, que previamente ha insertado en un tubito de goma. El ayudante introduce la otra punta del tubito en la ampolla que contiene la solución citrada. El bisturí corta la piel de la vena basílica. Natalia introduce la aguja, Bazárov gruñe y aprieta los labios. La sangre fluye a la botella, que el ayudante agita para que se mezcle con el citrato.

–Abre y cierra el puño –dice Natalia, que ya se dispone a repetir la operación con el joven Kirchakov.

La ampolla tardará un cuarto de hora en llenarse hasta la marca de los ochocientos centímetros cúbicos. La utilizada con Bazárov pertenece al kit original, comprado en Allen & Hanburys, Wigmore Street, Londres, en la primavera de 1921. En aquel viaje acompañaba a Krasin, comisario del pueblo para el comercio exterior; Krasin, el ingeniero, que vuelve a la política después de hacer una brillante carrera en los establecimientos Siemens de Berlín, Moscú, San Petersburgo; Krasin, el terrorista que pone bombas, al que el primer ministro de la corona británica, el conde Lloyd-George de Dwyfor, recibe en Downing Street. Objetivo del viaje: firmar un importante tratado comercial. Objetivo del acompañante: desaparecer unos meses de la Unión Soviética, escapar de los renovados ataques que le dirige Lenin. Horas pasadas en la British Library, para dar una base científica a un viejo sueño marciano. Horas recorriéndose librerías, hasta que, en una que había enfrente de la facultad de medicina, encuentra aquel libro, recién publicado, *Blood Transfusion,* de Geoffrey Keynes, lugarteniente médico del ejército real y hermano menor del famoso economista. En el último capítulo de este tratado, el autor explica un método sencillo, seguro y eficaz de intercambiar sangre. Son unas pocas páginas, que devora de pie, delante del estante, hasta la sorpresa de las últimas líneas, ya nunca olvidadas:

En los adultos nunca se ha intentado la sustitución completa de la sangre circulante, pero es un proceso factible, siempre que se disponga de donantes suficientes. Mediante él, un anciano podría rejuvenecer, algo que, según se dice, solo ha logrado un médico vienés trasplantando gónadas de mono.[1]

1. G. Keynes, *Blood Transfusion,* Frowde, Londres, 1922.

El librero tuvo que tirarle de la manga y preguntarle si iba a comprar el libro o quería leerlo gratis. Compró dos ejemplares por si perdía uno en el viaje de vuelta.

Se han llenado tres cuartas partes de la ampolla. Natalia prepara el otro brazo. Limpieza con éter e inyección de novocaína.

Concluida la extracción, quita el lazo hemostático, saca la aguja y tampona el pequeño hematoma. Pide a los ayudantes que traigan dos botellas de agua y ordena a los pacientes que se las beban a traguitos.

—Ahora sumergimos las ampollas con la sangre en agua caliente para mantenerlas a la temperatura adecuada. Como veis, las ampollas tienen dos aberturas. Esta del cuello, por la que las hemos llenado, y este pitorro lateral, que normalmente sirve para verter el contenido, pero que nosotros usaremos de otro modo. Cerramos la boca grande con un tapón de goma perforado e introducimos este canuto de cristal en el orificio.

Las palabras de Natalia acompañan los gestos como el rumor de un arroyo acompaña el saltar del agua por las rocas. Es imposible separar ambas cosas. La explicación es parte de la acción, no una acotación que la mente superpone al trabajo del cuerpo. El empiriomonismo no podría encontrar ejemplo más elegante. Bazárov está tan cautivado que parece reflexionar también sobre este aspecto filosófico. Un ayudante aprovecha que está distraído para someterlo a la operación más delicada. Disecciona con el bisturí la vena basílica, la saca con un pequeño fórceps y hace dos nudos con un hilo fino, uno más prieto abajo y otro menos arriba.

Bazárov no se da cuenta. Se ve que la novocaína estaba bastante concentrada.

—Introducimos un fuelle de goma en el pitorro de la ampolla que nos servirá para bombear aire y aumentar la presión del interior del recipiente.

El enfermero da a Natalia un gotero, unido por un tubito a una cánula de cristal.

–Ahora vertemos una solución salina y pinzamos el tubito justo antes de la cánula, para que el líquido no se salga.

El segundo ayudante se sienta junto a la cama de Bazárov, bisturí en mano.

–Este sistema está pensado para que, durante la transfusión, no entren burbujas de aire.

El ayudante hace un corte diagonal en la pared de la vena, introduce la cánula y aprieta la ligadura de arriba.

–Unimos el gotero al canuto de cristal que hemos puesto en la ampolla de manera que la punta se sumerja en la solución salina.

El ayudante quita la pinza del extremo del tubito.

–Y ahora bombeamos aire con el fuelle. La sangre sube por el canuto, llega al gotero e impulsa la solución salina, que entra en la vena del paciente. Cuando esta solución se acaba, empieza la transfusión propiamente dicha.

Como siguiendo el guión, Bogdánov interviene con la única frase que se le permite decir, mientras los enfermeros se ocupan de Kirchakov:

–Notarás un ligero picor en el brazo; es normal. Pero si sintieras un hormigueo doloroso en varios puntos del cuerpo, dolor de cabeza, que te cuesta respirar o punzadas en la región lumbar, avísame inmediatamente.

Natalia añade que la operación durará una media hora.

–Luego coseremos la herida y, para las cinco de la tarde, ya podrá usted levantarse y reunirse con el doctor Bogdánov en nuestra sala de descanso.

Lo que se necesita después de una transfusión es un té caliente con mucho azúcar.

Bogdánov llena las tazas con el gran samovar, las pone en una bandeja de mimbre, corta dos rebanadas de bizcocho y vuelve a la mesa de la sala de descanso, donde Bazárov y el joven Kirchakov ya se han enzarzado en un acalorado debate. Unas sillas más allá están sentados Denni y dos estudiantes, con un ejemplar de *Izvestia* abierto. No pueden seguir tratándola como a una niña, con el ama de cría al lado. Tiene veinte años, sabe desenvolverse sola y juntarse con gente de su edad la obliga a tener los pies en la tierra.

La sala de descanso es la más grande del instituto y, al término de la jornada laboral, se transforma en un club como los de las grandes fábricas. El espacio es limitado –no cabe una orquesta sinfónica ni se pueden organizar competiciones de gimnasia–, pero en las estanterías hay una excelente selección de novelas, hecha por Natalia, y los parroquianos pueden elegir entre cinco periódicos, veinte revistas, seis tableros de ajedrez, y además cuentan con una fuente inagotable de té, que acompañan con los dulces que traen. A veces ponen música en el gramófono que se dejaron los antiguos dueños del edificio y hasta bailan.

En las paredes, y tapando la decoración más recargada, el director expone su colección de pinturas y dibujos, regalo de artistas-obreros en recuerdo de sus enseñanzas. Las dos lámparas de hierro que cuelgan del techo son obsequio de un soldador de Oriol, amante de la escultura y la filosofía: representan a Prometeo encadenado y al águila que se le come el hígado. Bajo sus luces, una larga mesa acoge a quien estudia y a quien escribe, a quien lee y a quien charla.

Bogdánov camina sosteniendo la bandeja con ambas manos y con cuidado de no volcar las tazas. Cuando la eficacia de las transfusiones quede demostrada, el instituto se consagrará únicamente a la investigación y en todos los barrios se abrirán centros como ese en los que se intercambiará sangre, comida, conocimientos y creatividad.

El director reparte las tazas y el bizcocho sin decir nada, para no interrumpir la conversación. El muchacho se pone rojo y da las gracias con timidez. Su generación conoce todavía la vergüenza de dejarse servir por un hombre mayor. El colectivismo fisiológico volverá obsoleta incluso esta forma de deferencia. El año de nacimiento de las personas no volverá a ser importante cuando su sangre deje de tener una edad precisa. No habrá ni viejos ni jóvenes.

–El camarada Bazárov –resume el estudiante para salir del paso– me preguntaba por qué me he ofrecido voluntario para las transfusiones.

–Dice que porque quiere contribuir a tu investigación sobre la inmortalidad, Bogdánov –se adelanta el otro, con sarcasmo. El muchacho debe de haber cometido el habitual error: confundir la inmortalidad con el espejismo de vivir para siempre. La culpa la tienen las terapias rejuvenecedoras, la última moda de esos años veinte. Príncipes, duques y famosos artistas se gastan dinerales en hacerse la vasectomía de Steinach o trasplantarse testículos de mono. Por eso, cuando él habla de prolongar la vida, todos piensan en su propia existencia y se propalan chismes como que Bogdánov es un brujo, un alquimista.

–Cualquier médico aspira a derrotar a la muerte –se defiende el director, mientras Bazárov hinca el diente a su porción de dulce. Ha dicho una perogrullada, es extraño que el amigo no replique. Cuando estudiaban juntos en la Universidad de Moscú, el profesor de ciencias naturales decía siempre que la vida es una enfermedad crónica y mortal. Solo podemos frenar su avance. De derrotar a la muerte, nada.

–Lo que me entusiasma del trabajo de usted –prosigue el muchacho– es que no quiere inventar un elixir de larga vida para ricos. Gracias a usted, todos los individuos serán inmortales con ayuda de la colectividad.

–Al contrario –aclara el director–, es la colectividad la que será inmortal gracias a los individuos. La vida eterna se

257

conjuga en primera persona del plural. En singular es un oxímoron.

Bogdánov echa en su taza dos terrones de azúcar y observa cómo se disuelven en el nuevo medio, como pensamientos demasiado densos al final del día.

—Nuestro cerebro –prosigue– necesita novedades y, en un espacio de tiempo infinito, la novedad se extingue, todo se repite. Si tenemos la sensación de que nos pasa eso en cincuenta años, figurémonos en quinientos. ¿Qué nos quedaría por hacer después de enamorarnos noventa veces, ver nacer sesenta hijos, aprender a trabajar la arcilla, a escribir sublimes poemas, a escalar las montañas más altas, a librar siempre las mismas batallas?

Levanta la taza y se la lleva a los labios, haciendo una pausa que parece estudiada.

—La única solución sería el suicidio. Porque la inmortalidad individual es una condena de por vida.

Por la cara que pone el muchacho, se diría que no ha entendido nada. O quizá creía realmente que unas cuantas transfusiones le permitirían decir siempre «yo». Bazárov sorbe café como si fuera cicuta y el efecto benéfico del intercambio de sangre parece ya desaparecido de su rostro atormentado.

—Nos salvará el olvido –dice de pronto Kirchakov, iluminado–. Precisamente porque necesita novedades, nuestro cerebro olvida las caras y las emociones ya a los veinte años. En una vida eterna, tendríamos tiempo de aprender todas las disciplinas, olvidarlas y desear aprenderlas de nuevo.

—Tienes razón –admite Bogdánov–, nos salvará el olvido. Pero será un olvido más radical del que dices: el olvido de nosotros mismos, la conciencia de formar parte de un todo y de que solo ese todo vive de verdad.

El estudiante no contesta, parece absorto, con el codo apoyado en la mesa y cogiéndose la barbilla con el índice y el pulgar. De pronto reacciona y da una palmada, haciendo sin querer la parodia de quien se ve asaltado por una idea.

—Hablando de olvido —dice con aire agitado—, me olvidaba de que le he prometido a mi madre que iría a saludarla después de la transfusión... para que esté tranquila, ya saben. ¿Puedo irme?

—Depende —contesta el director—. Si te sientes bien, no te duele la cabeza ni te cuesta respirar, y no tienes que caminar kilómetros con este frío, eres libre de ir a donde quieras.

El muchacho da las gracias, se despide estrechándoles la mano calurosamente y se va haciendo mil movimientos torpes. Bazárov quiere sonreír, pero le sale una mueca que más parece causada por una mala digestión. Quizá la transfusión no ha funcionado tan bien como parecía, o la enfermedad, el agotamiento soviético, es más grave de lo previsto y ya recurre, pese al tratamiento y el ambiente distendido.

—Ven, sentémonos a aquella mesa —propone Bogdánov, por si el amigo se sintiera oprimido por quienes los rodean.

Las tazas de té se trasladan al rincón más apartado. Los sillones son más cómodos, la lamparita con pantalla traza un límite de sombra con el resto de la sala.

—Cuando Natalia me dijo que venías a hacerte una transfusión, pensé que se trataba de un error. Te recordaba en excelente forma, ocupado en los planes económicos...

Bazárov se atusa el bigote, típico gesto que hace cuando confiesa cosas tristes.

—Entregué los primeros estudios y empezaron los problemas...

—¿Había demasiada tectología? —intenta bromear Bogdánov, pero el otro ni se inmuta ni se extraña de la ironía. Es difícil sorprender a un amigo que conoce perfectamente nuestras estrategias.

—Al contrario, la tectología gusta a todos, siempre que no se la llame con el nombre que le has puesto. ¿Qué hay, por cierto, más tectológico que una oficina central que planifica la producción, el consumo, el comercio, la división del trabajo?

–Todo eso, pero sin *egresión*. –Bazárov pone sin querer cara de hastío. La terminología tectológica nunca le ha gustado–. Planificar sin necesidad de oficina central –explica Bogdánov–, sin un grupo de personas que domine a las demás porque tiene el poder de organizarlas.

Es inútil ocultarlo. Si en los últimos años su amistad se ha enfriado, es porque ambos saben que el Gosplán, el comité para el que trabaja Bazárov, es una criatura bifronte, que celebra y amenaza, con el mismo olfato, todo cuanto han predicado ellos en decenas de artículos.

–¿Te acuerdas? –prosigue Bazárov, como si lo oyese pensar con un oído especial–. Bujarin dijo que nosotros éramos los primeros que hablamos de «degeneración burocrática».

Las tazas están vacías, Bogdánov se levanta para ir a llenarlas.

–No sé tú –dice antes de alejarse–, pero yo nunca he usado ese término. ¿Y por eso te critican?

Le contesta cuando vuelve con la infusión humeante:

–Dicen que mis previsiones de crecimiento son demasiado cautas y es porque no confío en la Unión Soviética. Yo contesto que no es cuestión de confianza, sino de ecuaciones. Si no, yo sería como esos charlatanes que predicen un futuro con idea de que se realice.

–Es lo que yo he hecho en mis novelas –se autoacusa Bogdánov.

–En una novela puedes hacerlo –concede el otro–. En un tratado de economía, no.

–Sin embargo, has dicho que la planificación económica no es solo hacer previsiones, sino también dar directivas. ¿O me equivoco? Por tanto, no puedes limitarte a las ecuaciones. Debes echarle también imaginación.

Bazárov se anima y empieza a gesticular.

–Vender a los pueblos los mejores productos de la industria a mitad de precio: esta es la directiva que doy, lo que imagino. Para animar a los campesinos a vender sus productos y mejorar los cultivos. Si no, la producción agrícola empeorará, los campesinos guardarán la cosecha y el gobierno se verá obligado a requisarla por la fuerza, algo muy poco socialista. Y como es precisamente lo que está pasando, me acusan de proponer una solución irrealizable para poder criticar las confiscaciones. A mis espaldas, dicen que no es de extrañar en alguien que atacó la revolución desde el principio.

Los famosos artículos de Bazárov del otoño de 1917. Eran ataques en toda regla. Tachaba a los bolcheviques de hatajo de soldados y pequeñoburgueses; a Lenin, de impostor anarquista, y al gobierno revolucionario, de dictadura sin adarme de socialismo. Comparada con esos artículos, la carta de Bogdánov a Lunacharski era una regañina amistosa. Y, sin embargo, a Bazárov le fue mejor. En la guerra civil, cuando, acusado de ser agente de los Blancos, la GPU lo detuvo, Lenin en persona ordenó que lo liberaran y lo llamó a Moscú. Desde entonces no escribe filosofía y se dedica a la economía. Si uno se especializa y renuncia a la visión de conjunto, lleva una vida tranquila. Lo mismo le pasa a él desde que solo se ocupa de transfusiones.

–Llevo meses reescribiendo cierto documento importante –continúa Bazárov–. Me dicen que corrija este o aquel párrafo una y otra vez, y luego, después de tantos cambios, que les presente la primera versión, que vuelven a impugnar con nuevos argumentos. Cuando decías lo del aburrimiento de una vida eterna, hablabas de mí.

–No, hablaba de mí –dice Bogdánov con amargura. Coge el plato con migas y le pregunta al amigo si desea otra rebanada de bizcocho. Bazárov hace señas de que no y parece dar a entender que tampoco quiere hablar del tema–. Por cierto –lo complace Bogdánov–, hace tiempo que quería preguntarte una cosa: ¿te acuerdas de Leonid Voloch?

–¿De quién?

–De Voloch, el obrero al que dejó trastornado una bomba en el robo de Tiflis.

–¿El que se reía tan fuerte?

–El mismo.

Bazárov hace memoria y la frente se le desarruga.

–Coincidimos en Capri, si no recuerdo mal. No he vuelto a verlo.

29

Denni destornilla y quita el cuadro de mandos de la radio con un cuidado de cirujano. Las entrañas del aparato quedan a la vista y la muchacha hurga en ellas con la punta de los dedos.

Extrae un tablero de madera lleno de pequeños cilindros y conectores unidos por una maraña de cables, componentes eléctricos cuyo nombre apenas sabría decir Kotik: diodos, condensadores, resistencias, relés...

Denni comprueba el estado de los cables, uno a uno, borne a borne. Rasca con la uña la escoria de una soldadura, sopla los restos. Aprieta la minúscula tuerca de un contacto sin necesidad de herramientas, con sus dedos delgados.

Se concentra en un punto. Frota con el pulgar, como para sacar brillo.

—¿Has dado con la avería? —le pregunta Kotik.

Denni se limita a asentir, está demasiado ocupada para hablar.

Deja el tablero de la radio en la mesa y señala lo que ha examinado con tanta atención.

—¿Ves? —pregunta.

Pero el muchacho no ve nada especial, aparte de una gota de metal solidificado.

—Necesito una herramienta, pero no sé cómo se llama —se queja Denni.

A Kotik lo extraña que una persona sepa tantas cosas pero carezca de palabras para expresarlas. Casi parece que la lengua materna de Denni sea caucásica o de otro planeta. Cuando su padre le habló de la enfermedad de la joven —«pseudología fantástica», la llamó—, sintió pena y curiosidad. Aquella chica, que tiene su edad, está como perdida en el mundo, pero al mismo tiempo tiene ideas claras sobre muchos aspectos de la realidad.

—¿Y para qué quieres esa herramienta? —le pregunta.

—Para derretir la soldadura y soldar de nuevo. A lo mejor se puede calentando un destornillador y usando el metal adecuado. ¿Tú qué crees?

Kotik piensa, pero no se le ocurre nada. Lo molesta no saber de máquinas y herramientas. Su padre le ha hablado mucho de la cultura proletaria, de que hay que ver el mundo desde la óptica del trabajo, pero nunca le ha dado un martillo. «Todo funciona igual», le ha dicho mil veces. «Estudiando tectología, podrás desenvolverte en cualquier asunto.» Sí, como si cruzar un glaciar o un desierto solo fuera cuestión de tener el mapa correcto, como si la teoría pudiera sustituir la experiencia directa.

Pero conoce a alguien que sí sabe de soldar metales.

—Vamos a ver a un amigo que tiene lo que necesitas.

La chimenea se eleva sobre las casas bajas y las chabolas de madera de las afueras y arroja espirales de humo gris al cielo ya oscuro.

Los dos muchachos cruzan un patio lleno de barro, con palés y bobinas de madera.

A la puerta de hierro de un gran edificio de ladrillo oscuro, un grupo de hombres fuma y conversa.

Kotik se para y los observa. Levanta el brazo y va al

encuentro de un hombre con bigote negro, envuelto en un abrigo grueso con cuello de astracán.

—¡Aleksandr Aleksándrovich! —exclama el hombre dándole un abrazo—. ¿Qué te trae por aquí?

—Vengo a pedirte un favor —contesta el muchacho.

El hombre es unos años mayor. Se lleva el cigarrillo a los labios y consulta el reloj de pulsera.

—Si puedo hacértelo, encantado. Pero dentro de dieciséis minutos vuelvo al trabajo.

Kotik se mete las manos en los bolsillos y le explica rápidamente el caso:

—Estamos arreglando una radio vieja y... Por cierto, ella es Denni, una amiga que vive muy lejos, y él es...

—Rodión Andréyevich —se adelanta el hombre—. Así que arreglando una radio. —Y guiña el ojo derecho—. Cuidado no os vaya a dar un calambre. ¿Y en qué puedo ayudaros?

Kotik se ruboriza, balbuce algo. Denni le enseña al hombre el aparato, que ha traído bajo el brazo.

—Tengo que volver a soldar esto —dice señalando los puntos mal soldados.

El obrero se atusa el bigote y adopta un aire experto.

—En efecto. Cuando el estaño se hace una bola, la soldadura salta. Eso con un soldador lo arregláis en dos minutos.

—¿Y tú tienes? —le pregunta la muchacha.

El hombre señala la construcción que tiene detrás.

—De gas, último modelo. Pero si os lo presto me busco problemas.

Tira la colilla, que cae en una mata de hierba, y mira otra vez el reloj.

—Diez minutos —les dice a los compañeros.

—Si podemos entrar, la arreglamos en un momento —dice Kotik—. Además, Denni no ha visto nunca una fábrica como esta y le gustaría mucho.

265

Rodión acoge la propuesta con una carcajada que le agita el pecho.

–¡Bien verdad es que la revolución nos ha cambiado la vida! –dice carcajeándose–. Antes íbamos con la novia a ver ponerse el sol ¡y ahora la llevamos a visitar una fábrica! –Kotik se pone rojo otra vez, pero el amigo sigue con la burla–. Tu novia te lo agradecerá, Sasha –dice dándole una palmada en la espalda–. Esta no es una fábrica cualquiera. Es un establecimiento modelo. Viene a verlo gente importante, incluso extranjeros. Y yo muchas veces hago de guía. Vamos, démonos prisa.

El obrero da media vuelta y entra por una puertecilla que hay en un gran tabique metálico.

Los dos muchachos lo siguen.

Iluminan el interior unas lámparas de arco a cuya luz se ven como velos de una niebla fina. Por la fila de ventanas que hay en ambas paredes se entrevé el cielo vespertino. Huele a potasa y a hierro esmerilado. A Denni le escuecen los ojos, pero se esfuerza por mantenerlos abiertos.

Un especie de gran aro, como una mesa de trabajo enorme a la que le faltara el centro, ocupa todo el espacio. La superficie de ese aro corre como un torrente transportando piezas de distinta forma. Los obreros trabajan de pie a ambos lados de la cinta.

Las piezas van girando y se detienen exactamente delante de los puestos. Los obreros hacen su trabajo en ellas y, cuando terminan, accionan una palanca. Cuando todos lo han hecho, la cinta se pone en marcha de nuevo y las piezas pasan a la siguiente etapa.

–¿Tú qué trabajo haces? –le pregunta Denni al hombre, alzando la voz para que la oiga en medio del estrépito.

–Mido tiempos –contesta Rodión y, viendo la cara que pone la muchacha, añade–: Estudio la manera de hacer el trabajo más rápido y vigilo que nadie reduzca el ritmo.

Denni frunce el ceño y señala a los hombres que flanquean la cinta.

—¿Es una competición?

El hombre se rasca la nuca. La pregunta parece tonta, pero la idea de que compitan no es tan disparatada. A lo mejor hasta la propone.

—Lo que buscamos es aumentar la productividad —explica—. Nuestro lema es: dos más dos más una organización eficiente, igual a cinco.

El guía va hacia un banco de madera y pone delante de Denni un soldador, metido en su protector, y una cajita de aluminio baja y redonda.

La muchacha desenrosca la tapa de la caja y vuelca en la mesa un rollo de estaño laminado.

Rodión coge el soldador por el mango, abre la llave del gas y enciende el hornillo con una fósforo.

—¡Esto se calienta a escape! —dice orgulloso—. Dentro de unos meses nos llegan los eléctricos, que son más rápidos.

Denni deja la radio en el banco. Piensa en el lema, dos más dos igual a cinco.

—El que va rápido —dice mientras saca el tablero—, se para antes que el que va lento y, por tanto, recorre menos camino.

Rodión se vuelve a Kotik: «Curiosa novia te has echado.» Pero de pronto entiende por qué lo dice.

—Claro, se para antes porque se cansa antes. Por eso la revolución ha reducido la jornada laboral a ocho horas. Y pronto, gracias a las nuevas máquinas, la reduciremos más. Trabajamos menos, por turnos, pero más intensamente... Somos más productivos. Aumentar la productividad es bueno para todos —concluye—. ¿Quién no quiere más riqueza con menos esfuerzo?

La muchacha observa a los obreros que trabajan sin ni siquiera rozarse, cada uno ocupado en su tarea, con gestos repetitivos, siempre idénticos, y ante un gran reloj que, arriba, marca el tiempo.

–Yo me aburro si siempre hago lo mismo. Y cuando me aburro, trabajo peor. El cerebro se embota y las manos se vuelven lentas. En el lugar del que vengo, los trabajadores no hacen solo una cosa, cambian a menudo, aprenden distintos oficios.

–¡Eso es que tenéis mucho tiempo que perder! –dice Rodión, riendo, y Kotik le ruega que la comprenda con una mirada suplicante.

Rodión no dice nada más y le pasa a Denni el soldador incandescente, aunque con dudas. ¿Sabrá usarlo la muchacha?

Denni coge el utensilio y acerca la punta a la soldadura que quiere rehacer. Un hilo de humo acre se eleva de los cables.

Rodión y Kotik observan admirados los gestos seguros con los que la muchacha elimina el estaño sobrante. De pronto el obrero parece iluminarse, como si hubiera hallado la solución de un enigma.

–Claro, si trabajas para ti, puedes ir lo lenta que quieras. Pero en una cadena de montaje estás obligado a seguir el ritmo general, es un modo de trabajar colectivo.

Denni levanta la cabeza, con el soldador en la mano derecha, y mira a los obreros, que trajinan con piezas y palancas, mientras coge un hilo de estaño.

–¿Ellos trabajan al mismo ritmo? A mí me parece que cada uno sigue el propio.

–¡Al contrario! Son como miembros de un mismo cuerpo. Si uno reduce, reducen todos. Por eso llevo el cronómetro, para evitarlo.

–¿Y si eres tú quien reduce? –le pregunta Denni–. ¿Hay alguien que te cronometre a ti? ¿Y a su vez otro que lo cronometre a él, y así hasta el infinito?

Kotik procura reírse, aunque ya conoce a Denni y sabe que no está de broma. Rodión ríe también, convencido de que la muchacha está algo tocada, pero es graciosa.

Denni une las piezas que quiere soldar, sitúa la aguja en el punto exacto y acerca la lámina de estaño para que pegue y se dilate sin deformarse.

Rodión se ha puesto nervioso, es como si la pericia de la muchacha lo obligase a tomar en serio sus argumentos. Además, ya hay compañeros que han hecho las mismas críticas. Hay demasiado control, demasiado esfuerzo. Se produce más, pero se gana lo mismo. ¿Para eso sirve la revolución?

—Hoy, en la Unión Soviética —prosigue en tono paternal—, aún existen patronos de fábricas. Por eso las industrias estatales deben aumentar al máximo la productividad, para superar a las privadas y poder reemplazarlas. Y además hay que competir con los países capitalistas, que quieren asfixiar nuestra economía. Esto es una batalla, la batalla del trabajo.

Está muy satisfecho de sus palabras. Denni no contesta, parece cansada. Comprueba que la soldadura resiste, que el estaño ha quedado liso y brillante, como debe quedar.

—Dos minutos y vuelvo al trabajo —la apremia Rodión, señalando el reloj de la pared, que parece un gran ojo.

Denni comprende que es hora de marcharse. Mete de nuevo las piezas en las entrañas de la radio, cierra la tapa y apaga el soldador sin dejar de observarlo, como si fuera un objeto raro y precioso.

Kotik, no sin alivio, da las gracias y estrecha la mano al amigo.

Denni lo besa en las mejillas, como ha visto que es costumbre entre los rusos.

Y al hacerlo le susurra al oído algo que lo deja desconcertado:

—El tiempo nunca se pierde, siempre es relativo. Depende de nosotros, no del reloj.

30

El pingüino acude curioso con la esperanza de que la muchacha le eche comida. Sus compañeros lo imitan, se empujan unos a otros, pero es inútil, porque ella no tiene nada que echarles y además hay un cartel que prohíbe alimentar a los animales.

Bogdánov se aparta un poco, le da asco el olor a pescado podrido que desprenden los animales.

Denni, en cambio, está encantada.

—¿Son aves?

—Sí, pero no vuelan. Nadan. Usan las alas como aletas.

Bogdánov consulta el reloj.

—Ven.

Siguen caminando por el paseo. A esa hora de la mañana, el zoológico está casi desierto. Una abuela pasea con los nietos. Los pequeños, muy abrigados, andan como los pingüinos. Dos empleados, con un cigarrillo en los labios, limpian los cercados y barren del paseo las hojas empapadas de nieve. El frío que se siente en la cara no molesta. Da gusto caminar. Pasan por debajo de una pancarta que recuerda la cita del décimo aniversario de la revolución, al día siguiente en la Plaza Roja. Sin embargo, en ese rincón de Moscú, se tiene la impresión de estar en otra parte, suspensos en una atmósfera sutil, en la que de cuando en cuando se oye cantar un pato a lo lejos. Cuando Denni ha sabido que él iba, se ha empeñado en acompañarlo. Quería ver un zoo, «donde tenéis a los animales en jaulas para mirarlos». Natalia lo ha permitido. Tomar un poco el aire le sentará bien. Aunque la muchacha sigue pálida, o quizá es el color marfileño de su piel, que hace que parezca una estatua de porcelana. Bogdánov la observa parada con asombro delante de la jaula de los loros, que están ateridos en sus trípodes. Un poco más allá, los macacos acuden en busca de comida y sacan las manos por los barrotes; manos pequeñísimas, humanas.

Siguen caminando y llegan al lugar de la cita. Hay un foso circular de unos tres metros de profundidad, donde duerme un oso polar tumbado en una roca plana. Cuando se asoman, el animal abre un ojo, luego el otro, husmea. Tiene el pelo de la barriga sucio y revuelto, un aire aburrido.

Denni le dice algo.

—¿De verdad habláis con los animales en Nacun? —pregunta Bogdánov, esforzándose por no parecer irónico.

—También lo hacéis vosotros —contesta ella—. He visto a personas hablando a perros y gatos, y a caballos.

—Hablamos con los animales domésticos —objeta él, de buen humor—. Creemos que hacerlo con los salvajes es perder el tiempo.

Denni mira a Bogdánov como si quisiera asegurarse de que habla en serio.

—Ese oso no es un animal salvaje. Está encerrado ahí dentro y todos los días de su vida no ve otra cosa que personas que lo miran.

Sus objeciones siguen siempre una lógica.

—Sí, pero no es domesticable —rebate Bogdánov—. Los osos pardos sí lo son, pero los blancos no, que yo sepa.

La réplica de Denni no se hace esperar:

271

—Pues entonces deberíais devolverlo al lugar donde nació y creció.

De nuevo la lógica nacuniana.

—¿Y si hubiera nacido aquí en el zoo? —le pregunta Bogdánov—. A lo mejor no ha visto el Polo Norte.

Denni lee el cartel.

—Lleva aquí quince años. Desde antes de la revolución. Habéis derrocado al zar y no habéis suprimido esto. —Y señala las jaulas y los paseos arbolados.

—Son muchas las cosas que aún no hemos suprimido —repone Bogdánov—. Una vez me dijiste que con una revolución no basta, que se necesitan cien. Es verdad. Una revolución puede crear instituciones, poner los medios de producción en manos de los trabajadores. Pero cambiar la mente de las personas es un proceso más lento, es una revolución más profunda. ¿Lo entiendes? Haber derrocado al zar no significa que el zar no siga existiendo. En cierto sentido sigue existiendo. —Se lleva un dedo a la frente—. Está aquí, en nuestra cabeza. Algún día, la conciencia de los trabajadores llegará a tal grado de desarrollo que dejaremos de necesitar a un «padrecito». Algún día llegaremos a entender lo que para ti está claro. —Bogdánov señala al oso—. Y a lo mejor entonces lo liberaremos también.

Denni ha escuchado sin rechistar y se queda pensativa, apoyada en la baranda, con la mano en la barbilla, en una postura demasiado humana. Luego echa a caminar bordeando el foso. En su cara sigue pintada la duda y eso es una excelente señal, que podría hasta llenarlo de orgullo, porque es como si Denni fuera la hija que nunca tuvo.

«Nuestros esfuerzos no han sido vanos...»

Bogdánov oye su voz que viene de lejos y lo remonta al pasado. A cuando él y el hombre al que espera lanzaron el movimiento de la cultura proletaria.

Proletkult.

272

«Nuestros esfuerzos no han sido vanos...»

Lunacharski dijo que había que realizar aquello que siempre habían defendido: un movimiento ajeno al partido que hiciera culturalmente autónoma a la clase trabajadora. El proletariado tenía que fundar una nueva moralidad, una nueva política, un nuevo arte. Tenía que acabar con las viejas jerarquías. Era como retar al siglo.

De ese movimiento formarían parte las varias almas que tenía la revolución: los bolcheviques, que eran mayoría, pero también mencheviques, socialistas revolucionarios, anarquistas y muchos independientes.

Los primeros meses de 1918, Rusia estaba asediada, ardía...

«¡¿Y vosotros habláis de cultura?!», exclamaban algunos. «¡Más vale que cojáis un fusil o una pala!»

No, no, había que subvertir la escala de valores. No bastaba con que los trabajadores se adueñaran de los medios de producción, hacía falta un movimiento de masas que...

«¡¿Que qué?!»

¡Cuánto debatieron y con cuánta vehemencia!

«Nosotros afirmamos que el proletariado debe crear formas de pensar, sentir y vivir socialistas, independientemente de las relaciones y alianzas que tengan con otras clases, sean campesinas o pequeñoburguesas.»

Pero ¿qué hacer con la cultura del viejo mundo?

«Los grandes genios siempre han luchado por la libertad creadora, contra las exigencias de sus mecenas y la censura de las clases dominantes. Por eso Shakespeare, Pushkin, Dante, no son de la burguesía ni de los terratenientes, ¡sino nuestros!»

Era la respuesta de Lunacharski, el ecuánime.

¿Y qué hacer con los intelectuales?

«Que un obrero escriba novelas o deje de trabajar en la fábrica no significa que se aleje del pueblo. En cambio, si se deja seducir por los privilegios y el poder, deja de tener una cultura proletaria.»

Esto lo decía un joven empleado de una fábrica de Odesa que reivindicaba su pertenencia a la clase obrera, aunque usaba una máquina de escribir en lugar de una llave inglesa y no tenía las manos manchadas de grasa sino de tinta.

En la cresta de la ola revolucionaria y en medio del silbar de los obuses, se preguntaban cuál era la función del arte.

«El arte no es algo decorativo. Sirve, como la ciencia, para organizar la experiencia. Pero, a diferencia de la ciencia, no usa conceptos abstractos. Usa imágenes vivas. El arte colectivista evoca las conexiones del mundo, que el individualista no ve. Exalta la unión frente a la destrucción, a las estrellas que luchan colectivamente contra la noche, y no necesariamente la vida proletaria, al obrero que trabaja y la lucha de clases.»

Era su voz, irreconocible, que volvía a sonar alta y clara como había sonado antes de la guerra, y por todos los rincones de la Unión nacían círculos del Proletkult dedicados a alfabetizar a los trabajadores, a impartir talleres de poesía, teatro, música, literatura.

Medio millón de afiliados en solo dos años.

Eran unos pocos menos que los del partido, rebautizado «comunista», y estaban fuera del control de este.

Era la demostración de que el Proletkult respondía a una exigencia concreta. El Proletkult era el devenir, era desplazar el punto de vista, era el movimiento que cambia el modo de organizar la experiencia del mundo, es decir, la realidad.

El paso siguiente fue crear la Universidad Proletaria de Moscú.

Él mismo pronunció el discurso inaugural.

Dijo que era la culminación de los experimentos que habían sido las escuelas de Capri y de Bolonia.

274

«Nuestros esfuerzos no han sido vanos...»

No lo habían sido, no. Había sido una larga batalla, contra todo y contra todos. Y por fin tenían una universidad en la que los estudiantes participaban en el plan de estudios, en la que la relación entre el trabajo intelectual y el manual se planteaba de otro modo, en la que enseñar y aprender se fundían en una única actividad creadora.

«Debemos abandonar el fetichismo del jefe, de la jerarquía, del poder, y así librarnos del autoritarismo, obstáculo del conocimiento.»

Llegaron a tener cuatrocientos cincuenta alumnos, todos dispuestos a practicar una forma de estudio inédita, de tipo cooperativo y no competitivo.

«Que los obreros y los campesinos vayan a la universidad no es suficiente. Este es solo el objetivo mínimo. El verdadero objetivo es cambiarnos a nosotros mismos.»

Convocaron un congreso, con delegados extranjeros, para lanzar la Internacional del movimiento. Como el Comintern, nacería el Kultintern.

Fue entonces cuando Lenin dijo basta.

En 1920 reeditó *Materialismo y empiriocriticismo*, con un nuevo prólogo, cuyas últimas líneas sonaban a condena:

«So pretexto de la "cultura proletaria", Bogdánov defiende ideas burguesas y reaccionarias.»

Este segundo ataque fue, si cabe, más violento que el de diez años antes, porque ya no se trataba de un conflicto filosófico. Para Lenin, el Proletkult era un movimiento dirigido por intelectuales utopistas burgueses que se fundaba en el relativismo cognoscitivo de una corriente minoritaria de la filosofía que defendía el relativismo y el voluntarismo. Era un movimiento que se proponía crear una cultura proletaria como si la cultura pudiera inventarse en lugar de aprenderse. Lo que el proletariado necesitaba era aprender, conocer, para así subvertir las relaciones de fuerza y empuñar las riendas de la sociedad.

«Yo declaro mi más total oposición a las mezcolanzas intelectualistas y a las llamadas culturas proletarias.»

No era la actividad cultural lo que preocupaba a Vladímir Ilich. Lo que no podía aceptar era la influencia «bogdanoviana» sobre medio millón de trabajadores. Seguía pensando que corrompía el materialismo dialéctico, que era un peligroso agente antimarxista.

Tras los ataques de Lenin, el entusiasmo que había despertado el movimiento se trocó en incertidumbre. El gobierno obligó al comisariado de Educación a cancelar los fondos que destinaba al Proletkult y a absorber la organización. El comisario Lunacharski transigió...

«... para que al menos no se pierda todo. Admítelo, Sasha, el movimiento es inorgánico y se dispersa. Se trata de organizarlo y estructurarlo mejor. Es aplicar un principio tectológico, deberías alegrarte.»

¿Lo pensaba de verdad?, se preguntó. El caso es que no tardaron en expulsarlo del comité central del Proletkult. No se quedó allí para ver cómo el movimiento volvía al redil del Estado y del partido. Aprovechó la ocasión que le brindaba la embajada comercial de Krasin en Londres y cambió de aires.

«Para ti los negocios, para mí los libros», le dijo.

Y como la política es hija de los negocios, unos años después Krasin trabajó para que el gobierno de su majestad reconociera al de la Unión Soviética y murió precisamente en Londres. Y aunque estaba convencido de que, algún día, la ciencia reviviría los cadáveres congelados, a él lo incineraron para facilitar la repatriación de sus restos. Bogdánov asistió a la inhumación de las cenizas bajo los muros del Kremlin presa de la amargura tanto como de la sensación de pérdida. Krasin era uno de los últimos camaradas del

276

exilio al que seguía respetando. Pero, como todos ellos, pertenecía a otro tiempo. ¡Y qué tiempo, qué gran vida! Tenía pocas cosas de las que arrepentirse.

En ese momento oye muy cerca una voz conocida, que no viene del pasado:

–Buenos días, Sasha.

Lunacharski se pone a su lado al borde del foso.

Él le responde moviendo la cabeza y el otro le tiende una bolsita de papel. Garbanzos tostados.

–No, gracias.

El comisario del pueblo para la educación tiene aspecto cansado y una arruga más en la frente. Un poco aparte hay tres soldados jóvenes y bien plantados, envueltos en abrigos y con un fusil al hombro: son los guardaespaldas del ministro. Fuman distraídos, conversan.

–Perdona el retraso –dice Lunacharski–. Los preparativos de mañana...

–Ya imagino –contesta Bogdánov–. El gran día.

Lunacharski suspira y se echa a la boca un garbanzo seco, pero se le atraganta y se pone a toser. Bogdánov le da unas palmadas en la espalda hasta que el amigo puede respirar; los soldados se acercan con cierta alarma. El ministro se repone, con la cara roja, y lanza con rabia la bolsa al foso.

–Toma –le dice al oso–, cómetelos tú.

Denni le llama la atención:

–¡Está prohibido dar de comer a los animales!

Lunacharski, sorprendido, le pregunta en voz baja a Bogdánov:

–¿Quién es?

–Una paciente. Un caso clínico que estoy tratando. –Echa a caminar–. Apartémonos un poco.

Lunacharski les hace una seña a los guardaespaldas y lo acompaña al pie de un árbol. De las ramas caen gotas de humedad que producen un suave repiqueteo en el ala de sus sombreros. A unos metros hay dos chimpancés aburridos que los observan detrás de los barrotes. Uno parece mayor, tiene el pelo gris y le ha echado el brazo por el hombro al joven, que lo sostiene como haría un hijo con su padre.

—Podías haberme citado en un café —dice Bogdánov—. Estaríamos más cómodos.

—Aquí solo nos oyen los animales. —Bogdánov señala a los tres soldados—. Ellos no oyen nada, te lo aseguro —añade Lunacharski.

Por entre el ramaje se ve un estanque helado. Unas ocas grises se pasean por la superficie opaca, en fila, como soldados que marcharan. La última se resbala cada tres pasos, sin falta. Bogdánov experimenta una profunda simpatía. Debe de ser el influjo de Denni.

—¿Vas a aconsejarme que no salga de casa mañana? —le pregunta al camarada con una punta de sarcasmo.

—Aunque tengo presentimientos malísimos, no, no te pediré que faltes a los festejos —contesta Lunacharski—. Quería verte porque hace unos días me dijeron una cosa sobre ti que no me tranquiliza.

Es la habitual, irritante solicitud de Lunacharski, hija del sentimiento de culpa, que nunca lo ha abandonado, de haber sido el más blando, el más conciliador de los dos.

El ministro frunce el ceño: es la preocupación o quizá que le molesta el reflejo de la luz en el hielo.

—El otro día me encontré con Menzhinski en los pasillos del Kremlin. Te mencionó. Me dijo: «Más vale que tu amigo Bogdánov se dedique a la medicina.»

Advertencia absurda cuando lleva los últimos cuatro años dedicado a eso, a la medicina.

—¿Eso es todo?

La expresión de Lunacharski lo hace enmudecer. La arruga de la frente se ha hecho más profunda.

—Si el jefe de la GPU dice una cosa como esa, será por

algo. No te lo tomes a la ligera. ¿En qué estás trabajando en estos momentos?

La mirada que Bogdánov dirige a Denni lo delata. Lunacharski observa a la muchacha.

—¿Ella? ¿Qué pasa con ella?

—Como te digo —responde Bogdánov—, es un caso que me interesa mucho. Creo que es hija de un antiguo compañero de exilio. No estoy seguro, pero todos los indicios apuntan a eso. Quiero saber si este compañero sigue vivo.

Lunacharski parece repetir mentalmente lo que acaba de oír.

—¿Y quién es?

Bogdánov duda antes de responder. Busca a las ocas, pero no las ve. El estanque está desierto.

—Se llama Leonid Voloch. ¿Lo recuerdas?

El ministro observa a la muchacha como si quisiera ver un parecido.

—Sí. Era uno de los nuestros. Creo que lo vi en un tranvía hace un par de años, aquí en Moscú.

Un escalofrío.

—¿Y hablaste con él?

—Iba a hacerlo, pero él se apeó corriendo.

—¿Estás seguro de que era él?

Lunacharski encoge los hombros, envueltos en el abrigo.

—No lo veía desde hacía mucho tiempo. La última vez fue en Italia...

Bogdánov no se resiste.

—¿Te dice algo el nombre de Igor Pashin?

—No. ¿Quién es?

Va y viene unos pasos, para que los pensamientos vayan circulando.

—Mis pesquisas me han conducido a este Pashin. Fui a su casa y cuando me vio escapó. Mi ayudante del instituto me acompañaba y dice que debió de tomarnos por policías...

La cara de Lunacharski se distiende un instante.

–Alguien de la oposición. Eso explicaría la advertencia de Menzhinski. Habrá parecido que querías contactar con la oposición.

–Eso es absurdo –replica Bogdánov–. He dejado la política. Y Menzhinski debería saber lo que Trotski piensa de mí...

–Eso no significa nada –lo interrumpe Lunacharski–. Trotski ahora está con Kámenev y Zinóviev, que hasta hace poco lo ponían verde. Las alianzas cambian. No te extrañe que Menzhinski haya querido avisarte por mi conducto.

La ironía grotesca del caso es tan evidente como irritante.

–En nombre de los viejos tiempos, supongo –dice Bogdánov.

–Todos tenemos buenas razones para hacer lo que hacemos –contesta Lunacharski.

Por un instante guardan silencio y oyen el batir de las gotas de agua en los sombreros de fieltro. Curioso reloj de la naturaleza.

Una vez más es el ministro quien pone voz al pensamiento:

–La oposición fracasará. No porque no tenga su parte de razón. Pero la gente quiere paz y seguridad, que es lo que ofrece Stalin. –Hace un gesto terminante con el que refuerza sus palabras–. Derrotará a Trotski y a los demás y luego llevará a cabo mucho de lo que ellos proponían, ya verás. Y presumirá.

–¿Y tú seguirás montado en el carro del vencedor?

La pregunta no quiere ser provocadora, ya no es necesario.

Una mueca de amargura desfigura la cara profesoral de Lunacharski.

–Dentro de no mucho me apartarán a mí también, ya verás. Y entonces me dedicaré solo a la crítica literaria.

Bogdánov no dice nada. Ha perdido de vista a Denni y de pronto la ve junto a una gran jaula. Invita al otro a ir con ella pero Lunacharski rehúsa:

—Tengo que irme. Los preparativos de mañana me reclaman.

Se estrechan la mano.

Bogdánov ve al amigo alejarse, con andar torpe, acompañado de sus guardaespaldas, que son más bajos que él y mucho menos elegantes, y luego se reúne con Denni en la jaula del tigre siberiano: el felino está medio oculto detrás de unas rocas. Se encaminan a la salida principal, sobre la que hay un letrero que dice: «Zoopark.» Cuando salen, Denni saca algo del bolsillo del viejo gabán. Es algo blanco, que suena a papel. Es la bolsa de los garbanzos. Bogdánov traga saliva. Tarda un rato en poder hablar:

—¿Te das cuenta de que el oso podría haberte destrozado?

—Habría tenido buenas razones para hacerlo, ¿no te parece? Pero no lo ha hecho. ¿Quieres?

Le tiende la bolsa y esta vez él acepta.

31

Para cabos y generales, el principio tectológico básico es la cadena de mando. Es una estructura eficaz para las campañas militares, porque un hombre manda sobre diez y cada uno de estos sobre otros diez, y, con seis veces que la pasen, una orden puede implicar a más de un millón de soldados y concentrarlos en un punto para la defensa o el ataque. En cambio, cuando se trata de organizar así a toda una nación, con un número de habitantes ciento cincuenta veces mayor, la cadena se debilita a medida que se alarga. Todo parece funcionar, porque la orden sale y llega, pero en realidad no se la entiende; se la ejecuta a regañadientes o con obediencia ciega, porque entre el primer y el último eslabón ha dejado de haber comunión de intenciones. Se acumulan errores y quejas, acusaciones de arbitrariedad e insubordinación. La energía se dispersa y las contradicciones aumentan, hasta que el sistema, como todas las organizaciones egresivas, se viene abajo.

Bogdánov observa por la ventana el tráfico de la Yakimanka, las banderas que ondean en los autobuses repletos, los pasajeros de pie en el techo de los tranvías. Grupos de marineros desfilan entre aplausos y vítores. La aguanieve que cae desde primeras horas de la mañana se derrite bajo las orugas de los carros armados que maniobran, venidos de los cuarteles del sur de la ciudad; bajo las botas de los soldados que se dirigen al desfile, con las bayonetas caladas y cantando a coro, entre toques de trompeta y redobles de tambor; bajo las ruedas de los blindados y los cascos de los caballos, que tiran por el empedrado de las piezas de artillería.

–Me voy –le dice a Natalia, que lo oye moverse en el cuarto de al lado. No irán los dos, lo ha querido ella: «Quiero quedarme con Denni y además me duelen los pies.» Lo despide en la puerta, inquieta. Pero no tendría que preocuparse. Como dice el refrán: perro ladrador, poco mordedor.

En la calle, se agitan por encima de las cabezas los estandartes de las fábricas y las letras del nombre de Lenin, que el ir y venir de la multitud por las aceras mezcla formando todos los anagramas posibles.

En torno a un vendedor de imperdibles de la estrella roja y el número diez se forma un corro que estorba el paso. En medio del gentío, Bogdánov se ve de pronto al lado de un hombre que lleva una pancarta en la que se lee: «¡Por la unidad del partido leninista!» Los pocos que reparan en ella ni se sorprenden ni se extrañan. Nadie adivina contra quién va en realidad la frase. Nadie piensa que el de la pancarta pueda ser un miembro de la oposición. El mensaje, que parece trivial en apariencia, lleva implícita una acusación contra Stalin, que quiere apartar a los partidarios de Lenin más leales. Si estos son los eslóganes que deberían aguar la fiesta y prender la revuelta, el viejo camarada Koba puede dormir tranquilo. Bogdánov sigue caminando hacia el río. Ve más pancartas de la oposición por encima de los gorros y los niños a los que sus padres llevan a hombros.

«¡Por una verdadera democracia obrera!»

«¡Por un comité central leninista!»

Debe de ser un modo de reconocerse entre sí sin que los

descubran, o una estrategia sutil para hacer prosélitos. ¿Quién no desfilaría tras esos eslóganes?

La ciudad está cubierta de palabras. Hay altavoces en las farolas que parecen flores en lo alto de un tallo. Convocan al pueblo soviético con himnos y llamamientos. Las ventanas son bocas; los edificios, palcos con colgaduras rojas y letras mayúsculas. No hay medio de transporte que no lleve un aforismo en el costado, una bandera con una máxima en el techo.

¿Se puede conmemorar algo sin transformar a los participantes en un rebaño? Habría que preguntárselo a Denni, pero la joven se ha quedado en casa porque le ha subido mucho la temperatura. En la excursión al zoo cogió frío. Al despertar quemaba y tenía las mejillas anormalmente rojas. Natalia ha insistido en que se quedara. Mejor. La muchacha necesita desesperadamente creer, creer en el socialismo nacuniano y en el terrestre. Hay que suministrarle la realidad en pequeñas dosis. Llevarla a un lugar en el que unos camaradas que celebran la revolución se insultan sería una terapia de choque de efectos imprevisibles.

Por la avenida Manézhnaya avanzan, como carros alegóricos, tractores con grandes remolques cargados de maquetas que muestran los progresos de la Unión: locomotoras, hornos, rompehielos, prensas, turbinas eléctricas. «¡El comunismo es el poder de los sóviets más la electrificación del país!» La frase de Lenin llena el espacio que queda entre prototipo y prototipo. Bogdánov se pone de puntillas y ve un misil de hojalata, que desaparece tras la esquina dejándolo con la duda de si era una bomba que se usará en la próxima guerra o una nave espacial con la que se explorará el cosmos.

Del balcón del Grand Hotel de París, en la esquina de la calle Tverskaya con Ojotni Riad, cuelgan tres grandes retratos, uno por cada una de las ventanas que se abren en la fachada curva. Están muy lejos y no se ve quiénes son, pero es fácil imaginarlo. En el hotel se alojan funcionarios y miembros del partido. El gobierno lo requisó con otros hoteles al trasladarse allí la capital desde San Petersburgo. El edificio es la sede de la vigesimoséptima Casa de los Sóviets y se halla en el cruce más caótico de Moscú, en la entrada de la Plaza Roja. En sus habitaciones, muchas compartidas, viven numerosos miembros de la oposición. Por eso no cuesta imaginar a quiénes pertenecen las caras que cuelgan de las grandes cornisas: Trotski, Zinóviev y Kámenev, el trío que se opone a Stalin y a la derecha del partido. Bogdánov se acerca, la muchedumbre se concentra, la voces suben de tono.

Debajo de los retratos hay una sábana atada a la balaustrada en la que pone que hay que «ejecutar el testamento de Lenin». Y, en efecto, sorprendentemente, uno de los tres rostros es el ceñudo de Vladímir Ilich. Pero el de Kámenev falta, no se sabe por qué.

El ruido se vuelve un clamor cuando, en medio de los tres retratos, aparece un hombre rapado, de carne y hueso, con quevedos y perilla. Es el camarada Ívar Smilga, al que han mandado al extremo oriente soviético para que se ocupe de las minas de estaño.

—¡Vuélvete a Jabárovsk! —grita una mujer tocada con un pañuelo.

El hombre se apoya en la balaustrada, se asoma a la calle repleta y arenga a la multitud.

—¡Basta! —le dice alguien.

—¡Que estamos de fiesta! —se queja un anciano.

Muchos alzan el puño en señal de aprobación o de amenaza. Bogdánov se ve tan aprisionado entre la gente que ni aun queriendo podría levantar el brazo para saludar o maldecir al orador.

De pronto, y como el orador no calla, unos obreros dejan el estandarte de la fábrica que portan y, abriéndose paso a codazos, se abalanzan sobre un carro cargado de primicias de la agricultura soviética. Vuelan patatas, coles y calabazas.

Por las ventanas del Hotel Nacional, que ocupa, con sus seis plantas, el chaflán opuesto, llueven cubiertos y cubitos de hielo sobre el carro de los rebeldes y sobre la calle, que es un mar de gorros en el que no queda un solo espacio libre.

Una cuchara de metal impacta en una nuca justo delante de Bogdánov. La cabeza sangra, el hombre restaña la herida con sus guantes de lana. Es hora de irse, pero la multitud lo impide y, en medio de un remolino, arrastra los cuerpos hacia la entrada del edificio.

–¡Debemos unir nuestras fuerzas contra los campesinos ricos, contra los empresarios, los burócratas y la derecha! –grita Smilga desde el balcón, pero sus palabras ya apenas se oyen, ahogadas por el clamor de los insultos, los llamamientos a las armas, los gritos de dolor y de ayuda.

Bogdánov está aprisionado pero se mueve. Lo empujan troncos y caderas. En la dirección contraria a la de la fuerza que lo oprime, más allá de la primera ola de espaldas, ve un muro de cachiporras y culatas de fusil que se elevan pidiendo paso y de cuando en cuando se abaten con fuerza para abrírselo más fácilmente.

La multitud intenta dejar paso, retrocede. Cuesta respirar, se grita. Los agresores penetran por un hueco, lo ensanchan y al final lo desbordan como si fueran una inundación.

Llegan a la entrada del Grand Hotel, golpean la puerta con las porras e intentan forzarla con una barra de hierro, mientras contienen a quienes quieren intervenir.

Smilga acaba su discurso y cede el puesto a tres camaradas aguerridos, que bombardean a los asediadores con platos y sillas.

Ya han abierto un poco la puerta cuando Bogdánov logra liberarse y se desliza hacia las agujas de la iglesia de Santa Parascheva. Se frota las costillas y recobra el aliento, acelera el paso por entre una masa de cuerpos menos densa, sin saber si dirigirse a la Plaza Roja o conformarse con lo que ha visto.

Cesa el alboroto, los gritos se desvanecen. Llega a las columnas de la Casa de los Sindicatos y parece que es otro barrio, que haya una pared de cristal que lo aísle del bullicio que reina en la vigesimoséptima Casa de los Sóviets.

En la relativa quietud de la plaza, con sus puestos de verdura y sus carnicerías cerradas por la fiesta, resuena el motor de un automóvil. A juzgar por el ruido que hace, va a buena velocidad. Extraño, con tanta gente en la calle.

Un muchacho cruza corriendo los raíles del tranvía. Será de la edad de Kotik. El automóvil aparece por entre dos carros del mercado, allí aparcados con su correspondiente caballo. Está a punto de atropellar a una anciana que lleva de la mano a una niña, dos soldados se apartan de un salto. Frenazo brusco sobre los adoquines mojados, a dos pasos de Bogdánov. Tres hombres se apean a toda prisa, dejando las portezuelas abiertas, y le cortan el paso al muchacho, que trata de esquivarlos. Lo derriban.

La primera patada lo alcanza en el costado, la segunda en la tripa.

–¡Alto! ¿Qué hacéis?

Bogdánov tira de una chaqueta de piel negra.

El hombre se vuelve, mientras los compañeros esposan al muchacho y lo levantan.

Antes de que el policía pueda decir nada, lo golpea una pancarta en la frente.

«¡Fuera los burócratas del partido!», pone en el panel de madera.

Acuden más jóvenes y se abalanzan sobre los tres agentes.

Bogdánov intenta correr contra corriente, pero lo arrolla un muchacho que es mucho más alto que él. Cae hacia atrás, se golpea la espalda contra el suelo. El talón de un zapato le pisa el codo, un par de botas tropiezan con sus piernas y le cae encima un hombre con todo su peso. Se hace un ovillo y, cuando intenta levantarse, siente un dolor en el brazo y cae de nuevo, en medio del torbellino de suelas.

Se vuelve del otro costado, nota la humedad de la nieve a través del abrigo. Alguien lo coge de las axilas, lo ayuda a levantarse y le susurra:

–Por aquí. –Le entreví la boca y la nariz, la frente cubierta por la visera del gorro–. ¡Vamos! –tira de él y Bogdánov ve, más allá, otro automóvil negro, con el motor encendido y la portezuela abierta. Debe de haber llegado cuando él estaba en el suelo.

Da un paso, pero las botas se le resbalan en los adoquines mojados. Se apea un hombre para ayudar al otro.

La refriega de patadas y garrotazos amenaza con tragárselos.

El hombre que lo ha levantado lo introduce en el coche.

–Entra o te arrollan –le dice con un susurro.

Un instante después se hallan en el habitáculo, sentados al lado. El coche se aleja salpicando barro.

Bogdánov se arrima a la portezuela y observa ese rostro que le resulta familiar, aunque lleva veinte años sin verlo.

–Al final te he encontrado yo a ti –le dice Leonid.

Bogdánov se limita a recuperar el aliento. El conductor conduce indiferente a ellos.

Bogdánov mira por la ventanilla, como si fuera un pasajero cualquiera o un miembro del gobierno que se paseara en un coche oficial.

–¿Adónde me lleváis? –pregunta.

–A mi casa –contesta Leonid con perfecta calma–. No a la que fuiste a buscarme, a la de verdad.

Por el cristal reconoce Bogdánov la plaza, la fachada barroca llena de ventanas, el frontón con el reloj. El edificio de la Lubianka se ve más y más grande a medida que se acercan, dispuesto a tragárselo por segunda vez.

32

Han pasado cuatro años desde que Bogdánov estuvo en la GPU. Siguen siendo los mismos pasillos de color verde pálido, vacíos y llenos de puertas. Lo interrogaron en un cuarto parecido al cuarto en el que en ese momento se halla. Quizá fue el mismo. Rectangular, de cinco pasos por seis, sin ventanas, con dos puertas en las paredes largas, una enfrente de la otra. En medio, una mesa de madera oscura y tres sillas forradas de cuero.

Lo acusaban de ser el inspirador de *Verdad Obrera*.

Pruebas de cargo: tres artículos publicados en el periódico del grupo plagados de terminología bogdanoviana. En todos los párrafos había egresiones, degresiones, ingresiones...

Le reprochaban no haber desautorizado aquellos escritos reaccionarios.

«No lo he considerado necesario. Publico libros desde hace un cuarto de siglo y algunos se estudian en las escuelas de la Unión. Mis trabajos sobre transfusiones, cultura proletaria y tectología se comentan en toda Europa. No imaginaba que pudiera relacionárseme con un grupo de jóvenes fanáticos que redactan un panfleto y lo imprimen con ciclostil. Además, ya no soy político, sino científico.»

«Si es científico, ¿por qué un grupo de opositores se toma tan en serio sus escritos y hasta adopta su terminología?»

«Porque esos escritos son objeto de una campaña difamatoria que los presenta como heréticos y los vuelve fascinantes para los jóvenes inquietos, con lo que yo me veo entre la espada y la pared. Entre quienes tergiversan mis teorías para atacarlas y quienes las tergiversan para hacer de ellas una bandera.»

«¿Acaso no ha escrito que en la Unión Soviética, como en Occidente, los organizadores y los ingenieros tienden a tomar el poder con el apoyo de los partidos políticos?»

«He escrito que en la Unión Soviética esto no ocurre porque nuestros organizadores no saben lo que organizan.»

«¿Acaso no ha escrito que en la Unión Soviética el comunismo tiene por objeto satisfacer las necesidades de la producción y no las de los obreros?»

«He afirmado que en una situación de crisis económica como la que vivimos, la producción debe ser la prioridad.»

«¿Acaso no ha dicho que nuestro partido no es un partido de trabajadores, sino de soldados-trabajadores?»

«Sí. Y como los soldados del partido son en su origen obreros o campesinos, he escrito que el partido está hecho de obreros y campesinos.»

Y así todo el día. Al final lo metieron en la cárcel hasta que su situación se aclarase. La dictadura del proletariado no puede permitirse un *habeas corpus*.

Celda número cuarenta y nueve, compartida con un delincuente común. Sin poder salir, sin libros. A las dos semanas, le llevaron por fin recado de escribir y pudo enviar una carta al jefe supremo de la policía política, Félix Edmúndovich Dzerzhinski, nacido como él en un lugar situado entre Minsk y Varsovia. Bolchevique de toda la vida.

«Camarada director, sus agentes han sido correctos y escrupulosos. Pero usted me conoce, podrá entenderlo mejor. Sabe lo que es actuar en el teatro de la historia, que es nuestro juez común.»

Le pedía una entrevista, que se le concedió el mismo día.

Le prometieron liberarlo en una semana y permitirle ver a Natalia. A cambio, le pidieron que escribiera lo que pensaba de la revolución. Tarea fácil, que terminó en seis días. Pero la puerta de la cárcel siguió cerrada. Tuvo que amenazarlos con montar en cólera, provocarse un infarto y morir allí dentro.

El infarto le dio de verdad a los pocos días de que lo liberaran.

Y ahora ahí está otra vez, esperando a que lo interroguen. Dzerzhinski ha muerto y al frente de la policía secreta le ha sucedido su segundo, Menzhinski, otro viejo compañero, que enseñó a imprimir periódicos a los obreros de la escuela de Bolonia.

Bogdánov está sentado en el cuarto vacío, en compañía de sus pensamientos. Pasa una hora, quizá dos, no se sabe. Aguarda, no a conocer la suerte que le espera, que en realidad no le importa, sino a que entre alguien y le confirme que el misterio se ha resuelto, que la investigación ha terminado, si es que una investigación puede darse alguna vez por concluida.

Leonid también fue a la escuela de Bolonia. Y Aleksandra Kolontái, que lo amó por un tiempo. «Recibí una carta de Leonid en la que me decía que había decidido regresar ... Poco antes de que el gobierno se trasladara a Moscú, Menzhinski me dijo que había visto a Voloch, que acababa de volver del extranjero...»

Leonid regresó a Moscú y desapareció al poco. Un nombre nuevo con una misión nueva, combatir a los enemigos del Estado soviético. Un héroe anónimo.

Cuando, al cabo de un tiempo interminable, una de las

puertas se abre, Bogdánov ve a Leonid Voloch que entra y se sienta enfrente, mesa de por medio.

–Perdona la espera. Es un día complicado.

Saca un par de cigarrillos y le ofrece uno, que él rehúsa. Voloch enciende uno sosteniéndolo con los dedos amarillos de nicotina, da un par de caladas y lo observa con curiosidad, tapada la boca por el bigote poblado. El pelo grisáceo y las arrugas de la cara delatan el tiempo que ha pasado.

–Estás más joven que yo –dice después de echar una bocanada de humo–. Y tienes diez años más. Yo también tendría que ir a tu instituto a hacerme transfusiones.

–Tienes una enfermedad rara –le dice Bogdánov–. Si no te tratas, podrías morir pronto.

Voloch asiente.

–Lo sé. Me lo han dicho los médicos. No los del hospital en el que encontraste mi historial. Médicos mejores. Dicen que llevo una bomba en el cuerpo y solo es cuestión de tiempo que explote. Mi enfermedad es tan rara que nadie sabe nada. Casi no vuelves a verme. ¡Qué mala suerte!

Bogdánov no hace caso del sarcasmo. Ni siquiera sabe por qué lo han llevado allí pero no es lo que quiere preguntarle.

–¿Por qué te haces llamar Igor Pashin?

Da otra calada, que aspira hasta el fondo, con desprecio de la tuberculosis que padece.

–Es un nombre como cualquier otro. ¿Tú cuántas veces te has cambiado el tuyo? Tampoco Bogdánov es tu verdadero nombre... Cuando, la otra tarde, te vi en la escalera, me llevé una sorpresa. No me preocupó que fueras preguntando por Leonid Voloch a los viejos camaradas, pero lo que no me imaginé es que te encontraría en el rellano de mi casa.

–¿Desde cuándo formas parte de la GPU? –pregunta Bogdánov.

–Desde que se llamaba Cheka. Menzhinski me reclutó

nada más volver a Rusia, en el diecisiete. Llevaba fuera más de diez años, era un buen candidato para formar parte de la policía secreta. ¿Recuerdas cuando te trajeron, hace unos años, por lo de *Verdad Obrera,* y te interrogó Agranov?...

–Un colega tuyo muy escrupuloso –comenta Bogdánov.

–Un necio burócrata. Quería interceptar la carta que le escribiste a Dzerzhinski. Fui yo quien se la hizo llegar.

–Gracias.

–No hay de qué. Estaban empeñados en encerrarte, pensaban que eras un subversivo.

–También lo fui –dice Bogdánov en un tono más duro.

–Lo eras para el zar –replica Voloch como si hablase para sí–. No para la Unión Soviética. A estas alturas tengo cierta experiencia en la materia. He combatido a los Blancos, a los amotinados del Kronstadt, a los espías imperialistas. –Señala a Bogdánov–. En esa misma silla he interrogado a Sidney Reilly, antes de mandarlo al pelotón de fusilamiento... Tú no eres ni un espía ni un enemigo de la revolución. No estás con la oposición pero tampoco con Stalin. No eres un menchevique ni tampoco ya un bolchevique. –Enarca las tupidas cejas–. ¿Cómo te definirías?

Las palabras le salen espontáneamente, sin pensar:

–Marxista marciano.

Voloch da un manotazo en la mesa.

–Buena respuesta.

Late en su voz un rastro de la antigua admiración. Están cara a cara, como hace veinte años. Solo que las tornas han cambiado. Ahora el fuerte es Voloch y sin necesidad de pistola. Transmite sabiduría, desencanto, determinación. Y habla con propiedad, con dominio del lenguaje. Eso es señal de que en todo aquel tiempo no ha dejado de instruirse, de mejorar, como digno estudiante de su escuela obrera. Tendría que alegrarse y en cambio le parece una burla.

–¿Y tú? –le pregunta–. ¿Cómo te definirías? ¿Cómo es

posible que un estudiante de la escuela de Capri y de Bolonia se haya convertido en un inquisidor?

Voloch asiente, como si esperase la pregunta y entendiera sus razones profundas.

—Siempre has dicho que un discípulo debe superar a su maestro o morirá con él —recuerda—. Tú me enseñaste que los sistemas se basan en la organización y que, para que funcionen, hay que defenderlos de las egresiones. Es lo que yo he hecho. He defendido la revolución cuando tú la criticabas. Creo que los dos hemos hecho nuestro papel.

Bogdánov apoya las palmas de las manos en la mesa y abre los dedos como si quisiera pegarlos a la superficie de madera o fuera a tocar un teclado invisible. Habla mirando un punto situado entre las manos, para mantenerse tranquilo y concentrado:

—Yo nunca he dicho que la organización tenga que ser jerárquica, que los burócratas deban tener poder. Defender esto en nombre de mi pensamiento es traicionarlo.

Se lo suelta a la cara y es como decirle que hoy sí merece la bala que le perdonó hace veinte años.

Voloch replica con perfecta calma:

—Dijiste lo mismo la última vez que estuviste aquí, ¿recuerdas? Que nadie te entendía. Para ser un hereje, como te defines, eres curioso. El único guardián de la ortodoxia bogdanoviana.

Bogdánov relaja los dedos. La rabia desborda y se convierte en desengaño. Calla. De pronto está cansado, incluso agotado.

—¿Para qué me buscabas? —le pregunta Voloch.

Es hora de hablarle de Denni. Bogdánov se arranca las palabras, hace que afloren a unos labios que querrían permanecer cerrados.

—No eres el único que tiene la misma forma anómala de tuberculosis. La tiene también tu hija. —Bogdánov busca en vano alguna reacción en aquel rostro marcado. Voloch sigue fumando–. ¿Sabes que tienes una hija?

–No.

–Su madre murió cuando ella tenía seis años –prosigue Bogdánov–. Ahora tendrá veinte. La crió el Estado. Tiene un billete del robo de Tiflis. Imagino que se lo diste a la madre cuando te fuiste. Seguramente fue en aquellos meses de 1907 en los que estuviste... perdido. Te había cuidado y te sentías en deuda con ella. La muchacha también tiene el anillo que te hiciste con una tuerca. Y padece la misma enfermedad rarísima.

Voloch parece reflexionar sobre lo que acaba de oír, pero sigue sin reaccionar. Su carácter debe de haberse endurecido durante los años que lleva en la policía política. Bogdánov le mira las manos, fuertes, de dedos gruesos de obrero y de soldado, que recuerda bien. Manos que han trabajado para el Estado soviético y han hecho cosas que no es difícil imaginar.

–¿Y ahora dónde está? ¿En el instituto? –pregunta Voloch.

–Sí –contesta Bogdánov–. Vino a verme para preguntarme por ti. Cree que es hija de Netti y del protagonista de *Estrella roja*.

Pasa un instante y Voloch prorrumpe en una carcajada sincera, como las que quienes lo conocieron recuerdan bien, y por un momento parece que no hayan pasado veinte años.

–¡Entonces, Bogdánov, será hija tuya y no mía!

Bogdánov sigue serio, aquella afirmación sencilla e inmediata lo desconcierta. Voloch arroja la colilla al suelo, la aplasta con la suela, apoya los codos en la mesa, entrelaza los dedos y observa a Bogdánov sin perder el buen humor.

–Los hijos son de quienes los crían y yo desde luego no lo he hecho.

—Ninguno lo hemos hecho —replica Bogdánov—. Teníamos que cambiar el mundo. Nunca creímos en la familia burguesa.

Voloch ríe por última vez y vuelve a reflexionar sobre el caso:

—Y esta muchacha que dices que es hija mía busca al protagonista de una novela tuya porque cree que es su padre...

—Ese protagonista eres tú, como bien sabes —añade Bogdánov.

—¿De veras?

Bogdánov no sabe si la pregunta es retórica, pero decide responder como si no lo fuera:

—Tú me contaste tu viaje a Nacun... En Capri, seguro que lo recuerdas.

Voloch se enciende el otro cigarrillo. Da una calada y las volutas de humo azules se elevan ondulando hacia la lámpara del techo.

—Quien no recuerda eres tú, Bogdánov. Yo te conté un sueño que tuve delirando. Pero tus novelas son solo tuyas. No soy yo quien estuvo en Nacun. Eres tú. Si esa muchacha busca a su padre en ese Leonid, es que te busca a ti. —Bogdánov no sabe qué contestar y calla—. Siento lo de su enfermedad —prosigue Voloch—. Su suerte está echada y yo no puedo hacer nada.

—Al menos podrías responder a una pregunta que quiero hacerte.

—¿Qué pregunta?

—Si lo hemos conseguido. Si hemos cambiado el mundo a mejor. Si el sacrificio valió la pena.

Voloch expulsa otra bocanada de humo, que se une a la nube que flota sobre sus cabezas como una niebla de pensamientos.

—A eso puedes contestar tú también. Hemos emprendido un camino tortuoso en el que hemos cometido muchos errores, algunos inevitables, otros no. ¡Quién sabe si llegaremos algún día a una sociedad sin clases!... No hay modo de saberlo si no lo intentamos. Conocer el mundo y cambiarlo es lo mismo. Cambiar el mundo y cambiarnos a nosotros mismos es lo mismo. ¿No es lo que siempre has dicho? Por alto que sea el precio que haya que pagar, nunca será tan alto como el que la humanidad ha pagado ya en siglos de esclavitud y explotación.

Bogdánov medita sobre estas palabras como si quisiera grabárselas en la memoria. Podría repetírselas a Denni para que se reconcilie con el mundo y se resigne a ser terrícola como ellos. Es lo único que puede hacer. Si se lo permiten. Volver a casa, reunirse con Natalia, con Kotik, con Denni, con esa familia a la que lleva toda la vida rechazando y ahora quiere volver a atraparlo. Es una sensación que lo irrita, pero es lo que más desea.

—Quisiera decirle a mi mujer que estoy bien. A estas horas estará muy preocupada.

Voloch apaga el cigarrillo y se levanta.

—Claro. Te llevarán a casa. En cuanto despachemos los últimos asuntos del día. Así nos aseguramos de que no estés en el lugar equivocado en el momento equivocado. Ten paciencia. Voy a pedir que te traigan té y algo de comer.

—¡Qué amabilidad! —replica Bogdánov con un sarcasmo involuntario.

Voloch contesta ya en la puerta:

—Hace diecinueve años me diste una oportunidad. Habrías podido mandarme al fondo del mar y no lo hiciste. No lo he olvidado.

33

−¿Denni? ¿Dónde estás, querida? −Nadie responde, el dormitorio está vacío, en penumbra. La cama sigue hecha. Natalia Korsak da un paso atrás y cierra la puerta−. Debe de estar con los conejos −le dice convencida a Moris Leiteisen, que le ofrece el brazo para que se apoye. Ella prefiere caminar por sí sola, aunque el dolor de pies no le da tregua. Es un dolor puntual como las primeras nevadas y las temperaturas que rozan los cero grados. Tropieza, arrastra las suelas y, aunque se esfuerza por que no se le note, se siente ridícula andando así. El niño de Kuókkala, ya treintañero, tiene la edad que tendría su primogénito si no hubiera muerto siendo un bebé. Tiene la edad justa para que lo contrate como bastón de la vejez una mujer de sesenta y tres años que lleva demasiados éxodos en las piernas−. ¿Denni? ¡Tengo una sorpresa para ti!

La muchacha se asoma a la puerta del animalario. El olor de los animales sale por la rendija.

−Te traigo los cristales que me pedías en la carta −le dice Moris, enseñándoselos en la palma de la mano.

Denni parece una niña a la que regalan un juguete nuevo.

Demasiado fascinada para dar las gracias, coge una de

las plaquitas transparentes, que parecen finas láminas de cristal, la observa a contraluz, la superpone a otra.

–¿Es lo que querías? –le pregunta Leiteisen–. En la carta no quedaba claro. Pensé que era bióxido de silicio, es decir, cuarzo.

–¡Son perfectas! –exclama ella, como si contemplase dos joyas.

–Natalia me ha dicho que estás haciendo una radio muy curiosa. ¿Puedo verla?

Moris cierra la mano en la que lleva los cristales pulidos como dando a entender que no se los dará hasta que haya visto el aparato.

Denni lo invita a seguirla a su habitación.

Mientras Natalia enciende la luz, la muchacha se mete debajo de la cama. Reaparece con una caja y la deposita sobre el colchón. Levanta la tapa de madera y despliega un rollo de cables. Son al menos unos diez y están conectados a sendas agujas de metal.

–¿Eso son las antenas? –pregunta Moris.

–No, estas... No sé cómo se llaman. Se introducen aquí, en la piel de la cabeza. Sirven para captar la energía del cerebro.

Moris coge uno y lo observa atentamente.

–¿Conoces los experimentos de Pravdich-Neminsky? Hará unos diez años, con un aparato parecido, registró la actividad eléctrica del cerebro de los perros.

Denni agrupa de nuevo los cables, los deja a un lado y les enseña el tablero de mandos. Gira en un sentido y en otro un pomo con una escala graduada.

–Con esto se aumenta la intensidad de la energía.

–Un amplificador... –murmura Leiteisen para sí–. ¿Y los cristales de cuarzo?

Denni indica un pequeña cavidad rectangular.

–Van aquí dentro. Dejan pasar los pensamientos pero

retienen la energía que podría... –busca la palabra, pero desiste y dice la que se le ocurre– mancharlos.

–Un filtro pasabanda –asiente Moris, que deja en la cama el resto de los cristales.

–Por último –prosigue Denni–, este cable transmite la energía a la antena, que la transforma en ondas capaces de viajar por el espacio. Con el receptor adecuado, esas ondas pueden captarse y transformarse de nuevo en pensamientos.

Moris examina los contactos de la antena.

–Tenías razón –concluye–, funciona como una radio telepática... una neurorradio. Solo que la electricidad del cerebro, si de verdad existe, es de una potencia minúscula. Para transformarla en ondas que viajen por el espacio, tu amplificador ha de ser prodigioso.

–Utiliza la energía de la nada –responde Denni.

–¡Ah, claro! –asiente Moris–. ¿Cómo era? «En este puño hay suficiente para evaporar todos los ríos de Rusia.» ¡Fantástico! –Le tiende la mano–. Ven a nuestras reuniones una de estas noches. A mis amigos les encantará tu aparato.

Se despiden. Denni enrolla los cables y los mete en la caja.

En la puerta, Natalia da las gracias a Moris por haberle seguido la corriente a la muchacha.

–Está muy sola. Necesita compartir sus sueños con alguien.

–¿Y quién no lo necesita? –dice Leiteisen.

Abraza a la enfermera jefe y le da tres besos en la cara.

–Ese aparato es muy ingenioso. –Guiña el ojo–. ¿Quién sabe? A lo mejor hasta funciona.

Son las nueve de la noche y Sasha no ha vuelto de los festejos.

Natalia cena sola, ese día es festivo y el comedor del instituto no ofrece la habitual comida de fin de jornada. La sala está vacía, silenciosa. Denni está tan ocupada con su neurorradio que ha preferido no cenar antes que interrumpir el calibrado de los filtros pasabanda.

Es posible, claro, que Sasha se haya encontrado con alguien y hayan ido a cenar. No es mucho de ir a restaurantes, pero en una ocasión como esa puede haberse dejado convencer. Aunque ¿con quién? Tampoco tiene tantos amigos que lo invitarían con gusto. Últimamente está muy arisco. Y aún menos querría nadie que lo vieran con él en un local público. El adversario de Lenin: mala compañía en el día del décimo aniversario de la revolución.

Natalia se sienta al escritorio y enciende la lámpara, que tiene una pantalla de cristal verde. Intenta retomar la traducción, pero le cuesta pasar de las palabras del libro al diccionario francés-ruso y al papel en blanco, porque la asaltan dudas y temores.

¿Y si llama a Anatoli?

Si se hubiera sentido mal o le hubiera pasado algo, habrían llamado al hospital, alguien habría avisado.

La buena noticia es que no haya noticias, como se dice. Pero el desfile acabó hace al menos tres horas. ¿Adónde puede haber ido?

En la calle se oyen ruidos alegres. Pasan cantando unos jóvenes, el viento trae la melancolía de una armónica. En las calles de Moscú continúa la fiesta.

Se rumorea que ha habido altercados en el viejo Hotel de París. Que han detenido a gente en la universidad y en otros barrios. Al parecer incluso Nadia Krúpskaya ha dado un mitin a la oposición. Pero Sasha no se mete en esas cosas.

En la mesa, junto al sillón, tiene el último número de la revista del sindicato de enfermería. Quizá leer la distraiga más que traducir. Está cansada y querría irse a la cama, pero prefiere esperar a su marido.

Repasa los artículos buscando alguno que la ayude a

permanecer despierta. Los titulares no son de mucho interés. La retórica del décimo aniversario de la revolución ha llegado a todas partes.

Una voz interior le dice que a Sasha le ha ocurrido algo.

Otra le aconseja que piense con calma. El retraso puede explicarse con mil hipótesis más probables que la de una desgracia.

Pero la primera voz no se da por vencida. Habla con el timbre de Sasha, como si fuera un mensaje directo, un pensamiento que le enviara con el aparato de Denni. Es un prototipo muy rudimentario y no se entiende nada. Solo transmite angustia, malos presagios vagos.

La última novela de Ehrenburg –*Una calle de Moscú*– podría distraerla más. Ha visto el ejemplar al coger la revista de enfermería, que estaba encima. Deja la revista y toma la novela.

Lee un capítulo y se acuerda de las gafas. Las tiene desde hace poco y aún no las necesita siempre, pero, cuando lee, llega un momento en que ve borrosas las letras y parece que los renglones se cruzaran peligrosamente y provocaran accidentes léxicos.

Sin embargo, esta vez no es el cansancio de los ojos el que dificulta la lectura, sino el de todo el cuerpo.

A mitad del capítulo siguiente, Natalia se duerme. El libro le cae en el regazo. Se queda encendida la luz, esperando a Bogdánov.

La despierta un ruido horas después. No lo ve enseguida, pero el reloj de la cómoda marca las tres. La calle está en silencio. El ruido se repite, viene de abajo.

Se levanta, aún le duelen los pies hinchados. Abre la puerta del pequeño apartamento, en la planta de arriba del instituto. Se asoma al hueco de la escalera que da al pasillo de los laboratorios.

–¿Sasha? –pregunta en la oscuridad.

Le responde otro ruido, más fuerte. Pasos que corren, estrépito de metal.

Natalia baja los dos tramos de escalera lo más rápido que puede, apoyándose en el viejo pasamanos de madera.

Llega al pasillo y ve una luz tenue en la entrada. Se mueve una sombra.

–¿Eres tú, Sasha?

Cierran la puerta bruscamente, el resplandor de la calle se apaga. Natalia va arrastrando los pies, encuentra a tientas un interruptor y, a la luz de las lámparas, el pestillo de la puerta.

Sale a la acera, así como va, en bata, y ve a Kotik que sube deprisa a un camión, lo arranca y se aleja por la calle desierta.

¿Kotik? No está segura de que sea él.

Entra en el edificio y ve, en la otra punta del pasillo, una rendija de luz que sale del animalario.

Va despacio y abre la puerta.

Los conejos y las jaulas han desaparecido.

–Natalia nos ha visto –dice Kotik, mirando al frente.

Denni, sentada al lado, se gira y ve la silueta del edificio entre las jaulas que llevan apiladas en la trasera.

Un hombre cruza la calle con el paso vacilante de quien vaga entre dos mundos, el real y el alcohólico.

Pasada la plaza de Octubre, los edificios ralean, empiezan a aparecer casas de madera y patios llenos de barro. La estructura de acero de la torre Shújov descuella sobre los tejados como si fuera un enorme telescopio puesto del revés, con la parte estrecha mirando al cielo, como si hubiera que observar el planeta Tierra.

El camión avanza dando tumbos por la carretera que bordea el río y pasa por delante de los pabellones de una antigua feria. Con cada bache que pillan, Denni se vuelve y tranquiliza a los conejos, comprueba que las pilas de jaulas no se desmoronen.

Kotik suelta una mano del volante y señala un parque que se extiende a la derecha.

—Aquí podría ser, ¿no?

Denni mueve la cabeza. Va a decir algo pero le da un ataque de tos. Se dobla sobre los cables de la radio que lleva en el regazo y se lleva las manos a la boca.

—No —contesta al fin—. Hay que salir de la ciudad.

El conductor cambia de marcha y acelera.

Denni admira el dominio de sus gestos, le parece una señal de adhesión a la causa.

—Pensé que no venías.

—¿No te fías de mí? —protesta Kotik.

—Supuse que no querrías perjudicar a tu padre.

Kotik no deja de mirar la carretera.

—¿Sabes lo que decía Darwin? —dice, con la cara vuelta al cono de luz que proyectan los faros en la noche—. El hombre no es la cima de la evolución ni los animales son malas copias de él. Por eso no pueden usarse animales para estudiar la medicina de los hombres.

El curso del río Moscova gira como si fuera un gancho y la carretera lo sigue, cuesta arriba.

Kotik para al lado de un prado y se apea.

—Este es el monte de los gorriones —dice abriendo la portezuela de Denni—. Pero ahora lo llaman monte Lenin.

Denni camina por la hierba húmeda hasta que llega al punto en el que el terreno cambia de pendiente y desciende en terraplén hasta la orilla, donde se ve, a la luz del cuarto de luna, un barco atracado en el embarcadero. En el margen de enfrente brillan las luces de la ciudad, sus torres como de mazapán y sus calles de guijarros, que el agua del río y la pendiente con manchas de nieve mantienen a distancia. En la cuesta se ven lo que parecen algunas figuras humanas, gente que disfruta de la vista o quiere que se le pase la borrachera.

—Aquí estarán bien —dice Kotik, haciendo un ademán que abarca el horizonte.

—Sigue estando muy cerca de la ciudad —se opone Denni—. Les podría pasar algo.

—Y tú podrías caer gravemente enferma como no volvamos ya.

Pero Denni le dice que no se preocupe, que la lleve al campo, donde haya bosques, más hierba y menos seres humanos.

Kotik le pide que suba al camión. Arranca y pone rumbo a una zona pantanosa que hay cerca del río Birta, donde, además de fábricas, hay bosques de abetos, tilos solitarios, ruinas de casas antiguas. En verano, su padre lo llevaba allí los domingos a ver plantas y animales salvajes. Hace mucho tiempo que no va, pero no debe de haber cambiado tanto, pese al desarrollo de la capital. Los terrenos pantanosos son los más difíciles de urbanizar.

Procura orientarse de memoria y se dirige a los suburbios del sur, más allá de los barrios con farolas, rodando por el barro y los charcos.

Media hora después, se detiene a la vera de un prado, este sí tan grande que no se ve donde termina; solo se ve una hilera de árboles y se oye ladrar a los lejos, señal de que debe de haber un caserío. Por la cara que pone Denni, Kotik comprende que la búsqueda ha terminado.

Empiezan a descargar las cajas del camión y a colocarlas en fila al otro lado de una acequia.

Denni tiene que dejar la carga varias veces, acometida por la tos.

Cuando las han descargado todas, de los barrotes se eleva como un concierto de dientes que rozan y entrechocan.

—Lo entienden —dice Denni—. Están felices.

Abre la primera jaula y Kotik hace lo mismo con la de la otra punta.

Los primeros animales, aunque libres, no se atreven a salir de su prisión.

Algunos escarban en la tierra helada, con las orejas tiesas, atentos a las señales.

Por fin uno se arma de valor, se pone a saltar por la nieve, se detiene un momento a husmear y se adentra en la oscuridad, seguido de sus compañeros, y el campo acoge a los recién llegados con el abrazo secreto de sus agujeros.

—¿Hola, Natalia? Soy Sasha. Sí, llegaré a casa dentro de media hora... En la Lubianka, están preparando un coche para llevarme. No, nada grave, no te preocupes. Dentro de media hora estoy allí... ¿Cómo dices? No te oigo bien, hay interferencias... ¿Con Kotik? ¿Estás segura? Creo que no sabe conducir. ¿Y de dónde habrá sacado un camión? Sí, voy en cuanto pueda.

Denni trepa por la verja, se acuclilla en lo alto, salta y cae en el suelo de grava.

Ya la separa de Kotik, que la regaña e intenta detenerla, una valla de hierro y ladrillo.

—¿Adónde vas? Como haya guardián, nos metemos en un lío.

La muchacha habla a través de la verja de entrada de la torre de radio:

—Tengo que subir más alto que los edificios de la ciudad. Aquí abajo hay demasiados sueños y pensamientos.

—Eso no es lo que acordamos —protesta Kotik—. Además, no te encuentras bien, tengo que llevarte a casa.

Denni da media vuelta y, con la neurorradio al hombro, se dirige a la base de la enorme antena. Los pilares de hierro se recortan contra el firmamento como si fueran la armadura de una vidriera gótica. Círculos y diagonales se suceden a lo largo de los hiperboloides cada vez más estrechos que forman la torre. En lo alto, el transmisor, cual ángel metálico, vigila la ciudad.

Denni se agarra con ambas manos a una de las vigas que forman el perfil de la torre. Está helada. Intenta escalar, pero el esfuerzo le provoca un ataque de tos y tiene que soltarse.

—¡Si te caes te matas! —grita Kotik, ya sin miedo a que lo oigan.

Se agarra de la verja con manos y pies decidido a saltar también, pero se da cuenta de que no tiene la agilidad de Denni y tarda más de lo previsto.

Cuando llega corriendo a la base de la antena, los tobillos de la muchacha están ya fuera de su alcance. Salta para atraparla, pero agarra un puñado de aire.

—¡Baja! ¡Denni!

La muchacha avanza como lo haría una rata por las sogas de un buque fantasma.

—¡No conseguirás llegar arriba! ¡Está muy alto! —grita Kotik desde abajo. Tendría que ir por ella, pero sabe que no puede. Tiene vértigo.

—No te preocupes, pararé antes —contesta ella sin dejar de subir.

Ya ha llegado al aro de acero del que arranca el segundo trecho de la torre. Está a la altura de un sexto piso, pero continúa subiendo, con agilidad de funámbulo.

A los treinta metros sopla un viento frío, que al nivel del suelo era apenas una brisa. Abajo se ve como un velo de niebla que envuelve la ciudad.

Moscú es como un mar eléctrico rielante de luces y con grandes islas negras. Es un caos de resplandores que se concentran y se dispersan, de geometrías y garabatos, de grandes avenidas que parecen espadas centelleantes metidas en vainas oscuras, de callejuelas tortuosas, olvidadas en las tinieblas.

Es un revoltijo solemne y heterogéneo de cúpulas acebolladas y edificios modernos, de chabolas y bazares, de solares y obras.

Denni no resiste la tentación de parar un momento. Se sienta en uno de los aros horizontales que sostienen la celosía metálica y contempla el espectáculo que se ofrece a su vista, esa densa masa de deseos y desesperación. El río es más ancho de lo que parece desde la orilla e iluminan sus aguas unos faros misteriosos y las luces de las fábricas que funcionan las veinticuatro horas del día.

Ya no se oyen bien las palabras de Kotik, son apenas un susurro que el viento se lleva.

Denni llega a la base del tercer segmento. Se frota con dos dedos un punto del cráneo situado junto a la oreja izquierda y un poco por encima de la nuca. Coge una de las agujas del aparato y la introduce en ese punto por debajo de la piel, con cuidado de colocarla bien. Acto seguido hace lo mismo en el otro lado. Repite la operación con cada una de la agujas, con calma. Con la cabeza rubio platino erizada de agujas y cables, enciende la neurorradio. Gira dos botones, sube una palanca. Se concentra en el mensaje y lo repite como si rezara, primero susurrando y luego para sí. La actividad del cerebro se transmite a las agujas insertadas en la piel. Los cristales de cuarzo filtran los ruidos no deseados. El amplificador aumenta enormemente la intensidad de la señal, gracias a la energía de la nada. La antena transmite esa señal al espacio sideral. Varias veces, sin intervalos, una serie de palabras en forma de radiación viaja hacia las estrellas, por el atajo que lleva a Nacun.

Denni se aovilla, ha hecho un gran esfuerzo y la cabeza le da vueltas. Moscú se eleva de pronto y desaparece. En su lugar, bajo los pies, brilla el cuarto de luna, que el alba hace palidecer. Un instante después, todo vuelve a su posición normal y Denni empieza a descender, insegura, agarrándose al metal como a un tronco que flotara en medio de la tempestad.

Le dan ataques de tos que la obligan a detenerse y respirar.

Le tiemblan los brazos y las piernas por ese esfuerzo y la fiebre.

Por el cristal de la ventanilla, Natalia observa la gran antena, maraña nítida de segmentos y círculos que se recorta en el cielo de la aurora. No ha sido fácil encontrar un coche a esas horas, cuando hasta los últimos noctámbulos se han ido a dormir, los violines descansan en sus estuches y quien ha trasnochado tanto no se molesta ya en volver a casa y espera en la calle la sirena que lo llame al trabajo.

Bogdánov abre la portezuela y, sin abrocharse el abrigo, corre hacia la torre de radio. Ha comprendido enseguida que Denni iba allí cuando ha visto que su aparato había desaparecido con ella. Natalia camina a duras penas y pasea arriba y abajo la mirada por los pilares de la antena que los tejados no ocultan a la vista.

La calle está mojada y resbaladiza. Una verja cierra el paso a la torre. Más allá de los barrotes y del bulto de su marido, se entrevé una sombra de contornos inciertos.

Más pasos con fatiga. Los pies flaquean, el corazón da un vuelco.

Kotik lleva en brazos el cuerpo de Denni; la cabeza se apoya en su pecho, las piernas cuelgan.

Sasha se ase de la verja, apoya los pies en los barrotes horizontales y alarga el brazo hacia arriba. Kotik hace lo mismo por la otra parte, procurando no soltar a Denni, que se ha cogido a su cuello. Aúpa a Denni y Sasha la coge.

Caen al suelo cubierto de nieve helada y manchada de barro.

Bogdánov se levanta, se endereza con un quejido y se

inclina sobre Denni. Le acaricia la cara, rodeada de un nimbo de cables.

—No te muevas, nosotros te ayudamos —le dice y empieza a quitarle con cuidado las agujas de la frente.

La muchacha abre los labios, pero las palabras tardan en salir, como si fueran un eco que resonara en unas rocas lejanas.

—Hecho —susurra—. He mandado el mensaje.

EPÍLOGO

24 de marzo de 1928
El bazo sigue inflamándose. La hipertrofia se aprecia
incluso al tacto.
Tos muy productiva (expectoraciones sin sangre).
Heces hipocrómicas.
Temperatura: 37,8°, estable.
Constante pérdida de peso. Dos kilos la última semana.

Bogdánov deja caer los apuntes en la cama que hay
entre Vlados y él. Si no fuera por la prominencia de los pies,
se diría que la manta descansa sobre el colchón sin nada en
medio. Un cráneo recubierto de piel duerme en medio de
la almohada. Denni está cada día más flaca, sin remedio. La
enfermedad avanza inexorable y misteriosa. La única certe-
za es que la muchacha está cada vez peor. Dos transfusiones,
en cinco meses, no han surtido efecto alguno.

Vlados dice que habría que ingresarla en un hospital
mejor equipado. Él mismo ha probado una terapia alternativa sin resultado. Está de pie junto a la cama, con los brazos
cruzados.

Natalia procura que los días de Denni sean serenos.
Protege sus hábitos diarios, reemplaza aquellos que ya no

on posibles. Largas sesiones de lectura en voz alta en lugar de paseos al aire libre. Hacer labor de costura en lugar de reparar la vieja radio. Comer a horas regulares, aunque no tenga hambre. Conversaciones y risas que conjuren la inquietud que flota en el cuarto. Al paso que lleva, la muchacha no llegará a finales del mes que viene. Abril, el mes que engaña a las flores, que hace que se abran y luego las mata en una noche de helada.

Hay que hacer algo que les devuelva la esperanza.

Como hicieron con Krasin, cuya anemia nadie era capaz de curar.

–Vamos a intentar una transfusión cruzada –dice Bogdánov sin dudarlo. Natalia está llenando un frasco en una mesa que hay junto a la ventana y levanta la cara. No da crédito a lo que acaba de oír, pero sabe que Sasha no habla por hablar–. Si inyectamos sangre de la muchacha en un individuo sano, el organismo de este producirá anticuerpos que podremos inocular a Denni con una transfusión inversa.

–Y así tendremos dos enfermos en lugar de uno.

Vlados lo ha dicho sin moverse del sitio, como si solo pudiera accionar los brazos.

–Sabemos que su enfermedad no es infecciosa –contesta Bogdánov–. Nosotros no nos hemos contagiado.

–Quizá no se transmita por el aire, pero sí por la sangre...

–Cuando inoculamos los gérmenes en el primer conejo, hubo una respuesta inmunitaria. El animal estuvo bien hasta que recibió la segunda inyección.

Vlados apoya las manos en el borde de la cama y se inclina hacia delante bajando la voz, para no despertar a Denni:

–No encontrará voluntarios para semejante experimento.

–El voluntario soy yo –dice Bogdánov.

–¿Usted?

–La muchacha y yo tenemos sangre compatible.

–Es una locura.

–Por eso precisamente quiero correr el riesgo yo. Además, tengo buenas razones para creer que soy inmune a la tuberculosis. Y si esta enfermedad es una variante...

Vlados se yergue, va a la ventana y le hace una seña a Natalia como pidiéndole que disuada a su marido.

–El conejo D16 –dice sin moverse del lado de ella– murió por inoculación de micobacterias bovinas después de que le inoculáramos los gérmenes desconocidos. Usted mismo dijo que fue un caso de hipersensibilidad.

–No veo la relación –replica Bogdánov.

–Dice que es inmune a la tuberculosis. ¿Cómo lo sabe?

La silueta de Anfusa que se recorta contra la luz de la tarde al salir del parque de Montsouris, hace muchos años.

–He vivido con tuberculosos y no me he contagiado.

–Es decir, que ya ha entrado en contacto con la enfermedad una primera vez. Si volviera a hacerlo con la enfermedad de Denni, podría sufrir la misma reacción que sufrió D16. Hipersensibilidad y muerte inmediata.

Desde luego, el peligro existe. Los nuevos caminos están sembrados de incógnitas. «Hay que aprovechar la ocasión. Aunque no sea el buen momento, porque nunca es el buen momento.»

–Es evidente que ya hemos entrado todos en contacto con la enfermedad de Denni, a través de la respiración. Si la reacción que dice fuera a producirse, ya se habría producido.

Vlados no se convence, defiende su postura, pero la voz delata una preocupación sincera:

–Los anticuerpos que necesita podrían estar ya en su sangre de usted. ¿Por qué no pasárselos a la muchacha sin necesidad de hacer una transfusión cruzada?

La propuesta es razonable, pero Bogdánov mueve la cabeza.

—La muchacha se muere, nos queda poco tiempo. No sé con seguridad si he desarrollado los anticuerpos. La manera más segura de obtenerlos es inyectarme sangre suya. Ya hemos esperado demasiado. Este instituto nació para experimentar con el colectivismo fisiológico y esta debe ser la terapia que elijamos.

—Hace usted del caso una cuestión de principios —objeta Vlados, que empieza a impacientarse—. Pero esto es un problema médico, no ideológico.

—Algún día entenderá que ambas cosas son inseparables —concluye Bogdánov en un tono que no admite réplica.

Vlados comprende que la conversación ha terminado, que la decisión es firme. Está en juego la razón de ser de toda una vida. Sale de la habitación con pasos resignados.

La puerta se cierra. Lo único que se oye entre las cuatro paredes es la respiración profunda y dificultosa de Denni. Natalia se sienta y pregunta qué será de la muchacha si él cae enfermo.

La pregunta no espera respuesta, pero es la única objeción sensata que le han hecho. Porque Denni es la única persona, el único organismo, que aún lo necesita. No la revolución, ni la cultura proletaria, ni menos aún la Unión Soviética. El instituto ya cuenta con un buen equipo de médicos, que pueden dar al colectivismo fisiológico las bases científicas que aún le faltan. También Vlados, después de todo, es un espíritu crítico que puede contribuir al proyecto. Kotik está ya en la universidad y Natalia...

Natalia quiere saber cuánta sangre hay que sacarle a Denni.

—¿Cuánta crees tú? —le pregunta Bogdánov.

—No más de trescientos para no debilitarla. ¿Prefieres hacerlo aquí o en la sala de transfusiones?

—Aquí mejor, estaremos más tranquilos.

—Pues voy por lo necesario.

Natalia se aproxima a la cama, se pone donde estaba Vlados, quizá incluso en el mismo ladrillo del suelo blanco.

Acaricia el cabello de Denni.

—¿Estás seguro?

Seguro. Como lo estaba Tolomeo de que el Sol giraba en torno a la Tierra. Como lo estaba Copérnico de lo contrario.

—No —contesta Bogdánov—. No estoy seguro de que funcione. Pero sí estoy seguro de que debo hacerlo. Es una posibilidad y no tan remota. Esperar no tendría sentido. Es lo único que no hemos intentado que se me ocurre. Y no puedo pedírselo a nadie.

Al otro lado de la puerta recorren el pasillo voces y pasos. ¿Habrá ya comunicado Vlados la noticia o ha preferido callársela?

—Mi grupo sanguíneo también es compatible con el de Denni —dice Natalia.

Querida compañera, mi devota, mujer mía y madre. No eres tú quien tiene un último deber. Si esta transfusión cruzada funcionara, hasta Vlados debería admitir que el colectivismo fisiológico tiene validez terapéutica. Que cura a las personas, además de unirlas. Denni se curará y serán muchas, nuevas cuestiones las que habrá que investigar. Nuevos estudios. Y si no funciona, nos dará igualmente pistas importantes.

—¿Te acuerdas en Bruselas, cuando hablamos de suicidarnos juntos? —le pregunta—. Tú dijiste que debíamos vivir por Kotik y por el futuro, para seguir luchando por nuestras ideas, y yo te hice caso. El resultado es este instituto. Y aquí hacemos transfusiones. Construimos el colectivismo fisiológico.

24 de marzo de 1928

Notas sobre mi decimosegunda transfusión cruzada, hecha por la enfermera jefe Natalia Korsak, con el paciente Lev Koldomasov, de veinte años de edad, grupo sanguíneo IV, ingresado el 20 de septiembre de 1927 con una forma desconocida de tuberculosis, que se describe en su correspondiente historial clínico.

Mi temperatura corporal es de 36,7°. Pulsaciones cardiacas: 69 por minuto. Estado de salud: excelente.

El paciente tiene una temperatura de 37,8° y 92 pulsaciones por minuto.

Natalia clava la aguja en el brazo de Denni y su ayudante hace lo mismo con Bogdánov.

—Como en Nacun —murmura la muchacha, que ve el líquido rojo salir por el tubito de goma y caer en la ampolla. Por la cara que pone, se diría que la simple idea de la operación mejora ya su salud, o por lo menos su humor, si es que ambas cosas no son lo mismo.

—¿En tu planeta también hacéis esto? —le sigue la corriente Bogdánov.

—Tenemos máquinas —le contesta, con un hilo de voz—. Llevan cuatro tubos. Aspiran y bombean al mismo tiempo. Pero así es más agradable. Da más tiempo para estar juntos.

Bogdánov quiere seguir la conversación, pero ve que la hoja del bisturí le hace un corte en la sangradura del brazo izquierdo, aprieta los dientes y las palabras no pueden salir.

10.35 horas

Se me extraen 400 cm³ de sangre que se transfunden al paciente en veinticinco minutos.

Luego se me inyectan 300 cm³ en veintidós minutos.

En el curso de la transfusión, siento el consabido picor en el brazo, que se extiende, menos intenso, al pecho en los minutos siguientes.

Las pulsaciones pasan de 69 a 62 por minuto. Leve enrojecimiento de la cara, observado por los enfermeros.

En los indicadores del paciente no se aprecian cambios relevantes.

Se toman el té caliente con azúcar a grandes tragos. Bogdánov y Denni yacen uno junto al otro. La luz del mediodía se filtra por los postigos entornados. Vlados le toma la tensión a la muchacha con el esfigmomanómetro y el estetoscopio. Natalia y el ayudante recogen agujas, tubos y ampollas y los dejan en un carrito con ruedas de goma. El cuarto huele a éter y a sangre.

12.13 horas
La tensión del paciente es normal, teniendo en cuenta la fiebre. Los demás parámetros permanecen estacionarios.

La mía es 6,2/10,8, bastante más baja de lo habitual.

También las pulsaciones siguen bajando: 59 por minuto.

Noto una opresión en el precordio y un dolor inflamatorio en la zona lumbar.

Principio de cefalea

Sacan la cuna de Bogdánov de la habitación de Denni.

Natalia lo lleva por el pasillo, a la luz de las viejas lámparas de techo de la familia Igumnov.

Fuera anochece, pasa un tranvía traqueteando por los raíles de la Yakimanka.

Se detienen delante de una puerta pintada de blanco.

En la hoja, escrito con pintura negra, pone: «Hematología.»

Orina rojiza. Pido un análisis inmediato. Fuerte sospecha de hemólisis.

Erupción cutánea pruriginosa en espalda y cuello, que confirma el cuadro clínico.

Las pulsaciones suben rápidamente. Escalofríos.

Temperatura: 37,1°.

–Son los síntomas típicos de una incompatibilidad –dice Vlados–. Pero descarto que haya habido ningún error en las pruebas. El grupo sanguíneo de la paciente no nos ha dado ningún problema en las dos transfusiones anteriores y usted va ya por la decimosegunda...

Bogdánov asiente y resiste las ganas de rascarse. El dolor de cabeza le perfora las sienes, los costados le arden como si se los azotaran con llamas invisibles.

No es seguro que el problema sea el grupo sanguíneo. Podría ser la diferencia de sexo. Es la primera vez que practican una transfusión cruzada entre un hombre y una mujer.

–Sugiero que le transfundamos sangre compatible lo antes posible –continúa Vlados dirigiéndose a Natalia– y que tome agua con bicarbonato en grandes cantidades.

Un minuto después ponen un vaso lleno de un líquido blancuzco en la mesita de Bogdánov.

27 de marzo de 1928

Noche insomne, con vómitos y náuseas.

Al despertar, fiebre alta: 38,6°.

Ictericia de la piel y de la esclerótica.

Urticaria en remisión. Fuertes dolores renales.

El análisis de orina ha revelado presencia de hemoglobina.

La hemólisis ya es evidente.

Kotik entra en la habitación con Natalia. Lo sorprende la palidez de su padre, le cuesta mirarlo a los ojos amarillentos. En pocos días parecen haber pasado con creces los años que las transfusiones han retardado. Incluso parece que tiene más pelos blancos en la barba, el cabello más ralo.

—¿Cómo está Denni? —pregunta enseguida el enfermo, que se incorpora.

—Le ha remitido la fiebre —contesta Natalia, mientras le coloca la almohada en la espalda—. Y creo que tiene más apetito.

—Llevaba yo razón —comenta él en voz baja.

—¿Y entonces por qué estás tú mal? —le pregunta Kotik con rabia—. ¿Es que te han envenenado?

Hipótesis interesante la del envenenamiento. Quizá ha sido Voloch, que quería eliminar a un testigo de su nueva identidad. O Vlados, por ambición profesional. O Stalin... Hay que liquidar a Bogdánov, el gran hereje, el irreductible, el inútil. Pero no es eso.

Lo cierto es que era un riesgo asumido. ¿Qué significa una transfusión incierta para alguien que ha vivido en la clandestinidad, ha organizado robos, ha combatido en las trincheras? ¿Alguien que ha vivido dos revoluciones, una guerra mundial, una guerra civil? Si alguien así no se arriesga por seguir vivo, ¿podría decirse que lo está?

—Vlados dice que es la enfermedad de Denni, que se te ha contagiado —prosigue Kotik—. Decís que esos bacilos son de un tipo de tuberculosis, pero en realidad no sabéis nada. Es como beber un líquido creyendo que es agua solo porque es transparente.

—Si un amigo estuviera muriéndose de sed, ¿no probarías ese líquido antes de dárselo a beber?

Kotik mueve la cabeza, no tiene ganas de discutir.

Se sienta en la cama y contiene las lágrimas.

2 de abril de 1928

Escribo estas notas con creciente dificultad, solo por dejar constancia.

El dolor de espalda es insoportable y pido que me suministren una dosis de morfina.

Dos transfusiones de sangre compatible no han detenido el avance de la hemólisis.

La temperatura es de 39,1°, taquicardia y sofoco.

Releo lo que he escrito hasta aquí y observo algunas diferencias con respecto al cuadro típico de las complicaciones transfusionales por incompatibilidad que describen los textos de que dispongo (pues nunca hasta ahora había asistido a un fenómeno parecido).

Al parecer, los primeros síntomas tendrían que presentarse durante la transfusión, cuando el paciente ha recibido apenas 50-100 cm³ de sangre, y, de hecho, lo primero que se recomienda es interrumpir la transfusión. Yo, sin embargo, solo he notado débiles señales de esos síntomas, como, por lo demás, ya había notado en otras transfusiones plenamente logradas. Las primeras reacciones propiamente adversas no se han manifestado hasta dos horas después.

Esto refuerza mi convicción de que se trata de un tipo de incompatibilidad distinta de la de los grupos sanguíneos diferentes, o de un problema desconocido que no guarda relación con la enfermedad del paciente Koldomasov y que en los cobayas no produjo estos efectos.

El masaje cardiaco saca a Bogdánov de la inconsciencia.

Natalia tiene la cara a un palmo de la suya; jadea pero está relajada, como después de correr por un prado.

–Se acabó –le susurra, pero ella sonríe.

Dos enfermeros lo levantan y lo depositan en una camilla con ruedas.

Salen al pasillo, Vlados da instrucciones.

4 de abril de 1928

Esta mañana, hacia las once, he perdido el conocimiento por segunda vez.

Escalofríos por todo el cuerpo y temperatura de 39,4°.

Sin embargo, la piel está fría y viscosa.

Me cuesta respirar y muchas veces tengo que hacerlo por la boca porque me falta el aire.

Hacer pequeños movimientos, como cambiar de postura en la cama, me provoca mareo, náuseas y vómitos. Por momentos la vista se me nubla y veo manchas de colores.

Natalia me ha traído la cena a las siete. Me pide perdón por no haber venido en toda la tarde. Pero yo estoy seguro de que ha venido y he hablado un rato con ella. ¿Es ella que no se acuerda o soy yo que deliro?

Bogdánov se fija en la portada del libro que Denni lleva bajo el brazo.

Sin necesidad de leer el título, sabe que es la segunda edición de *Estrella roja*, de 1924, que incluye en apéndice el tercer episodio de la trilogía, «Un marciano abandonado en la Tierra».

La muchacha atraviesa el cuarto a paso ligero y ya solo que camine es una sorpresa. Últimamente, estaba tan débil que no podía ni levantarse.

Llega a la ventana y la abre de par en par. Apoyada en la repisa, aspira el aire fresco que huele a resina y a flor de tilo.

Cuando se vuelve, Bogdánov advierte que tiene las mejillas más rellenas y su palidez vuelve a ser la de siempre.

–Bueno, ¿qué te parece? –pregunta desde la cama, luchando contra el mareo que siente en cuanto habla.

–¿Qué? –pregunta ella.

–El poemita del final –le aclara él, señalando su novela–. Es una historia muy parecida a la tuya, ¿no crees?

—No —responde ella—. Tu protagonista no consigue comunicarse con su planeta y yo en cambio sí lo he hecho.

Denni se asoma a la ventana, luego se vuelve a Bogdánov, le acaricia la mano, que tiene extendida en la sábana y, con delicadeza, le pone en el dedo el anillo de Leonid.

—Vendrán, estoy segura.

6 de abril de 1928

Me cuesta hablar, me he quedado casi ciego. Oigo los sonidos amortiguados. Por suerte, he escrito siempre cuanto he podido, porque escribir nos proyecta más allá de nosotros mismos. Antiguos códigos de reyes mesopotámicos, poemas, canciones de gesta, novelas, tratados filosóficos y científicos. Los escritos encierran la historia de la humanidad. También mi historia. Mis ensayos, novelas, artículos, un río de tinta para quien prosiga el camino en la tierra.

—Ayúdame a recordar los versos que te escribí bajo los bombardeos. Los escribí al borde del abismo, como vivimos. ¿Dónde está tu mano? Toma, léemelos, por favor.

Natalia coge el cuaderno y se aclara la voz:

—A Natasha...

*Querías encontrar
los vestigios de lo que viví...
Los recuerdos volvieron a irrumpir
como una ola.
Una joven risa, ímpetu de sueños,
colores de días primaverales.
Y bajo los golpes de la suerte,
años de lucha sorda.
Solo a ti puedo revelártelo todo,
sin secretos.*

Querida compañera, mi devota,
mujer mía y madre.

7 de abril de 1928

A primeras horas de la tarde, después de descansar un poco, me he despertado con la clara sensación de respirar mejor.

La temperatura ha bajado a 38,1° y todos los demás síntomas han remitido: dolores lumbares, mareos, náuseas, cefalea. No he podido tomarme la tensión solo, pero el pulso es de 89 latidos por minuto.

Como tenía que evacuar, he preferido no usar el bacín y he ido al cuarto de baño, que está fuera de la habitación, como llevaba diez días sin poder hacer.

Esperaba que, al verme levantado, todo el mundo se sorprendiera y quisiera meterme rápidamente en la cama.

Pero me he encontrado con una gran confusión, gente que iba y venía, y, como nadie parecía reparar en mí, he procurado no llamar la atención.

Al salir del baño he visto a Natalia en medio de un grupo de personas y he preferido no molestarla.

Por una ventana del pasillo he contemplado el jardín del instituto y el espléndido día primaveral. De pronto me ha llamado la atención un resplandor que se veía entre los troncos. Había un abedul con la copa mutilada y muchas ramas en el suelo.

En medio de la fronda verdísima se veía una gran esfera transparente, de al menos doce metros de diámetro, tan imponente que parecía que el jardín se hubiera ensanchado para que aterrizara.

La superficie estaba revestida aquí y allá de unos paneles negros que parecían de metal.

Era una eteronave que acababa de aterrizar. Eso explicaba la confusión que reinaba en el pasillo.

323

He bajado y he salido a buscar a Denni, temiendo no llegar a tiempo de despedirme de ella.

Me dirigía a la esfera cuando uno de los paneles metálicos ha empezado a descender.

Por la abertura ha salido una pasarela telescópica que se ha alargado hasta llegar a mí. Dentro de la esfera, al otro lado de las paredes transparentes, he visto unos diez bultos que se dirigían a la abertura y se paraban en el umbral.

Sin ningún cansancio he recorrido la pasarela de la eteronave.

Al llegar a unos pasos de la tripulación, me he detenido y he esperado a que alguno de ellos viniera a mi encuentro. Se ha adelantado el del medio. No sabría decir ni qué edad tenía ni de qué sexo era.

Cuando ha estado delante de mí, ha inclinado la cabeza, que era mucho más grande que la mía y tenía unos ojos también más grandes.

—Bienvenido a bordo, camarada Bogdánov —me ha dicho con un imperceptible acento extranjero, como el de Denni.

Tras la sorpresa inicial, me he vuelto y he mirado al instituto.

Como si pudiera leerme el pensamiento, el ser me ha tranquilizado:

—No te preocupes por ellos. Estarán bien.

Esas palabras me han transmitido una sensación de paz.

Y en ese momento he comprendido que regresaba a Nacun.

AGRADECIMIENTOS

Los autores desean dar las gracias a Stefano Giorgianni, a Sofi Hakobyan y a Katia Golovko por la ayuda que han prestado en la traducción del ruso; a Daniela Steila por la inestimable asesoría en materia «bogdanoviana»; a Giuliano Santoro por haber propuesto la lectura de la novela *Estrella roja*.

A Gino Frontali (1889-1963) por su diario de médico en las trincheras *(La prima estate di guerra,* Il Mulino, Bologna, 1998), en el que se inspira la gesta de Bogdánov en el frente de los lagos de Masuria.

ÍNDICE

Impreso en Talleres Gráficos
LIBERDÚPLEX, S. L. U.,
ctra. BV 2249, km 7,4 - Polígono Torrentfondo
08791 Sant Llorenç d'Hortons